KB034253

소설

단군왕검

중

소설 단군왕검 중

초판 1쇄 인쇄 2021년 6월 25일
초판 1쇄 발행 2021년 6월 30일

지 은 이 정호일
펴 낸 이 정연호
편 집 인 정연호
디 자 인 이가민

펴 낸 곳 도서출판 우리겨레
주   소 서울시 은평구 통일로 71길 2-1 대조빌딩 5층 507호
문의전화 02.356.8410
F A X 02.356.8410
출판등록 2002년 12월 3일 제 2020-000037호
전자우편 urikor@hanmail.net
블 로 그 http://blog.naver.com/j5s5h5

ISBN 978-89-89888-23-9 (04810)
ISBN 978-89-89888-21-5 (전3권)

소설

단군왕검

중

정호일 지음

도서
출판 우리겨레

차례

중

1

하늘의 시험

겨울이 지나가고 봄이 오면서 아사달은 더욱 분주했다. 그만큼 아사달은 다른 나라와 달리 활력이 넘치고 있었다. 이렇게 되기까지는 실로 눈물겨운 노력이 있었다. 어찌 보면 어떻게 그 겨울을 버텨왔는지가 신기할 정도였다.

　처음 아사달에 도착했을 때만 하더라도 비록 황무지이기는 했으나, 큰 하천과 넓게 펼쳐진 땅은 개간하기만 한다면 사람 살 곳으로 이만한 곳은 없어 보였다. 하지만 당장 먹고살 것이 없이 겨울을 난다는 건 막막하기 그지없었다. 신천지는 말 그대로 그림의 떡일 뿐이었다. 하지만 모든 것을 잃고, 아니 잃을 것조차 없는 사람들에게 자기가 일군 것을 자기가 가지게 된다는 약속은 그야말로 희망의 끈을 쥔 것이나 다름없었다. 그러한 미래가 있었기에 사람들은 그 추운 겨울에도 혹한 추위와 배고픔을 이겨내며 땅을 개간하여 일구었고, 나무를 베어 가옥을 지었다.

이 같은 과정은 순전히 자신들의 힘으로 진행되었다. 그들 스스로가 대표를 선출하고 그 대표에 의해 일이 진행되었던 것이다. 그런데 이것은 사람의 힘을 단순히 합쳐놓은 것보다 훨씬 배가된 역량을 보여주었다. 그럴 수밖에 없는 게 자기들이 스스로 대표를 뽑는 과정에서, 그들 중에서 가장 능력 있다고 인정받는 사람들이 자연스럽게 선출되었기 때문이다. 그저 자리를 차지하기 위해서 권력자의 눈치를 보거나, 편의를 위해서 지명될 필요가 없었던 것이다. 그러니 그들에 의해서 뽑힌 대표들은 그들을 지배하려고 하지 않고 그들과 서로 협의하여 풀어나가려고 하였다. 팽우와 성조, 고시 등이 그러한 인물이었다.

팽우와 성조, 그리고 고시는 땅의 개척과 가옥의 건설, 종자 파종 등 각기 맡은 역할은 달랐으나 일을 진행하는 방식에서는 모두 같았다. 먼저 스스로 일꾼들과 함께 시범을 보여 여러 사람이 그것을 쉽게 배우도록 한 다음, 그들 각자에게 적합한 역할을 주어 진행하도록 하였다. 이것은 그들의 성품이 그러하기도 했지만, 서로가 너무 잘 알고 있는 처지였던 것에서 기인했다. 서로를 형, 동생, 아저씨로 부르는 사이에서 지시와 통치는 그저 군더더기에 지나지 않았던 것이다.

단군은 그들이 일하는 곳을 틈틈이 찾아보았다. 어렵고 힘든 일일수록 그들과 함께 풀어가기 위함이었다. 그러나 그런 마음은 어찌 보면 착각에 불과했다. 단군이 상상했던 그 이상으로 일들은 착착 진행되고 있었다. 누구의 지시에 따라서가 아니라 서로의 필요에 의해서 조를 짜서 그에 따라 계획적으로 진행하고 있었던 것이다. 그리고 그들은 단군에게, 이런 일들은 자신들이 알아서 할 터이니 대신 자신들을 지켜달라고 요구했다. 자신들이 일군 것을 다시는 다른 누구에게 뺏길 수 없다는 의지의 표현이었다. 단군도 그 점을 약속했다. 하지만 맨땅에서 일어서는 일은 고단하지 않을 수 없었다. 그래서 그들에게 힘든 일이나 어려움이 있을 때면, 단군은 기꺼이 발구루에게 지시하여 군사를 동원하여 그들을 도와주도록 하였다.

그렇지만 무엇보다 걱정인 것은 겨울을 날 수 있는 식량의 확보였다. 고시가 우선 들과 산에 있는 약초와 나물 등을 캐서 그 문제를 해결하겠다고 나섰다. 하지만 주곡이 전혀 없이 그것만으로 겨울을 버틴다는 것은 힘겨운 일이었다. 그들은 사냥과 어로 등을 통해 얻은 초근목피로 연명해야만 했다.

단군은 고심 끝에 수신족의 하백녀에게 사람을 보내기로 했다. 단군은 원래 신시에서 내려올 때 수신족 나라에 들르려 했는데 그렇게 못 한지라, 미래를 기약했던 하백녀를 언젠가는 한번 찾아가야 했다. 하지만 지금 상황에서 아사달을 비우고 갈 수는 없는 노릇이었다. 그래서 하백녀에게 소식을 보내는 편에 식량 지원까지 부탁할 수밖에 없었다.

하지만 식량 문제만 급한 것은 아니었다. 당장 올 겨울에 얼어죽지 않기 위해서도 최소한 가옥을 지어야만 했다. 성조는 수더

분하게 보였지만 일을 할 때만큼은 꼼꼼하면서 깐지게 처리하는 사람이었다. 그는 일꾼들을 데리고 집을 짓기 시작했는데, 그것은 지금까지와 같은 반토굴이 아니라 그것을 발전시켜 기둥을 세운 형태의 지상가옥이었다. 그가 지은 지상가옥은 살기가 매우 편하고 깨끗해 보였다. 거기에다가 실내에 화덕까지 갖추어놓으니 따뜻하기까지 해서 겨울을 지내는 데 별 걱정이 되지 않았다. 그래서 사람들은 이러한 형태를 맘에 들어 하며 적극적으로 지상가옥을 지어 나갔다.

가옥의 문제는 일단 첫선을 보일 때부터 사람들이 맘에 들어 하였기에 큰 문제없이 진행되었으나 농토를 개간하는 문제와 관련해서는 말썽이 일었다. 땅을 개간하는 일이 만만치 않기도 하였지만 땅의 소유 문제가 관련되어 있었다. 사람들은 자신들의 세상을 만들겠다고 다짐했는지라. 그 방식을 놓고 땅을 개인의 것으로 해야 하는지, 마을 공동의 것으로 해야 하는지에 대해 의견이 분분했다. 그러다 보니 이 문제를 어떻게 해결하느냐에 따라 이곳의 정착하는 일의 성공 여부가 달려 있게 되었다. 그 책임자인 팽우도 어찌해야 할지 판단이 되지 않는지 단군을 찾아왔다.

"지금 도무지 일이 진척되지 않고 있사옵니다. 어떤 이들은 땅을 공동으로 소유하자고 하고, 또 어떤 이들은 개인이 소유하는 것이 합당하다고 주장하면서, 좋은 땅을 차지하려고 서로 다투기만 하고 있는 실정이옵니다. 해야 할 일은 산더미처럼 쌓여 있는데, 이렇게 말썽만 일어나고 있으니…… 이를 어찌해야 하는 것이옵니까?”

“나도 그 소식을 익히 들었습니다. 참 난감한 일인데……. 우선 그 문제에 대해 그대는 어찌 생각하는지 그것을 듣고 싶습니다.”

“소신의 생각 말이옵니까? 그게 글쎄……. 솔직히 말해 소신도 어찌해야 할지 잘 모르겠사옵니다. 어찌 보면 각자의 주장이 다 일리가 있는 것 같기도 하고……. 땅을 공동으로 소유하게 되면 일을 하지 않고 놀고먹으려 드는 사람이 생길 테고, 개인이 소유하게 되면 땅을 많이 가진 사람과 전혀 가지지 못한 사람이 생길 테니……, 도무지…….”

“그렇지요. 사실 여기에 온 사람들을 보면 충분히 이해가 되지요. 자기가 일한 것을 남에게 빼앗기지 않고, 배고픔 모르고 잘살아보겠다고 자기가 살던 곳마저 등지고 떠나온 사람들인데……. 그런데 공동으로 땅을 소유하자고 하면 누가 열심히 일을 할 것이며 또 그렇게 되면 언제 잘살 수 있는 날을 만들 수 있을까 해서 걱정하는 것이겠지요. 그렇다고 무작정 개인의 소유를 허용하면 자기 이익만 추구하며 협동도 잘 하지 않고, 결국엔 힘없는 자는 도태되어 또다시 남에게 얹혀살게 되겠지요. 이 또한 궁극적으로 만인이 행복하게 잘살게 되는 그런 바람이 실현되지 못할 것이니……. 참 난감한 일이긴 한데…….”

단군은 한참 동안 이 문제에 여러 모로 골몰했지만 좀처럼 답이 떠오르지 않았다. 그런데 팽우와 얘기를 나누는 중에 문득 수신족의 분배상이 떠올랐던 것이다. 단군이 다시 말을 이었다.

"이리하면 어떨까요? 일단 마을 단위로 영토의 범위를 정하고, 거기서 다시 몇 개조로 나눠 개인에게 나눠주게 하는 게지요. 물론 마을 공동의 이익이나 아사달 전체의 이익을 위해 중요한 부분은 공유지로 남겨두고요. 그리고 개인이 땅을 소유하게 하는 대신에, 수확량의 20분 1을 조로 내야 한다는 점을 분명히 하는 거지요. 그리하면 열심히 일한 사람이 많이 가질 수 있도록 하면서도, 또 힘없는 사람들이 땅을 잃지 않을 수 있을 것입니다. 전체 이익을 위해서 땅을 사용할 수도 있으니, 이리하면 모든 사람이 행복하게 살 수 있지 않을까요?"

"듣고 보니 정말 옳으신 방안 같사옵니다. 저는 왜 그런 것을 생각하지 못했는지……. 그러면 이만 물러가겠사옵니다."

팽우는 곧장 달려가 단군의 제안을 사람들에게 설명했다. 그러자 사람들은 좋은 방안이라며 적극 공감하면서 그것에 적극 찬동하였다. 비록 조를 낸다고 하더라도 절반 이상을 빼앗겼던 지난날에 비해 20분의 1이라는 아주 적은 양인 데다, 또 개인적으로 땅을 가질 수 있으면서도 모두가 공동으로 잘살 수 있었던 것이다. 이렇게 이 문제가 해결되자 잠시 일었던 소란은 수그러들고 사람들은 더욱 일에 매달리게 되었다. 그들은 이 방안을 통해, 신천지를 찾아서 정말로 자신들의 세상을 만든다는 사실을 확인받는 것처럼 느꼈다.

개간 작업마저 활력이 붙게 되자 처음의 어수선했던 분위기는 사라지고 점차 조직적인 체계가 잡히면서 그 면모도 쇄신되었다.

그 체계는 누가 뭐래도 그들 스스로가 만든 것이었다. 그러니 그들의 마음도 더욱 한마음 한뜻으로 뭉쳐졌다. 시간이 흐를수록 그들이 일하는 기세는 더욱 달궈졌고, 그 속도도 빨라졌다.

하지만 모든 일이 순조롭기만 한 것은 아니었다. 미래의 희망을 보고 모든 힘을 쏟았으나 당장 끼니거리가 없어 굶어 죽어가는 판국에 이르자, 계속 그 일을 추진해야 하느냐는 반문이 터져 나오게 되었던 것이다. 고시가 산과 들에 나가 약초와 나물은 물론이고 물고기 등을 잡아 식량거리를 마련한다고 해도 그것은 한계가 있기 마련이었다. 처음에는 그래도 어느 정도 가져온 식량이 있어서 서로 나눠 먹으며 버텼으나, 혹독한 추위가 몰아치는 겨울이 오니 도무지 그 끔찍할 생활을 이어나갈 엄두가 나지 않았던 것이다. 참다못한 일부 사람들은 강력하게 주장하고 나섰다 ㅣ

"일단 살아남는 것이 중요하오. 죽고 난 다음에 무슨 필요가 있겠소? 모두들 식량을 마련하기 위해 사냥을 해야 하오!"

급기야 그들은 일에는 동참하지 않고 개별적으로 먹을 것을 찾아 나섰다.

그래도 팽우는 그런 사람들을 다독거렸다.

"비록 지금 힘들더라도 참고 이겨내야 내년을 기약할 수 있소. 그러니 조금만 참읍시다."

처음에 팽우의 이 같은 말이 효과가 있었는지 어느 정도 사람들과 같이 일을 할 수 있었다. 하지만 더는 배고픔을 참을 수 없게 되자 더 많은 사람들이 산과 들판을 찾아 헤매기 시작했고, 결국 그를 따랐던 사람들마저 떠나갔다. 팽우 옆에는 지가서 혼자만이 덩그러니 남아 넋 놓고 한숨만을 푹푹 쉬었다.

"왜 그런가? 어디 몸이 좋지 않은가?"

"그게 아니라, 이 일을 어찌 해야 할지 도무지 막막하기만 해서 그러하옵니다."

"힘을 내게. 누군가는 이 일을 해야만 내년을 버틸 수 있지 않겠는가? 우리가 계속하면 사람들도 우리의 진심을 알고 다시 돌아올 것이네. 그러니 참고 해보세."

"그건 알지만……. 그런데 과연 그날이 올지 그게 걱정이 되옵니다. 당장 먹을 것이 없어 굶어 죽을 판에……. 하긴 저들의 말이 꼭 틀린 것만은 아니지 않습니까? 허나 어디 먹을 것을 마련하는 게 어디 하루이틀에 해결될 수 있는 일도 아니고. 이러다간 올 겨울이나 넘길 수 있을지……. 참 암담하기만 합니다."

사실 두 사람이 땅을 일구어 나간다는 것은 벅찬 정도를 떠나 무모하기까지 한 일이었다. 관목을 베어내고 수풀을 헤쳐 그 뿌리를 파내는 것은 물론이고 돌과 자갈 등을 다 제거해야 했으니, 엄청난 노동력이 요구될 수밖에 없었다. 하지만 당장 먹을 걸 찾아 헤매는 것도 이해가 되었으니 그들을 탓할 수만도 없었다. 그러니 어찌하느냐는 것이었다.

"암담하다고? 자네는 정말 암담한 것이 무엇인 줄 아는가? 그것은 바로 농군에게 땅이 없어 무엇을 하려고 해도 내일을 기약할 수 없는 것일세. 농군에게 땅이 없다면 도대체 무엇을 할 수 있단 말인가? 자, 보세. 어찌어찌 해서 올 겨울을 넘겼다고 해보세. 그러면 내년엔 어떻게 살 것인가? 기약이 없는 일이 아닌가? 그렇다면 우리가 여기에 왜 왔단 말인가? 아무리 지금 당장 어려워도 내년을 생각하자는 말이네."

"하지만 당장 사람들이 굶어 죽는 판에 저리 행동하는 것을 탓할 수만도 없는 노릇이고, 그렇다고 이렇게 두 사람이 한다고 해서 일이 진척될 것 같지도 않으니……. 이래 가지고 내년을 기약할 수 있겠사옵니까?"

"아닐세. 모든 세상일이 그러하듯 첫 삽을 뜨고 그것을 꾸준히 밀고 나가면 되는 것이네. 비록 지금은 자네와 나 둘밖에 없다지만, 우리가 이곳을 지키고 있는 한 그들은 다시 오게 되어 있네. 자, 힘들더라도 우리가 일군 이 들판에 누런 곡식이 주렁주렁 매달릴 것을 상상해보게. 얼마나 배가 부른가? 그것만 생각하고 힘을 내게나."

그러고는 팽우가 지가서를 자신의 옆으로 불렀다.

"자, 농군의 힘은 손끝에 나온 것이니 그만 얘기하고 이리 와서 이걸 좀 들어주게"

돌덩이를 같이 옮기자는 팽우의 말에 지가서는 할 말이 많았지만, 더는 따져 묻지 않고 별수 없다는 듯 팽우 옆으로 가서 일을 거들었다. 웬만한 바위 크기의 돌덩이를 옮기기 위해 두 사람은 어엉차 어엉차 하면서 안간힘을 썼다. 그러다 보니 조금 전까지 잔뜩 근심이 서렸던 표정은 온데간데없고 대신 이마엔 땀방울이 송골송골 맺혔다.

이때 군사 복장을 한 사람이 팽우를 찾았다. 팽우가 고개를 들어 바라보니, 그는 단군이 보낸 군사였다.

"단군께서 찾으시옵니다."

그리하여 팽우는 단군을 찾아 나섰다. 실상 그는 지금의 상황을 단군과 상의하고자 하는 마음은 굴뚝같았으나 그런다 해도 뾰족한 수가 나올 것 같지 않아, 그저 속으로만 애를 태웠다. 그렇다고 땅 개간을 책임지고 있는 상황에서 자신마저 그곳을 떠날 수 없는 것이 그의 처지였다.

단군을 찾아가는 길에는 어린아이들만이 길가에 나와 마른 풀들을 뜯어 입에 넣고 있었다. 팽우는 그것을 막으려다가 그만두었다. 이들의 모습들은 하나같이 피골이 상접해 가시만 남은 양 말라비틀어져 있었다.

'이 일을 어떻게 할꼬? 도대체 어찌해야 한단 말인가?'

팽우는 어디 못 볼 것을 본 것처럼 고개를 돌리며 그곳을 지나쳤다. 사실 팽우도 내일을 위해 개간을 멈추지 말자고 말은 했어도 그들의 심정을 누구보다 잘 이해하고 있었다. 저런 자식들을 보고 부모로서 어찌 나 몰라라 하며 앉아서 보고만 있을 수 있겠는가. 그렇다고 당장 먹을 것을 찾아 나선다고 해서 해결될 일도 아니었다. 아니, 그렇게 하면 영영 문제를 근본적으로 해결할 기약이 없다는 것이 더 큰 문제였다.

답답한 마음을 가다듬고 단군을 찾으니, 벌써 그곳에는 고시와 성조도 도착해 있었다. 그들 또한 지금의 심각한 상황에 안절부절못하는 표정이었다. 특히 고시는 자신이 일을 처리하지 못해서 이런 일이 발생한 것인 양 계속 죄스러워했다.

"아니지요. 어찌 그것이 고시 당신 탓이겠습니까? 도리어 지금까지 버텨온 것만 해도 모두 당신의 공입니다. 그러니 너무 자책하지 마시고 앞으로의 대책을 세워보도록 합시다."

단군이 먼저 고시를 위로하였다. 사실 단군이 이들을 부른 것은 이런 상황을 더 이상 두고 보았다가는 모든 희망이 사라질 것 같았기 때문이었다. 단군은 이미 이런 상황을 예상하고 있었던 것이다. 이번에 수신족의 비서갑 하백녀를 통해 양곡 지원을 요청했던 것도 그 때문이었다. 물론 이건 좀 뻔뻔스러운 행동이긴 했다. 미래를 기약한 사람을 찾아보지도 않고 달랑 소식만 전하면서 대뜸 손부터 내미는 꼴이었던 것이다. 그래서 그는 소식을 전하면서 미안하다고 사과하고는 자신이 꿈꾸었던 세상을 이 아사달에서 만들어보고자 하니 꼭 도와달라고 요청하였던 것이다. 하지만 어찌 된 일인지 하백녀로부터 도무지 소식이 없었다. 그렇다고 그것만 기다리면서 이런 혼란된 상황을 손 놓고 바라볼 수도 없었다. 그래서 단군은 기꺼이 직접 나서기로 했던 것이다.

"대책이라면, 먹을 것을 마련해야 할 것인데……. 그런 방안이 있다는 것인지? 혹시 식량을 확보하기 위해 개간을 좀 늦추자고 말씀하시려고 그러는 것이옵니까?"

팽우가 단군의 말에 의문을 표하면서 개간을 중지하자는 것만은 결코 받아들일 수 없다는 입장을 취했다. 사실 아사 직전에 있는 상황에서 그것을 모면할 방도를 내오자면 식량을 찾기 위해 나서자는 말밖에 나올 것이 없었다. 하지만 팽우는 결코 그리해서는 안 된다고 판단했던 것이다.

"소신이 먹는 문제를 해결하지 못해 이리되었사오나……, 그래도 결코 개간은 포기해서는 아니 될 것으로 사료되옵니다. 농사꾼은 죽을 때도 종자를 메고 죽는다고 하지 않사옵니까? 소신 어떻게든 먹는 문제를 풀겠사오니, 미래를 기약하자면 개간 작업을 밀고 나가야 하옵니다."

고시도 팽우의 의견에 동조하며 거들었는데 그 얼굴에는 비장감마저 감돌았다. 여기서 정착하느냐 마느냐 하는 관건이 자신에게 달려있음을 확신하고 있는 듯했다.

"무슨 말씀을 하시는지 잘 알겠습니다. 나는 그 뜻을 존경합니다. 이런 상황에서도 희망을 잃지 않고 미래를 기약하자고 하시는 말씀에 도리어 용기백배해집니다. 하지만 두 분께서는 간과하시는 것이 있습니다. 그것은 지금 어떤 문제가 가장 절실한 해결을 요하느냐 하는 것입니다. 과연 먹을 것을 찾아 헤매는 것이 틀렸다고 말할 수 있겠습니까? 그러면 자식들이 굶어 죽어가는데 그것을 부모 된 심정으로 못 본 체 넘어가는 것이 맞겠습니까? 그건 아닐 것입니다."

단군이 말을 하다가 잠시 고시와 성조, 그리고 팽우를 한 사람씩 바라보았다. 그러자 그들은 차마 단군의 시선을 마주치지 못하겠는 듯 고개를 돌렸다. 그럴수록 단군은 이들이 얼마나 깨끗하고 순수한지, 아니 얼마나 마음이 확고하게 서 있는지 이해할 수 있었고 더욱더 믿음직하게 느껴졌다. 하지만 마음의 의지와 현실은 다를 수 있는 것이었다. 그것을 알기에 단군은 가차 없이 다시 입을 열었다.

"내 솔직히 이에 대한 해답은 없습니다. 해답이 있었다면 이미 여러분이 찾았을 것 아닙니까? 그렇지 않습니까? 하지만 분명한 것은 현실을 똑바로 보아야 한다는 것입니다. 결코 외면해서는 안 된다는 겁니다. 무작정 이것이 옳으니까 밀고 나가자는 식으로 얘기하는 것은 비록 겉으로는 강해 보일지 몰라도, 이미 마음속에서는 안 된다고 자포자기하고 있는 것이나 다름없습니다."

모두들 단군이 직접 터놓고 하는 말에 얼굴을 붉혔다. 의지는 있으나, 아니 그리해서는 안 된다는 감정만 앞세웠지 실상 어떻게 풀어나가야 할지에 대해 이미 해답은 없다고 패배적인 결론을 내리고 있었던 것이다. 단군은 바로 그것이 문제라는 것을 분명하게 지적하고 있었다. 그러기에 그들 모두는 입을 다문 채 단군의 얼굴만을 바라보았다. 단군이 다시 입을 열었다.

"모두들 아시겠지만 지금 가장 큰 문제가 되고 있는 건 방법이 없을 것이라고 생각하면서, 사람들을 하나로 모아 풀어가려고 하지 않고 그들이 제각기 뿔뿔이 흩어져서 행동하는 것을 방치하고 있다는 점입니다. 이렇게 하면 설사 올 겨울을 넘긴다고 하더라도 결국 모든 사람들은 여기서 안착하지 못하고 죄다 흩어지고 말 것입니다. 그렇게 되면 우리의 희망은 물거품이 될 것입니다. 이번 문제를 해결하는 데 있어서의 관건은 어떤 일을 하더라도 다 함께 힘을 모아 진행해야 한다는 점입니다. 보십시오. 지금껏 땅을 개간하고 집을 짓고 또 먹을거리를 마련하는 데에 있어서 모두 힘을 합쳐 나갔을 때 얼마나 큰 성과를 거둘 수 있었습니까? 또 얼마나 희망에 벅차올랐습니까? 이 모든 성과는 힘을 모아 조직적으로 문제를 풀어갔던 데에 있었습니다. 그런데 지금 식량난 앞에 이 모든 성과가 다 사라지고 있단 말입니다. 단지 미래를 기약하기 위해 이것은 포기하지 말아야 한다는 그 당위성만을 주장하고 있다 보니 그리된 것이 아닙니까?"

"그럼, 당분간 개간 작업을 중단하고 식량을 해결하기 위해 모두 나서자는 말씀이옵니까? 만약 그리한다면 땅 개간 작업은 끝내 포기하게 되고 말 것입니다. 말로는 그렇게 하지 않는다고 하지만 실제로는 그렇게 될 가능성이 많사옵니다. 식량 문제가 단시일에 해결될 문제는 아니지 않사옵니까?"

팽우가 여전히 의문을 표시했다. 팽우는 식량을 구하는 것 자체를 반대하는 것이 아니라 그로 인해 개간 작업을 포기하게 될까 봐 그걸 염려하는 것이었다.

"물론 식량 문제가 빠른 시일 내에 해결될 가능성은 없겠지요. 그렇다고 굶어 죽는 것을 방치할 수도 없지 않습니까? 그럴 바에는 조직적으로 식량을 마련하기 위해 나서자는 겁니다. 그러면서 포기하지 말고 풀어가자고 사람들을 설득해야지요. 여러분들이 그걸 포기하려고 하지 않고 끝까지 밀고 나간다면 다른 분들도 그것을 받아들일 것입니다. 여러분이 생각하는 만큼 다른 분들도 그리 생각할 것이라는 겁니다. 우리, 사람들을 믿고 일을 풀어나가 봅시다."

단군은 확신에 찬 표정으로 그들을 바라보았다. 그들 역시 그런 단군의 의중을 이해하는 듯 고개를 끄덕였다.

"사람들을 조직해서 하자는 것인데, 어찌하면 되겠사옵니까? 무슨 좋은 대책이라도 있으시옵니까? 아니, 고시는 먹을거리를 획기적으로 늘릴 방안이 있습니까? 그것을 말해주면 그에 맞춰 해결할 부분을 찾아보시는 게 좋을 듯싶사옵니다."

성조가 단군의 말에 동의하면서 고시를 쳐다보았다. 그 방안을 말해보라는 소리에 고시는 난감해했다.

"글쎄……. 조직적으로 일을 처리한다고 해서 없던 식량거리가 당장에 해결될 수 있는 것은 아닌 것 같고……. 도대체 어찌해야 할지 막막하기만 합니다. 더욱이 이렇게 눈앞의 먹을거리만 해결하려고 하면 내년에 농사에 쓸 종자는 어떻게 마련해야 하는지……. 지금 이런 것에는 전혀 신경을 쓰지 못하고 있으니……."

고시의 얘기에 모두들 얼어붙은 듯 말을 하지 못했다. 진짜 관건은 바로 내년의 파종을 준비하는 것인데, 그것에는 모두 넋 놓고 있었으니, 정말로 암담한 것은 바로 그 문제였던 것이다. 사실 개간을 진행하고 있는 것도 파종하기 위해서인데, 그 파종할 문제를 해결하지 못하면 지금의 이런 노력은 아무 소용이 없었다. 마침내 단군은 결심한 듯 입을 열었다.

"좋습니다. 우리가 지금 조직적으로 먹을거리를 해결하자고 하는 것은 당장 눈앞의 어려움을 극복하자는 의미도 있지만 무엇보다 미래도 기약하기 위해서가 아닙니까? 그러니 눈앞의 일만 처리하려고 하면 안 되겠지요. 앞을 보고 그것을 해결하기 위해 나서야 할 사람은 그것을 계속 준비해 나가야지요. 팽우는 사람들을 조직하여 계속 개간 작업을 진행하시고, 고시는 지금 당장의 먹을거리가 아니라 내년에 파종할 것을 준비해야 할 것입니다. 그리고 성조는 가옥뿐만이 아니라 농사짓기 위한 도구들도 틈틈이 마련해주시고요."

"그러면 소신들 보고 자기가 맡은 바를 계속하라는 말씀인데, 그러면 누가 있어 당장의 먹을거리를 마련하겠사옵니까? 그러시다면 혹시……. 직접 이 일을 맡아서 하시겠다는 말씀이옵니까?"

단군이 조용히 고개를 끄덕이자 고시와 성조, 그리고 팽우는 동시에 눈을 번뜩였다. 단군이 그렇게만 해준다면 자신들은 각자 맡은 임무를 기필코 해내겠다는 결의의 표명이기도 했다.

그날로부터 단군은 영내에 명을 내려 군사만이 아니라 사람들 모두가 조직적으로 사냥에 참여하도록 하였다. 우선 사냥을 통해 당장에 먹을거리를 해결하고자 하는 것이었다. 또 이것은 단순히 먹는 문제만 해결하는 것이 아니라, 단련된 군사들과 함께함으로써 군사적인 훈련을 어느 정도 담보하기 위한 조치이기도 했다. 사냥이란 게 원래 군사 무기를 다루는 것이기도 했기 때문이었다.

모든 사람들이 커다란 산을 에워싸 짐승들을 모는 과정은 오랜만에 사람들에게 활력을 가져다주었다. 함께 소리치고 창으로 찌르고 활로 쏘고 하는 일련의 행동은 그야말로 사람들에게 신바람을 일으켰던 것이다. 어쨌든 이렇게 사람들을 동원하여 잡은 사냥감을 골고루 나눠 당장에 필요한 식량을 일정하게 확보할 수 있었다. 다시 사람들 속에서는 일정한 질서와 체계가 세워지고 사냥을 하지 않는 날에는 땅 개간 작업이 대대적으로 진행되었다. 물론 고시는 내년 봄에 파종할 씨앗을 확보하기 위한 일에 전념하기 시작했고, 성조는 추운 겨울을 보내기 위한 가옥을 건설하면서도 고시의 요구를 받아들여 내년의 농사를 잘 짓기 위한 도구들을 만들어나갔다.

모두가 함께 해결하자고 노력하다 보니 다시 희망이 살아났고 어느 정도 혼란이 정리되었다. 하지만 이것이 얼마나 갈지 몰랐다. 지금 당장은 임시방편으로 해결하는 것이지만, 사냥으로써 올 겨울을 보낼 식량을 마련하기에는 턱없이 부족했기 때문이었다. 단군은 주일 간격으로 사냥을 진행하면서도 마음 한편으로는 초조감이 스며들었다. 또다시 먹을거리가 궁해지면 흔들릴 것은 불을 보듯 뻔했다. 여기서 쓰러지면 다시 일어세우기는 더욱 힘들 것이었다. 불안한 마음 때문인지 그는 자신도 모르게 북쪽의 하늘을 쳐다보게 되었다.

'하백녀가 자신을 믿고 있을까? 정말 지원을 해줄까?'

 단군은 미래를 약속한 정인으로서 하백녀를 보고 싶기도 했지만 우선 더 급한 것은 당장 버틸 수 있는 식량의 지원이었다. 지금 이 되살아나는 기운을 더 보태어 나가자면 하백녀의 도움이 절실했던 것이다.

 '정말 신천지를 개척하는 것이 불가능한 일일까? 이대로 거꾸러지는 것인가? 그럴 수는 없는 일. 설사 지원이 없다고 해도 일어서야 한다. 암 그렇게 해야 하고말고'

 단군은 다시금 마음을 추슬렀다. 그런데 단군의 이런 불안한 내심과는 달리 사람들의 반응은 완전히 달랐다. 서로 조직적으로 움직이면서 해결해야 하다는 그 명백한 진리 앞에서 비록 힘들지만 버티어내겠다는 결의가 솟아났던 것이다. 이것은 단군도 미처 예상하지 못한 일이었다. 정말 불안해하고 초조해한 사람은 바로 자기 자신이었다는 것을 자인하지 않을 수 없었다.

 단군은 새롭게 변화된 사람들의 모습에서 힘을 얻었다. 어렵고 힘들지만 이들과 함께 한다면 결코 극복하지 못할 일이 없다는 생각마저 들었다. 그래서 그는 사냥을 더 잘하는 것은 물론이고 더 조직적인 군사훈련까지 곁들여서 진행하도록 조치하였고, 또 물고기도 잡아 식량을 보충하는 일에 매진하였다. 정말 힘겨운 나날의 연속이었다. 하루하루를 연명해 나가기 위해 무조건 움직이고 버텨내야만 했다. 하지만 내일의 희망이 있었기에 결코 꺾일 수는 없었다.

그런데 정말 하늘은 스스로 돕는 자를 돕는다고 하지 않았던가? 바로 하백녀가 단군을 믿어 의심치 않았고, 그 결과 비서갑의 수신족으로부터 양곡이 도착하게 된 것이었다. 자신의 약속을 믿어준 하백녀가 고마웠고, 빨리 그녀를 보고 싶었다. 하지만 하백녀는 함께 오지 않고 봄에 오겠다는 소식만을 전해왔다. 마음 같아서야 당장이라고 그곳으로 달려가고 싶을 정도였다.

이렇게 해서 아사달 사람들은 그 지난했던 겨울을 힘겹게나마 버틸 수 있었다. 그리고 봄이 오자, 그들은 겨울을 버텨냈고 살아남았다는 기쁨을 노래하게 되었다. 아니, 도저히 불가능하다고 여겼던 것을 자신들의 힘으로 해결해냄으로써 갖는 자부심과 긍지, 그리고 자기 자신들에 대한 믿음은 그야말로 봄기운과 함께 새 세상의 기운을 몰고 오는 것처럼 엄청난 기세로 타올랐다. 사람들은 그 추운 겨울에도 아랑곳하지 않고 개간했던 땅에 새로 파종을 할 기분으로 들떴다.

하지만 삶의 고단함은 여기서 끝나지 않았다. 봄을 맞아 씨를 뿌리자면 종자가 있어야 했던 것이다. 사람들은 한숨을 지으면서도 뭔가 기대의 끝을 놓지 않았다. 한번 호된 시련을 겪고 그것을 극복해 온 경험은, 또 다른 장애 앞에서도 결과를 모르더라도 반드시 해내고야 말겠다는 의지를 가져다주었기 때문이었다.

이에 부응하듯 고시는 그 해결책을 가져왔다. 어떻게 종자를 마련했는지 산벼, 수수, 기장, 그리고 콩 등 여러 가지 씨앗들을 구해와서는 사람들에게 나눠주었던 것이다. 그러고는 제때에 맞춰 씨앗을 뿌려야 한다면서 땅을 깊게 갈아 비료를 주어 비옥하게 만들고, 직접 파종하기 좋게 손보면서 다른 사람들에게도 그리하도록 요구했다. 그 모습에 감탄해 마지않던 사람들은 너나없이 따라 하기 시작했다. 그리하여 사람들은 봄이 오는 들판에서 제때에 맞춰 씨를 뿌리기 위한 일손을 바쁘게 움직였다.

새 세상에 대한 희망에 부풀어 있는 사람들의 모습은 예전과 완전히 달라 보였다. 물론 그 때문만은 아니었다. 그것은 땅의 공동 소유를 인정하는 동시에 개인적인 소유도 인정하고 있었기에, 그에 맞게 일들이 진행되고 있었기 때문이었다. 무조건 떼거리로 농사를 짓는 모습과는 확연히 달라져 있었다. 예전에는 마을 단위로 일이 진행되었다고 한다면, 지금은 가족 단위를 기본으로 서로 품을 나누며 일하는 형태로 진행되었다. 그러다 보니 더욱 소출을 높일 수 있는 농업 형태를 그들 스스로가 적극적으로 받아들이는 셈이 되었다. 이렇게 된 것은 그만큼 농기구의 발전이 담보되었기 때문이었다. 예전에 부지깽이 같은 것으로 땅을 대충 파서 농사를 지었다고 한다면, 고시가 설계하고 성조가 만들어낸 쟁기 같은 것이 대대적으로 보급된 이후에는 갈이농사를 진행하고 있는 데다가 땅을 비옥하게 하기 위한 퇴비 같은 것도 적극적으로 활용하였다. 사람들은 이런 새로운 농기구들을 받아들이면서 고시가 식량 문제에 관한 한 천부적인 재질을 가지고 있다고 칭찬해 마지않았다.

새로운 봄기운의 등장과 함께 소유관계의 변화와 쟁기 같은 농기구의 발전, 그리고 새로운 세상에 대한 희망 등의 반영을 통해 사람들의 자발적인 창의성이 적극 발현되었다. 이로 인해 이전의 강요된 노동과는 비교할 수 없을 정도로 파종은 신속하고도 대대적으로 진행되었다.

단군은 이런 일들이 성과적으로 진행되고 있다는 보고를 받고서도 직접 몇몇 수하들과 함께 곳곳을 돌아다니며 확인하였다. 정말 그 자신도 놀랄 지경이었다. 그는 이것을 보면서 사람의 힘을 모아내기만 한다면 그 어떤 것도 못할 일이 없다는 것을 깨달을 수 있었다. 그러면서 앞으로도 그 해결책을 다른 그 무엇에서 구할 것이 아니라 사람들과 직접 어울리면서 해결해나갈 것이라고 다짐하였다. 어쩌면 이런 것이 환인과 환웅의 뜻을 이어받으면서 건설해야 할 새로운 세상이 아닌가 하는 생각도 들었다. 급한 농사일을 해결했다는 마음에 단군은 매우 흡족해하면서도, 여기서 더 나아가 새 세상을 열어나가기 위한 기본 골격과 체계를 세워야겠다고 마음먹었다.

그러나 이런 단군의 바람은 바깥의 엉뚱한 사건에 의해서 흔들리게 되었다. 범씨족의 움직임이 아사달 진영에도 전달되면서 지난날 천신족 거불단 환웅의 다스림을 받았던 나라들이 술렁거리듯 이곳 아사달도 그 영향을 받아 흔들리기 시작했던 것이다. 하늘은 결코 순탄하게 새 세상을 열어 나가지 못하도록 작정한 것 같기도 했다. 사실 단군은, 아버님 거불단 환웅이 선인이 되어 하늘로 올라가면서 천부인이자 하늘의 경을 여는 자가 새 세상의

29

주인이 될 것이라고 예시한 이래, 이를 얻기 위한 움직임이 여러 각도로 진행될 것이라고 예상은 했다. 하지만 이처럼 혼란스럽고 잔인하게 진행될 것이라고는 미처 생각하지 못했다. 아니 그렇게 되지 않았으면 하는 것이 그의 바람이었다고 하는 편이 맞았다.

우선 웅씨족은 그 어떤 나라보다도 앞장서서 오직 그 천부인을 얻고자 전력투구하고 있었다. 이것은 충분히 그리할 수 있는 일이어서 모두들 묵인했고, 각기 다른 나라들도 그 방식을 추종하여 나갔다. 문제는 범씨족의 행동이었다. 그들은 다짜고짜 협박장을 내돌리면서 자신들에게 복종하라고 요구하고 나온 것이었다. 그 첫 목표가 녹씨족이었다.

녹씨족은 비록 약소국이었지만 사슴을 자신의 정령으로 삼으면서 우뚝 솟은 사슴뿔처럼 고고함과 고상함을 긍지로 여기며 평화를 사랑하는 나라였다. 그러기에 천신족과 가깝게 지내며 거불단 환웅을 따랐다. 물론 거불단 환웅이 사라진 뒤에 마음속으로는 그들 자신도 천부인을 차지할 수 있다고 생각했지만 그래도 친교 관계는 크게 달라지지 않았다. 그런데 범씨족의 수장 호한이 녹씨족에게 복종하라고 하니 크게 반발하지 않을 수 없었다. 자기들 나름대로 고고함을 유지하며 자존심을 견지하고 살아온 그들에게 굽실거리라고 하니 큰 상처를 받을 수밖에 없었던 것이다. 그래서 천신족은 물론이고 여러 다른 나라에게도 이 사실을 알려 공동 대처할 것을 주문했다. 그러나 어느 나라도 말로만 도와준다고 할 뿐 나서주지 않았다. 이에 녹씨족은 군사 전력 차이가 너무 크게 난지라 비록 복속하여 신하가 될 수는 없지만 범씨족과 형제의 나라로 지내겠으며 매년 얼마간의 양곡을 보낼 것이니 이해해달라고 요청했다. 그러나 범씨족은 자신들의 요구를 수용하지 않았다며 다짜고짜 공격을 개시하고 나왔다.

어쩔 수 없이 녹씨족은 범씨족에 대항해 싸웠다. 그러나 그 상황은 비참하기 짝이 없었다. 범씨족은 녹씨족을 제압하는 것을 목표로 두지 않았던 것이다. 그저 약탈과 살인 자체를 목적으로 하는 침략이었다. 이미 싸움 상대가 되지 않는 상황에서 전력을 상실해버린 녹씨족은 범씨족의 참살이 너무 가혹한지라 결사항전을 선언하였다. 그럴수록 범씨족은 더욱 악랄하게 행동했다. 살아있는 사람들은 어린아이 노약자 가리지 않고 모조리 죽었고, 형체가 남아 있는 것은 아예 불태워버렸다. 무슨 악귀가 씌웠다고 말할 수밖에 없었다. 그 참상이 얼마나 끔찍했는지 범씨족의 군사가 지나가는 길에는 귀신도 얼씬거리지 못할 정도였다. 얼마나 악명이 높았으면 아무것도 모르는 철없는 아이도 호랑이가 온다고 하면 울음을 뚝 그칠 정도였던 것이다.

녹씨족의 참상이 전해지자, 소국들은 두려움에 벌벌 떨었다. 이런 분위기에 사씨족은 범씨족에 충성을 맹세하고 함께하겠다고 선언하였다. 아무리 봐도 범씨족을 상대할 세력이 없는 조건에서, 필시 자신이 언제 공격을 받을지 몰라 전전긍긍하기보다는 차라리 범씨족에 적극 달라붙어 자신들의 살 길을 찾고자 한 것이었다.

사씨족이 투항하면서 범씨족에게 대항해 연합 전선을 펴고자 했던 나머지 세력들은, 어느 누구도 감히 앞장서서 범씨족에게 대항하려고 하지 않았다. 도리어 자신들이 그 희생양이 되지 않기를 바랄 뿐이었다. 그러다 보니 제국의 모든 나라들은 서로 눈치만 보면서 범씨족과의 갈등을 슬슬 피하려고만 들었다. 하지만 그것은 그런 나라들의 바람일 뿐이었고, 범씨족의 위압적이고 고압적인 행동은 더욱 가속화되었다.

이런 상황에까지 이르자, 이곳 아사달도 언제 범씨족의 잿밥이 될지 알 수 없는 일이었다. 따라서 사람들은 하루빨리 삶의 터전을 안정시키기 위해 전념해야 할 상황에서 주변의 변화에 신경을 곤두세우지 않을 수 없었다. 단군 역시도 고심하기는 마찬가지였다. 무엇보다 중요한 것은, 지금 양곡 생산에 전력을 다하지 못한다면 앞으로의 일이 더욱 낭패라는 점이었다. 그러니 이 문제가 원만히 해결되도록 하는 것이 무엇보다 중요했다.

실상 한편에서는 천부인이자 하늘의 경을 열겠다고 나서고 있고, 다른 한편에서는 그것을 힘으로 차지하겠다고 나오는 조건에서, 과연 어떤 것이 옳은 길인지 명확히 할 필요가 있었다. 그러나 분명한 것은 두 가지 방식 다 그렇게 해서는 새 세상을 열 수 없을 것이라는 거였다. 단지 이곳 농군들의 모습을 보고 새 세상의 기운은 바로 사람에게 있다는 점만은 확실하다는 것이었다. 하지만 그것은 대체적인 방향이었을 뿐, 그 구체적인 방법은 잡힐 것 같으면서도 좀체 잡히지 않은 신기루 같은 그 무엇과도 같았다.

　단군은 이에 대해 가타부타 언급하지 않았다. 도리어 전혀 관심이 없는 것처럼 행동했다. 만약 이러한 상황에서 단군이 걱정하는 모습을 조금이라도 보이면 백성들이 흔들릴 게 틀림없었다. 그래서 그는 이 문제에는 도외시한 채, 새 세상에 희망을 가질 수 있느냐의 여부는 양곡 생산을 얼마나 잘 해내느냐 하는 것에 달려 있다며 이에 만전을 기해 나갈 것을 역설하였다. 세상의 출렁거림에도 상관없다는 듯 그 자신이 직접 고시와 성조, 그리고 팽우 등의 사업을 적극 도우며 나섰다.

　그러자 사람들은 처음에는 두려움과 공포심에 사로잡혔지만 점차 제자리를 잡아가고 다시 일에 전념하게 되었다. 어쩌면 이것은 세상이 어떻게 변하든 관계없이 자신들의 일을 묵묵히 해나가는 농군들의 뚝심과 맞아떨어지는 것 같기도 했다. 물론 그렇다고 범씨족의 공격을 받을지 모른다는 그 두려움과 공포가 가슴 속에서 완전히 사라진 것은 아니었다.

　결국 언젠가 다가올 폭풍이 마침내 몰아치듯 일순간에 잠잠해진 분위기를 깨뜨리는 사건이 발생하고야 말았다. 어디선가 이상한 노인네가 나타나 올 여름에 변고가 생길 것이라며 드러내놓고 사람들을 선동하고 다녔던 것이다. 이것은 단군에게 큰 치명상을 가져다주는 일이었다. 어떻게든 전쟁의 공포를 잠재우고 사람들이 묵묵히 일해 나갈 수 있게 하려고 고심하고 있는데, 그것을 방해하려 하고 있으니 이것은 결코 그로서는 간과할 수 없는 문제였던 것이다.

단군은 그 진상을 파악하여 보고하라고 명하면서 그 노인을 즉시 잡아오도록 하였다. 혹세무민하며 사람들의 마음을 어지럽도록 조장하고 있으니 따끔하게 혼을 내줘야 한다고 판단했던 것이다. 사실 그렇지 않아도 천부인이 사라지고 새 세상의 주인이 될 사람이 그것을 열게 될 것이라고 하는 바람에, 그것을 차지하기 위한 경쟁이 일어나 대혼란에 빠져들고 있는 상황이었다. 그런데 이 판국에 변고설까지 퍼뜨리는 것은 아예 불난 곳에 기름을 들이붓는 격이었다. 이를 엄금하지 않고서는 결코 사람들의 혼란스러움을 막을 수가 없을 것이었다.

단군의 수하가 그 노인네를 데려왔는데, 단군은 깜짝 놀랄 수밖에 없었다. 그 노인은 다름 아닌, 지난날 고행의 길을 떠났을 때 세상을 주유하면서 보고 느낀 점을 그에게 얘기해준 신지라는 인물이었던 것이다. 이 사람이라면 단순히 그런 괴소문을 지껄이는 사람이 아닐 텐데. 단군은 그 노인을 알아보고는 예를 취한 다음 정중히 따져 물었다.

"도대체 왜 변고설을 퍼뜨리시는 것입니까? 지금 보는 바와 같이 이제야 질서가 새롭게 잡혀 나가고 오곡을 재배하며 생활의 기반을 다지고 있는 마당에…… 노인장께서는 여러 곳곳을 둘러보았으니 여기의 상황이 여의치 않다는 것을 누구보다 잘 아시지 않습니까? 더욱이 그런 일이 있으면 그것을 막을 방책을 얘기해야지, 어찌 사람들을 선동해 이리 불안하게 만드시는 것입니까?"

"하늘의 뜻이 그러하건대 어찌 사람의 힘으로 그것을 막을 수 있겠습니까? 설사 그것을 막을 수 있다고 해도, 아니 진정 그것을 막으려고 한다면 하늘의 기운이 펼쳐지는 것을 알아야 하지 않겠습니까? 내 그것을 말해주고자 했을 따름이오."

노인의 말에 단군은 답답하다는 듯 가슴을 쳤다.

"변고가 하늘의 뜻이라고요? 허허! 어찌 그런 경우가 있다는 말입니까? 그거야말로 무지몽매한 사람들을 현혹하여 자신들의 이익을 꾀하려고 하는 사람들이나 하는 짓이지요. 그럼, 지금 범씨족이 군사를 일으켜 전쟁을 벌이는 것이 과연 하늘의 뜻이란 말입니까? 그건 단지 범씨족 수장 호한의 야심인 것이지요."

노인은 천천히 고개를 가로저으며 대답했다.

"그거야 맞는 말씀이지요. 허나 나는 하늘의 뜻이 전쟁을 의미한다고 말하지는 않았습니다."

"뭐요? 전쟁이 변고가 아니라고요?"

단군은 신지의 말에 깜짝 놀랐다. 대뜸 지금의 상황을 염두에 두고 짐작해서 말한 것인데, 그 얘기가 아니었던 모양이었다. 진짜 하늘의 뜻을 얘기하는 것이라는 말에 단군은 의아하게 생각했다. 실상 신지는 혹세무민할 사람이 아니었다. 단군은 신지가 그런 말을 한다는 게 좀 납득이 가지 않았다. 그 의문을 풀어주듯 신지가 다시 입을 열었다.

"하긴 전쟁일지도 모르지요. 아니면 또 다른 것일지도……. 그것이 무엇인지 나도 잘 모릅니다. 단지 분명한 건 예로부터 하늘은 사람이 잘하고 못하는 것을 경계하고 가르치기 위해 그 뜻을 보였다는 거지요. 그 어떤 형태로든 조만간 대재앙을 내릴 것이라고 말입니다."

신지의 말은 알 듯 모를 듯 미묘한 의미를 풍기고 있었다. 꼭 지금 천부인을 열기 위해 제국의 여러 나라들이 그 방법을 찾기 위해 혈안이 되어 움직이고 있는데, 마치 그러한 행동이 잘못되었으니 하늘이 재앙을 가져다줄 거라는 소리로도 들렸다.

"대재앙을 내린다고요? 가르치고 경계하기 위해? 도대체 무엇을 어떻게 말입니까?"

단군이 놀란 눈으로 묻자 이에 신지가 다시 대답했다.

"하늘의 뜻은 무엇보다 저 높은 하늘의 별자리에게 먼저 보여주지요. 그런데 가장 중요한 큰곰별자리가 거대한 태풍의 눈에 걸쳐 있어요. 그건 곧 변화와 재앙을 의미하지요. 별자리가 어떻게 생겼는지를 안다면, 왜 그것이 인간 세상의 변화의 조짐을 먼저 보여주게 되는지 자연히 알게 되지요."

신지는 자신의 말에 확신을 가진 듯 얘기하고는, 자연스럽게 인류 출현의 유래까지 설명하기 시작했다.

"원래 천지창조는 율려(律呂, 소리)에 의해서 열렸지요. 그 율려가 몇 번 부활하여 별들이 나타나며 바다와 육지가 생겨났고, 인간의 어머니인 마고麻姑가 잉태되었던 것이지요. 그래서 마고는 율려, 즉 하늘의 본음本音에 의해 마고성麻姑城을 세우고 천상의 세계를 열었던 거고요. 허나 그렇게 평화스럽고 행복했던 그 이상

세계는 오미五味의 변變으로 깨어지게 되었지요. 우주의 원리인 율려律呂의 소리를 듣지 못하게 되었으니, 더 이상 그 세상은 유지될 수 없게 되었던 거지요. 그래서 그 이상 세계를 다시 찾고자 복본複本의 길을 수행하게 된 것이지요. 황궁씨, 유인씨, 환인씨로 이어지는 그 수많은 세월이 바로 그 과정이지요."

"허나 환인씨께서는 복본의 길을 마침내 걸었고, 그 뒤를 이은 환웅이 큰 뜻을 품은 것을 아시고 직접 천부삼인天符三印을 내려주시며 그 큰 뜻을 펼쳐 보이시라고 하신 것이 아닙니까? 그런데 왜 재앙을 내리신다는 것입니까?"

"하늘이 아니라 사람이 그리한 것이지요. 율려라는 것이 무엇입니까? 우주의 근본원리이자 세상의 원리가 아닙니까? 그러니 율려에 따르면 우주와 사람이 하나가 되는 것이지요. 그런데 오미五味(포도)의 맛을 봄으로 해 그 합일이 깨져버린 것이지요. 그렇듯 그 근본원리를 담고 있는 천부삼인의 이치에 따르지 아니하고 그것을 군사적 힘으로, 아니면 간사한 요술로 얻고자 하고 있으니 하늘은 재앙을 내려 그것을 훈계하려고 하는 것이지요. 그것을 지금 하늘의 별자리는 분명 예시하고 있소이다."

신지의 얘기를 통해 태고의 전설에서부터 별자리의 움직임 등, 그가 익힌 세상에 대한 지식이 상당하다는 것을 짐작할 수 있었다. 이것은 단순히 변고설을 퍼뜨려 혹세무민하기 위해서 그런 말을 하고 있음이 아니라는 것을 보여주는 것이기도 했다. 어쩌면 그것을 막아야 한다는 것을 얘기하는 것 같기도 했다. 그래서 단군이 조심스럽게 입을 열었다.

"분명 하늘의 뜻을 보이기 위해 대재앙을 보낸다고 말씀하셨지요. 하지만 그것을 막을 수 있다면 막아야지요. 그렇지 않습니까? 그러니 대체 대재앙이 무엇인지 말씀해주시지요."

"그것을 사람의 힘으로 막을 수 있는 것인지……. 하여튼 재앙을 내린다는 것이고, 이를 통해 사람들에게 경계해야 할 것들을 가르치려고 한다는 사실이지요."

"그런 말씀 그만하시고, 어찌하면 막을 수 있을지 그것을 말씀해보세요. 별자리가 세상에 변고가 생길 것이라고 말해주고 있다고 하니, 그것을 막을 방책도 예시해주지 않겠습니까? 그것도 모르고 이러한 사실을 이야기했다고 한다면 그야말로 사람을 기만한 것일 터이고, 막을 수 없다고 한다면 차라리 말하지 않는 편이 더 낫지 않겠습니까? 천기를 누설한 것에 대해 책임을 지셔야지요."

단군의 비판에도 신지는 그저 알쏭달쏭한 소리만을 되풀이했다.

"그게 무엇인지 알면……. 단지 내가 본 하늘의 뜻은 그런 조짐을 보여주고 있다는 것입니다. 거기까지가 내 능력인 것을요……. 허나 말씀대로 대재앙의 조짐을 보여주었다는 건 어쩌면 그걸 막으라고 하늘이 예지해주는 것일 수도 있겠지요. 그런데 글쎄……. 천부인을 열 새 세상의 주인이 될 분이라면 몰라도……."

"허허! 그런 하나 마나 하는 소리를 하고 있다니요! 그럼, 그분

38

이 나타날 때까지 기다려야 한다는 말인가요? 참으로 무책임하시는군요."

단군은 실상 하늘의 뜻이 무엇인지 신지만큼 정확히 알 수는 없었으나, 사람이 할 수 있는 일을 단지 하늘의 뜻이라고 하며 방관자적인 상태로 있고 싶지는 않았다. 환인을 이은 환웅께서 천상의 세계가 아니라 지상의 세계에서 홍익인간의 세상을 개척하려고 한 것이나, 태고의 전설이 오랜 동안 사람들의 입에 회자되며 내려왔던 것은, 능히 사람의 힘으로 그것을 세울 수 있기 때문이라고 생각했다.

하지만 어찌 하늘의 뜻을 사람이 막을 수 있겠느냐는 신지의 반문에, 그 자신 또한 분명하게 대답하지 못했다. 단군은, 백성들에게 이제야 먹고살 수 있는 공간을 마련해주었는데, 대재앙이 몰려온다고 하면 그대로 당할 수만은 없고 어떻게든 그것을 막아내야 하지 않겠느냐며 자신의 뜻을 밝혔다. 그러자 신지는 지켜보겠다고만 대답하였다.

단군은 재앙을 막겠다고 했으나 속으로는 막막하기만 했다. 이건 꼭 뜬구름 잡는 식이었다. 도대체 무슨 일이 어떻게 벌어지는 것인지 알아야 그 방책을 세울 수 있을 것이 아닌가? 단군은 고심 끝에, 그것을 막으려면 그것이 무엇인지 알아야 한다는 단순한 이치에 따르기로 하였다. 그건 하늘의 뜻을 알아야만 한다는 것이고, 그러자면 직접 하늘의 기운과 통해야만 했다.

마침내 단군은 복본의 수행에 들어갔다. 그가 택한 곳은 하나의 토굴이었는데, 볕이 잘 들고 바람이 잘 통하는 곳이었다. 원래 아사달이라는 지역 자체가 그러한 지형 조건을 갖추었는데, 토굴은 그런 곳들 가운데서도 하늘의 기운이 잘 통하는 산 중턱에 자리하고 있었다. 그곳에서 그는 몸과 마음을 비우고 하늘의 기운과 통하여 그 뜻을 취하고자 하였다. 이것은 몸과 마음을 수행하여 우주의 소리를 듣고 하늘과 하나가 되는 길이었다. 어쩌면 이것은 환인과 환웅께서 계속 금계를 행해왔던 것을, 지금의 이르러 단군이 그 본을 받아 수행하고자 하는 것이었다.

그는 먼저 토굴에 쑥 같은 것으로 온갖 벌레들이 침습하지 못하도록 한 뒤에 음식을 끊고 수행에 들어갔다. 하지만 온갖 잡념들이 머릿속에 맴돌았다. 그럴수록 그것을 떨쳐버리려는 강인한 의지가 발동되었다. 그러다 보니 그의 머릿속이 혼탁해지면서 이상한 힘에 의해 이끌려갔다. 그것에서 벗어나려고 안간힘을 썼지만, 그럴수록 반인반수의 괴물과도 같은 이상한 힘이 생겨나 온몸에 넘쳐 흘렀다. 그러나 그것은 원래의 자신이 아니었다. 새로운 힘은 생겼으나 단군 자신의 의지라기보다는 괴물의 수하 노릇을 하는 자신을 발견하였던 것이다. 이것은 결코 단군이 바라던 바가 아니었다. 20일이 지나도록 어떤 진척도 일어나지 못했다. 매번 수행에 들어갈 때마다 그는 흠뻑 땀을 흘리며 신열에 시달렸다.

도무지 진척이 없었다. 될 듯 말 듯 하다가 어느 정도에서 딱 멈춰버리니 정말 포기하고 싶었다. 어쩌면 지금껏 마늘과 쑥으로

만 연명한지라 몸에 기운이 하나도 없어서 그런지도 몰랐다. 그러다 보니 지금껏 아사달 백성들의 희망을 놓고 싶지 않아 대재앙만은 반드시 막아야 한다는 일념이 그의 머리를 강렬하게 지배하여 왔으나, 어느덧 그의 마음은 무엇을 추구하고 있는지 그 사실조차도 모를 정도로 포기하기에 이르렀다. 아니, 포기라는 것 자체를 잃어버렸다. 그야말로 모든 것을 하늘에 맡겨버린 것이었다. 무아의 경지라는 것이 바로 이런 것인가 싶었다. 그것은 한순간이었으나 동시에 무한의 시간이기도 했다. 아니, 시간이 멈춰버리는 듯했다.

바로 그 순간, 정수리를 통해 한줄기 시원한 바람이 불어오는 것 같은 기운을 느꼈는가 싶었는데, 그의 귀에 엄청난 소리의 울림이 들려오는 것이었다. 그것은 아주 작은 소리였으나 우주를 지배하는 듯 꽉 차 있는 소리였다. 천상의 세계에서 언제나 들려오는 율려의 소리였다. 원래 우주와 인간이 하나 되는 곳에서는 언제나 이 소리에 따라 행동하여 거스름이 없었는데, 천상의 세계를 잃어버린 지금의 세상에서는 복본을 수행해야만 얻을 수 있는 소리였다. 어떤 마음이나 의지도, 그 모든 것이 스며들 곳이 없는, 그저 소리만이 있을 뿐이었다. 단군은 평화롭고 조화로운 소리에 자연스레 따르게 되었다. 그러자 자신도 모르는 사이에 온갖 몽환과 관념이 사라지고, 그토록 그를 얽매던 잡귀마저 추풍낙엽처럼 떨어져 나갔다. 그와 동시에 단군의 모든 것은 하늘의 기운과 하나가 되었다. 그의 눈에 하늘의 별자리와 기운이 환하게 보였다.

　다음 순간, 그 기운은 언제 그랬다는 듯이 사라지고 거대한 회오리바람이 일더니 엄청난 먹구름을 몰고 왔다. 순식간에 세상은 암흑천지로 변해가고 있었다. 도대체 어떻게 되는 것인지 어둠 속에서 아무것도 분간할 수가 없었고, 그 엄청난 기세에 아무런 저항도 할 수 없었다. 그저 몸을 맡기며 지켜보는 수밖에 없었다. 세상은 어둠 속에서 엄청난 물바다로 변하여 천지를 휩쓸어가기 시작했다. 농토는 물론이고 가구와 집 등, 온갖 것을 한꺼번에 삼키며 세상을 아수라장으로 만들고 있었다. 이런 것을 보게 된 건 벌써 단군이 도통의 경지에 도달에 하늘의 기운과 통하고 있다는 사실을 의미했다. 이것은 자신의 의지로 한다고 해서 되는 것이 아니라 그야말로 저절로 이뤄져버린 것이었다.

　단군이 이렇게 단시간에 도통의 경지에 이른 것은 실로 그만이 가진 엄청난 자질 때문이었다. 벌써 단군은 무예에 정통해 있었으며, 어릴 때부터 수련을 해왔는지라 그 자신이 고강한 단계에 도달해 있었다. 그리고 백성들을 다스리면서 치화治化의 도를 터득했던 데다가 자기 몸마저 수행의 경지에 도달해 있었기에, 조화造化와 교화敎化의 도도 역시 빠른 시일에 터득하여 궁극적으로는 하늘의 기운에 이를 수 있었던 것이다.

　단군은 자신의 눈앞에 펼쳐진 끔찍한 광경에 몸을 부르르 떨었다. 꿈인지 생시인지 알 수 없는 광경이, 너무나 선명하게 그의 눈에 보였던 것이다. 그렇지만 어느 순간 그것은 형체도 없이 사라져버렸다.

단군은 긴 한숨을 몰아쉬었다. 이것은 분명 신지가 말한 재앙의 변고일 수 있었다. 그것은 다름이 아니라 파도처럼 몰려오는 엄청난 물이 가옥과 농토 등 삶의 터전을 완전히 휩쓸려버리는 대재앙이었다. 일찍이 오미의 변을 겪으면서 마고성이 폐쇄되자, 여기에 찌든 찌꺼기를 청소하고자 천수天水를 부었는데, 그것이 동·서에 크게 넘쳐 대재앙에 휩싸이게 되지 않았던가? 그런데 이런 재앙이 이 세상에 또 내리다니……. 새 세상을 열자면 이렇게 찌든 찌꺼기를 청소해야 한다는 게 하늘의 뜻이란 말인가? 이런 하늘의 뜻을 어찌 인력으로 막을 수 있단 말인가?

단군은 삼칠일간의 고행을 끝내고 내려온 뒤에 더욱 고뇌에 휩싸였다. 대책을 세우기 위해 사실을 알고자 하여 복본의 수행을 떠나 마침내 그것을 깨닫게 되었으나, 이제는 그것을 알고도 어떻게 해야 할지 몰라 더욱 답답하기만 했다. 어쩌면 신지는 이를 알고 자신의 능력 밖이라고 말했을지도 모를 일이었다.

그는 다시 신지를 불러들였다. 신지는 그가 무엇을 보았는지 알고 있는 듯했다. 단군은 다른 서두 없이 대뜸 물었다.

"어찌하면 막을 수 있겠소이까?"

"하늘의 뜻을 알았다면 그에 맞길 것이지 어찌 그것을 거역하려 드십니까?"

"어찌 그런 말씀만 계속하십니까? 자, 저 백성들을 보시요. 새 세상의 희망을 찾아 온갖 어려움을 겪으며 그 혹한 겨울을 견뎌

왔소. 이제 파종하여 그 희망의 세상을 열어가고자 하는데…….
그런데 그 희망이 모조리 산산조각 나는 것을 보고만 있을 수 있
겠소? 결코 그리할 수는 없지 않습니까? 어찌하면 좋을지 얘기해
주시구려."

"그것은 저의 능력을 벗어난다고 말하지 않았습니까? 하지만
하늘이 그 뜻을 보여주었다면 그에 대한 방책을 세우라고 하는
것 또한 하늘의 뜻이 될 수 있지 않겠습니까?"

단군은 신지를 빤히 바라보았다. 이것은 지난번 자신이 신지에
게 대책을 말하라고 요구하면서 했던 말이었던 것이다. 실상 답
은 그것밖에 없었다. 하늘이 징조를 보여주는 것은 사람으로 하
여금 그것을 보고 대비하라고 한 것이지, 넋 놓고 당하라고 하는
것은 아닐 것이었다. 그러고 보면 말로는 대책을 세워야 한다고
했지만, 엄청난 재앙 앞에서 그 스스로 확신하지 못해 고통만을
되새기는 꼴이었다.

단군은 대재앙이 무엇인지는 분명히 알 수 없었지만 큰 수난을
당할 것만은 분명히 보았다. 더욱이 백성들이 먹고살 문제를 해
결하자면 물을 다스리는 것이 필요했다. 어쩌면 대재앙이라는 말
또한 백성들이 먹고살 것을 우선 해결하라고 한 것인지도 몰랐
다. 실질적으로 그것이 재앙으로 내릴지도 알 수 없는 일이었지
만, 분명한 것은 이 나라의 백년대계를 위해서는 필요하다는 사
실이었다. 그러면서 문득 아버지 거불단이, 이곳은 새로운 세상
을 펼치기에 좋은 곳이지만 치수治水를 할 수 있어야 가능하다고

말했던 일도 떠올랐다. 그렇다면 하늘이 대홍수에 대비해 물을 다스리라고 말하는 것이 분명했다.

 그런데 답답한 건 자신은 이런 일에 경험이 없다는 것이었다. 재앙을 막고자 하는 마음은 간절해도, 단순한 물막이가 아닌 그야말로 천지를 암흑으로 몰아넣은 대재앙을 막는 사업은 그리 간단한 일이 아니었다. 더욱이 사람들을 어떻게 설득한단 말인가? 오미의 변으로 마고성이 폐쇄되고 그것을 청소하기 위해서 쏟아진 천수로 인해 대홍수가 일어난 일을 얘기해도 사람들은 믿지 않을 것이었다. 또 아직 나라의 기강도 잡히지 않는 상태에서 대수로 공사를 하는 것은 그야말로 힘에 벅찬 일일 수밖에 없었다.

 그가 시름에 잠기어 그 대책을 고심하고 있을 때, 갑자기 사람들 사이에서 단군을 찾는 반가운 목소리가 들려왔다. 하백녀가 방금 아사달에 도착한 것이었다. 하백녀는 이들이 지난겨울을 보낼 수 있게 하는 데에 큰 도움을 준 은인이었다.

 단군은 곧바로 하백녀를 맞이하였다. 역시 단군이 점찍어 미래를 약속할 정도로 그녀의 모습은 그야말로 하늘의 선녀가 하강한 듯 아름다웠다. 단군은 기쁨에 겨워 그녀를 맞이하면서 수신족의 상황과 안부를 물었다. 그러고는 그녀가 지원해준 것에 대해 고마움을 표시했고, 아울러 이렇게 자신을 믿고 찾아온 것에 대해 결코 잊지 않을 것이며 여기서 새 세상을 이루어보자고 말했다. 하백녀도 그런 단군에게, 자신이 당연한 일을 했을 뿐이라며 자신도 여기서 함께하기 위해 찾아왔으니 꼭 그런 세상을 이뤄보자는 당찬 의욕을 보였다.

이렇게 서로의 안부를 물으며 얼마간 기쁨을 나눈 뒤에, 단군은 긴 한숨을 내쉬었다. 정인과 달콤한 말을 나누면서 애틋한 정을 쌓고 싶었으나 지금은 그럴 수 있는 상황이 아니었다. 그의 머릿속은 이미, 다가올 대재앙을 어떻게 막을 것인가 하는 걱정으로 가득 차고 있었다.

그러다 문득 수신족의 나라가 치수治水에 대해서는 많은 경험을 가지고 있다는 사실을 떠올렸다. 그러나 모처럼 만난 정인에게 이런 얘기부터 꺼낸다는 것이 망설여졌다. 그런 모습을 보았는지 하백녀가 조심스럽게 물었다.

"무슨 근심이 있는 것이옵니까? 얼굴에 수심이 가득 차 보이옵니다."

"아닙니다. 여기 오시느라 많이 피곤하실 것이니 오늘은 우선 편히 쉬도록 하십시오."

단군이 애써 말을 삼가며 피하려 하자, 하백녀가 서운함을 표시했다. 자기를 믿고 여기까지 왔는데, 속마음을 얘기해주지 않으니 섭섭하다는 표정이었다. 이를 보자 단군은 차라리 얘기하는 것이 더 나을지도 모른다는 생각이 들었다. 사실 이곳 백성들을 떠올리면 이것저것을 따질 계제가 아니었다. 어쩌면 이런 시기에 하백녀가 찾아온 것 또한 천우신조일지도 모른다는 생각마저 들었다. 그래서 입을 열었다.

"내 사실 한 가지 큰 근심이 있기는 한데, 그것을 말해도 될는지……. 이런 자리에서 말하는 것이 어쩐지 주저됩니다. 허나 내 기꺼이 말하겠소이다. 그대가 나를 많이 도와주었으면 합니다."

"제가 도울 일이라고요? 그래요. 어서 말씀해보시옵소서."

"수신족은 물을 다스려본 경험이 많은 걸로 알고 있어, 내 그 일을 상의하려고 하오."

"그거라면 걱정하지 마시옵소서. 치수라면 우리 수신족을 따라올 나라가 없지요. 그래서 우리의 이름 자체가 수신족이 아니옵니까. 그리고 이곳에서 안착했다는 소식을 듣고 정착을 하려면 무엇보다 물을 다스려야 한다는 생각에 그에 필요한 사람까지 데려왔습니다. 그러니 그 때문이라면 염려하지 않아도 괜찮을 것이옵니다."

"그래요? 고맙소이다. 그리 말씀하시니 내 마음이 한결 가벼워진 것 같소이다. 허나 이 일은 그렇게 간단한 것이 아닙니다. 지금 사람들 사이에서 대재앙이 내릴 것이라는 소문이 돌고 있는 것을 알고 있지요? 헌데 그것이 무엇인지 정확히는 몰라도 분명한 것은, 그 옛날의 오미의 변으로 인해 마고성이 폐쇄된 이후에 대홍수가 졌던 것처럼 지금의 잘못된 사람들의 행동 때문에 또 그런 대재앙이 온 천지를 휩쓸 거란 사실이지요. 사람들이 이 사실을 믿지 않을 수도 있겠지요. 허나 나는 분명 천기를 보았습니다. 더욱이 백성들이 앞으로 풍족하게 먹고살자면 치수는 불가피한 일이 아니겠습니까? 허나 지금은 나라가 안정되어 있지 못한 상태에서 그런 큰 일을 한다는 것이……. 하지만 이곳에 정착한

47

지 얼마 되지도 않았는데, 만일 그런 일이 벌어진다면 백성들의 고통이 얼마나 크겠습니까? 내 이를 생각하면 잠을 이루지 못할 지경입니다. 그래서 그 방책을 세웠으면 하는 것이지요."

"그토록 엄중한 일이옵니까?"

하백녀는 심각하게 받아들이면서도 한편으로는 기쁨을 감추지 못하는 얼굴이었다. 단군에게 가장 큰 힘을 보태줄 수 있는 일을 하게 되었다는 데서 오는 즐거움이었다. 하백녀는 단군이 이렇게 고심하는 일을 자신이 직접 책임지고 풀어보겠다는 의지를 강력히 내보였다.

단군과 하백녀는 미래를 약속한 정인으로서 모처럼 만에 만났으나, 그 감정을 표현하기도 전에 대재앙을 막을 방책을 세우기 위해 고뇌하였다. 하백녀는 역시 수신족의 딸답게 관개 수로에 대해서는 정통하였다. 그녀는 벌써 함께 데려온 부하들을 대동하고 아사달의 지형을 살펴보고는 그에 대한 대책을 세워 단군에게 제시했다. 단군은 그가 며칠 동안 곳곳을 돌아다니며 그 대책을 세우려고 했으나 하지 못한 것을 이렇게 빠른 시일 내에 해결하는 것에 감탄해 마지않았다. 그러면서 물었다.

"참으로 대단하오. 허나 이것으로는 부족할 것 같소. 이것은 단순한 홍수가 아니라 대재앙이라는 말이오. 그러니 어찌 단순히 비가 내리는 것을 막아내는 정도로 될 수 있겠소? 분명 며칠간의 비만 내려도 이만한 수로로는 넘치고 말 것이오."

단군의 말에 하백녀도 놀랐다. 그녀가 참고했던 것은 수신족의 관개 수로였는데, 그것은 지금까지 어떤 비에도 끄덕하지 않고 버텨내 왔다. 그런데 단군이 말하는 것은 그것을 훨씬 뛰어넘는 대공사를 하라고 요구하고 있었던 것이다.

단군의 요구에 하백녀는 다시 그 계획을 내놓았는데, 그것은 실상 인간의 힘으로 할 수 없는 것이었다. 하백녀도 대책으로 내 놓기는 하였으나 그것이 가능하다고는 생각하지 않았다. 단지 단군이 요구하는 것을 충족시키자면 그렇게는 해야 방비가 될 수 있다는 계산에서였던 것이다. 그런데 단군은 그제야 만족감을 표시했다.

"이곳은 우리가 새 희망의 세상을 건설하고자 하는 곳인데, 몇천몇만 년을 능히 버텨낼 수 있게 해야지요. 이것이 완성된다면 그야말로 새 세상의 터전이 갖춰지게 될 것입니다."

단군은 어쩌면 신지가 말한 대재앙을 내려 하늘의 뜻을 보여준다는 것이, 바로 희망의 세상을 이룩하기 위해서는 치산치수를 잘해야 한다는 것을 가르쳐주기 위해서가 아닌가 하는 생각마저 들었다. 도저히 인간의 힘으로 되지 않는다고 여겼기에 신지는 자신의 능력 밖에 있는 일이라고 말했던 것이지도 몰랐다. 단군도 장담할 수 없는 일이었다. 물을 다스리는 것에 정통한 하백녀도 자신 없어 하니 더 말할 필요가 없었다. 하지만 대재앙을 막기 위해서는 올 여름이 오기 전에 한시바삐 일을 진행해야 했다. 해낼 수 있는지 없는지는 해보아야 알 수 있는 일이었다.

마침내 단군은 여러 수하들과 대표자들을 모아놓고 대재앙이 올 것임을 얘기하고 그 대책으로 하백녀가 마련한 방책을 제시하였다. 그러자 사람들은 그것이 가능하겠냐며 의문을 표시했다. 수로 사업이라고 하여 단순한 물길을 만드는 것이라고 생각했는데, 이것은 그야말로 대수로 사업이었던 것이다. 물론 이 사업만 제대로 한다면 아무리 비가 많이 온다고 해도 끄떡없을 뿐만이 아니라, 온갖 가뭄에도 농사를 짓는 데 필요한 물 걱정을 아예 하지 않을 정도였다. 그렇지만 한 개의 산도 아니도 여러 개의 산을 옮길 정도의 대공사 앞에 그들은 망설일 수밖에 없었다.

더구나 그들은 그 변고를 막는 것이 대수로 사업이라는 사실에 반신반의했다. 지금처럼 땡볕이 내리쬐고 그러는데, 어찌 그런 일이 생길 터이며, 아무리 단군이 뛰어나다 해도 비가 오는 것까지야 어떻게 알겠느냐는 것이었다. 더욱이 대재앙이라고 하면 지금 상황에서는 전쟁일 수밖에 없을 것이었다. 그런데 이에 대한 방비는 하지 않고 당장 나라의 체계도 세워지지 않은 상황에서 그것도 단순한 비막이 공사도 아닌, 엄청난 대수로 공사를 한다는 사실을 도저히 이해할 수 없었다. 실질적으로 대재앙이 홍수가 아니라 전쟁일지도 모르는 일이었다. 하지만 단군이 지금껏 그들을 위해 온갖 성심을 다하며 이끌어주었던 것을 알았기에 차마 그렇게까지 반론을 제기하지는 못했다. 단지 그것은 인력으로 될 수 없는 일이라고만 되풀이하였다.

이에 단군은 모두들 내 말을 믿고 있지 않으나 분명한 것은 하늘의 기운과 통했다는 것이고, 그 징조를 별자리가 보여주고 있다고 역설하면서 다시금 그들에게 호소하였다.

"지금 이 일이 무척 어렵고 힘들게 느껴진다는 것을 압니다. 하지만 지난겨울에도 도저히 해낼 수 없을 것처럼 보였지만, 우리 모두가 힘을 합쳐나갔기 때문에 해결하지 않았습니까? 이것도 마찬가집니다. 지금 비록 힘들지만 꼭 해내야 할 일입니다. 여기에 새 세상의 희망이 달려 있기 때문입니다. 자, 우리 모두 힘을 내어 천년만년 살 수 있는 그런 터전을 만들어봅시다."

사람들은 반신반의하면서도 지금껏 자신들을 위해 성심껏 이끌어준 단군인지라 마지못해 고개를 끄덕였다. 그러나 이것은 반대하지 않겠다는 뜻에 불과했지 모든 일에 적극적으로 나서서 한다는 말은 아니었다.

난관 끝에 사람들의 동의를 얻어 치수 사업이 전개되기에 이르렀다. 여기에 가장 앞장선 이들은 단군이 이끌고 있는 군사들이었다. 그들은 하백녀의 의도에 부응하며 적극 움직였다. 하지만 이런 정도로는 대수로 공사를 하기엔 역부족이었다. 이대로는 안 되겠다고 생각한 단군은 자신도 아예 팔을 걷어붙이고 나섰다. 그러자 처음에는 농사를 지어가면서 수로 공사를 곁눈질로 지켜보기만 하던 농군들도 틈이 날 때마다 적극 참여하였다. 단군이 직접 나서서 함께한 효과였다. 누구에게 시켜서 하는 대신에 그 자신이 직접 하고, 또 그것은 그들을 위한 일이었음을 알았기에 이에 감동을 받은 것이었다.

물론 한편에서는 여전히 범씨족의 침략과 전쟁의 움직임에 대해 경계를 갖추는 것이 더 바람직하지 않겠느냐며 대수로 공사를 못마땅하게 생각하는 이들도 있었다. 하지만 단군은 이런 움직임에 결코 일일이 대응하지 않았다. 치수 사업은 언젠가 반드시 해야 할 일로서 오곡을 풍요롭게 재배할 수 있도록 하는 천년만년의 대계이자, 새 세상의 희망을 건설하는 일이라고 역설하며 고집스럽게 밀고 나갔다. 그런 가운데 농군들이 하나둘씩 참여하게 되었고, 마침내 남녀노소 할 것 없이 대부분의 백성들이 참여하게 되었다. 그리하여 다른 나라에서 천부인을 열어 새 세상의 주인이 되겠다며 호들갑을 떨고 있는 상황과는 정반대로, 이곳 아사달에서는 도저히 인력으로는 할 수 없다고 여겼던 치수 사업을 모든 백성이 전개하는 상황으로 흘러갔다.

2

수
마
가
할
퀴
고
간
자
리

웅씨족의 수장 웅갈은 안절부절못하며 대전 안을 서성거렸다. 천부인을 열기 위해 물심양면으로 국가적 지원을 아끼지 않고 있었음에도 도무지 진척이 없었던 것이다. 몇 번에 걸쳐 그곳을 찾으며 빨리 해결할 것을 주문했으나 별반 소득이 없었다. 해결하지 못하면 목숨이 남아나지 못할 것이라고 엄포를 놓았어도 소용이 없었다.

그럴수록 그는 자신이 새 세상의 주인이 되어야 한다는 욕망을 억누를 수 없었고 갈수록 초조하기만 했다. 천신제를 지내는 날이 하루하루 다가오고 있다는 것을 생각하면, 이렇게 허송세월만 보낼 수 없다는 생각이 머릿속에 가득했다. 더욱이 지금 범씨족의 위협 앞에 제국의 여러 나라들이 숨을 죽이고 정세를 관망하고 있었기 때문에 그들이 언제 범씨족에 합류할지 알 수 없는 형국이었다. 벌써 사씨족은 범씨족에 합류하여 그 비굴함을 적나라하게 드러내고 있었다. 이것은 제국의 여타 나라들이 어떻게 움직일지를 가늠할 수 있는 하나의 본보기였다.

물론 그도 처음에는 범씨족의 행동을 보고 속으로 비웃었다. 어찌 천하의 주인이 힘만으로 되겠는가? 범씨족의 군사적 위협 앞에 마지못해 고개를 숙일지 모르겠으나, 어느 나라든 천부인을 열면 그것은 다 소용없는 짓이라고 판단했던 것이다. 그는 호한이 힘만 셌지 멍청한 놈이라고 속으로 비웃으면서, 역시 새 세상의 주인은 자기밖에 없다고 믿어 의심치 않았다. 그러나 지금 돌아가는 꼬락서니를 보니 그게 아니었다. 설사 천부인을 연다고 하더라도 범씨족이 여러 나라를 제압하여 강력한 힘을 형성한다면, 그를 새 세상의 주인으로 인정하지 않을 수도 있는 일이었다. 그러니 범씨족이 다른 나라들을 제압하는 것을 견제하면서도 하루빨리 천부인을 열 대책을 찾아야 했다.

웅갈은 밖에 있는 수하를 향해 소리쳤다.

"동차산에서는 아직 소식이 없느냐?"

동차산은 천부인의 열쇠를 찾는 작업을 하기 위해 은밀하게 마련한 장소였다. 이곳은 희귀한 광석이 많이 나는 곳인데다 기암절벽으로 둘러싸여 있어 보통의 사람들은 잘 알지 못하는 곳이었다.

"조금만 기다리시면 좋은 소식이 올 것이옵니다."

"조금만, 조금만……. 그놈의 조금만이라는 소리는 그만하고 어서 튀어나가서 일이 얼마나 진척되었는지 알아보고 오거라."

웅갈의 호통소리에 수하는 대답도 제대로 하지 못하고 그곳을 떠나갔다. 그런 수하의 뒷모습을 바라보며 웅갈이 혀를 끌끌 찼다.

"쯧쯧…… 수하라는 놈들이 저렇게 마음을 놓고 있으니 일이 진척이 될 리가 있겠는가!"

웅갈이 못마땅하다는 듯 한심스러워하고 있을 때, 갑자기 아사달 지역을 정탐하고 돌아왔다는 보고 소리가 들려왔다.

"그래? 어서 들라 하라!"

아사달 지역에서 지금 막 돌아온 듯한 자의 얼굴이 잔뜩 상기되어 있었다. 그러나 웅갈은 이런저런 것을 따져볼 여지도 없이 곧바로 물었다.

"그래, 그곳은 어떠하더냐? 대체 무슨 일들을 하고 있더냐?"

"그게 참으로 이상하옵니다."

"이상하다니?"

"그게……. 어떤 이상한 노인 하나가 무슨 변고가 일어난다고 사람들을 선동해서는, 온 세상에 대재앙이 내릴 것이라며 사람들을 두려움에 떨게 만들었사옵니다. 그런데 더욱 이상한 것은 단군이 그를 데려간 다음의 일이었사옵니다. 그 뒤 대책을 세웠다고 하는 것이, 무슨 대수로 공사 같은 것을 어마어마하게 진행하는 일이었사옵니다."

"뭐? 변고가 일어난다고? 그런데 대수로 공사를 해?"

지금의 상황에서 변고라고 하면 그건 곧 여러 나라들 간의 전

57

쟁이라고 생각할 수밖에 없었다. 웅갈도 범씨족의 침략이 계속 진행된다면 어쩔 수 없이 온 제국이 전란의 소용돌이에 휘말릴 수밖에 없다고 판단하고 있었다.

"그게 하도 이상해 소인도 알아보았습니다. 단군이 천기를 내다본 결과, 오미의 변으로 인해 마고성이 폐쇄된 이후 천수天水에 의해 대홍수가 졌던 것처럼, 올 여름에도 대재앙이 내릴 것이니 그걸 막을 방책을 세워야 한다고 했다는 것이옵니다. 물론 그것은 사람들을 설득하기 위해서 하는 말인 것 같고, 실제로는 어떤 수해나 가뭄에도 영향받지 않고 오곡을 풍족하게 재배하기 위해서인 것 같았습니다. 그래서 그 일을 하느라고 아사달 전체가 분주하게 움직이고 있었사옵니다."

"그게 정말이야? 정말로 다른 일을 하지 않고 그 일만 하고 있더냐? 혹시 다른 사람의 눈을 속이려고 그리한 것이 아니더냐 말이다."

"소신도 하도 이상해서 직접 두 눈으로 확인하였습니다. 실로 엄청난 수의 사람들이 동원되어 그 일을 진행하고 있었사옵니다."

"네가 직접 확인했다 이거지. 그래, 수고했다. 내 너의 공을 높이 사 상금을 후하게 내릴 것이니, 그만 물러가서 쉬도록 하라."

정탐병이 떠난 이후, 웅갈은 도통 갈피를 잡을 수 없었지만 한편으로는 안심이 되었다. 사실 그가 가장 우려한 것은, 단군이 천부인을 찾아 나서는 것이었다. 그가 보기에 가장 가능성이 높아

보이는 인물인데다, 더욱이 다른 여러 나라들이 모르는 비밀을 천신족 측에서 그에게만 살짝 가르쳐줄 수도 있는 일이었다. 단군은 누가 뭐래도 거불단 환웅의 아들이었다. 그런데 대수로 공사나 하며 백성들이 먹고살 것에만 전심전력을 기울이고 있다고 하니 걱정할 필요가 없었던 것이다. 그런 안심 때문인지 단군의 행동이 참으로 어리석어 보이기까지 했다.

'도대체 지금 범씨족의 침략을 막기 위해 대비를 해야 할 사람이 그런 일이나 하고 있으니⋯⋯. 그런데 뭐 자기가 천기를 읽으니 오미의 변으로 인해 대홍수를 겪은 것처럼 이번에도 대재앙이 내릴 것이라고 지껄여? 자기가 하늘의 일을 어떻게 안다고? 혹시 이자가 사람들의 눈을 속이기 위해 그런 행동을 하는 것은 아닐까?'

웅갈은 문득 고개를 갸웃거렸다. 그가 아는 단군은 빈틈이 없는 자였다. 그런 그가 아무런 꿍꿍이도 없이 그런 일을 할 리 만무해 보였다.

'하지만 분명 수많은 인력을 동원해 일을 하고 있다고 했는데⋯⋯. 그럼, 정말 오미의 변으로 인해 대홍수가 진 것처럼 이번에도 대재앙이 내린단 말인가?'

여기까지 생각한 그는 너무나 어이없어 크게 소리 내어 웃고 말았다. 이것은 분명 단군이 어리석은 백성들을 대수로 공사에 끌어들이기 위해 지어낸 소리라는 생각이 들었던 것이다. 그리고 보니 단군은 백성들의 먹을거리를 우선해서 생각하는 위인이었으니 충분히 그럴 수도 있을 것이란 판단이 들었다. 어쨌든 단군이 어리석게 그런 일을 하고 있다면 새 세상의 주인은 바로 자기라는 확신이 절로 들었다. 그러나 다음 순간, 호한이란 자가 저리 날뛰고 있다는 사실에 생각이 미쳤다.

'분명 변고라고 하면 그것은 호한의 침략으로 인해 제국이 전쟁의 소용돌이에 휩싸이는 것을 말할 텐데. 그런데 단군은 이에 관심이 아예 없다는 말인가? 아니면 그걸 막으려고……. 그런데 대수로 공사로 어떻게?'

웅갈은 도저히 가만히 자리에 앉아 있을 수가 없었다. 단군이 그런 일을 꾸미든 관계없이 우선 호한의 위협과 침략을 걱정하지 않을 수 없었던 것이다. 그는 수하에게 일러 밖으로 나갈 채비를 하라고 한 연후에 대전을 나섰다. 동차산으로 가서 다시 한번 다그치기 위해서였다.

밖으로 나오니 본격적인 더위가 시작되려고 하는지 몸에서 땀이 스멀스멀 기어 나오기 시작했다.

'벌써 여름이야! 그럼, 머지않아 천신제가 열릴 때가 다가오는데, 아직도 그 무기를 만들지를 못하고 있으니. 내 이번에는 단단히 으름장을 놓고 와야지.'

그가 그런 마음으로 동차산에 와보니 계속 명을 내린 것이 효과가 있었는지, 그곳 장인들은 하나같이 바삐 움직이고 있었다. 그러나 그는 그런 것 자체가 못마땅했다. 그런 모습까지도 일을 열심히 하지 않고 단지 시늉만 내고 있는 것으로 보였다. 좋은 결과를 내왔다는 소식이 없으니 한심스럽게 보였던 것이다.

벌써 그의 모습을 보았는지 사람들이 달려와 그에게 예를 올렸다. 그러고는 곧장 그곳의 책임자인 자모도를 불러왔다. 자모도는 웅갈 앞에서 예를 올렸다. 그러나 예전과는 달리 뭔가 일이 크게 진척된 듯 그의 얼굴에는 희망이 어려 있었다.

"지금 얼마나 진척이 되어가고 있느냐?"

"곧 좋은 결과가 나올 것 같사옵니다. 그러니 조금만 기다리시면 실험해본 후 보고하겠사옵니다."

"나를 기만하기 위한 것은 아니겠지. 지금껏 계속 조금만 기다려달라고 했지 않으냐? 내 지금껏 계속 기다려왔으나 이제는 그리할 수 없다. 그동안 진척된 것이 있다면 그것을 얘기하도록 하라. 자, 뭐가 어떻게 되어가고 있는 게냐?"

"분명 큰 진척이 이뤄지고 있사옵니다. 허나 아직 실험을 해보지 않은지라. 조만간 곧 그 결과물이 나올 것이옵니다."

"그런 사실이 있었으면 진작 고할 일이지. 어서 나를 그곳으로 안내하도록 하라."

더 이상 기다릴 수 없다는 듯 웅갈이 다그치자, 자모도가 잠시 망설이다가 마지못해 이에 응했다. 자모도를 뒤따라가면서 웅갈은 이제야 뭔가 결실을 맺었다는 것에 적이 흥분하고 있었다. 자모도는 결코 과장하거나 헛소리를 하는 사람이 아니라는 것을 그는 잘 알고 있었던 것이다.

그곳으로 가는 도중에는 정말 얼마나 열심인지 사람들이 저마나 하는 일에 집중하며 매달리고 있었다. 어떤 사람들은 무슨 희한한 광물질을 골라내는 작업을 하고 있기도 하고, 또 어떤 이들은 그것을 불에 녹여 새로운 합금을 만들기도 하였다. 또 다른 이들은 그것의 강도를 높이기 위해 열심히 두드리기도 하였다. 어찌나 열중해서 일을 하고 있었는지 그 작업장 안은 그들의 열기로 후끈했다.

웅갈은 이런 그들이 아주 대견해 보이기까지 했다. 조금 전까지만 해도 일에 매진하지 않는다고 화를 내었던 것은 벌써 잊은 듯했다. 웅갈은 어쩐지 이들에게 미안하기까지 했다. 그러면서 만약 이 일이 성공하기만 한다면 이들에게 후한 상을 내리겠다고 마음먹기까지 했다. 그만큼 꼭 성공했으면 하는 바람이 간절했고, 자모도를 믿어서인지 벌써 다 이룬 것 같은 기분이 들었던 것이다.

웅갈이 뭔가 될 것 같은 기분에 휩싸여 있는 가운데, 자모도가 수하에게 뭐라고 지시했다. 그러자 한 장인이 무언가를 가져왔다. 그것은 한 자루의 검이었다. 휘황찬란한 검이 지금까지 보지 못한 희한한 색을 띠며 빛을 내고 있었다. 신기한 빛이 나는 것만 봐도 그것은 예사 검이 아니라 보검인 듯해 보였다.

"아직 실험은 해보지 않았사오나, 지금까지와는 전혀 다른 검이옵니다. 한번 살펴보시옵소서."

"보기만 해도 대단함이 느껴지는구먼."

웅갈은 그 검을 받아들고는 한번 휘둘러보았다. 그러자 검이 손에 착 달라붙는 듯 그 묵직한 느낌이 고스란히 묻어나왔다. 그렇지만 웅갈은 분명하게 확인해볼 요량으로 그 검을 이리저리 살펴보았다. 빛을 잘라버릴 듯이 칼날이 날카로울 뿐만 아니라 그 중량감에서 예사 검과는 확연히 달랐다. 그러나 중요한 것은 그것이 아무리 훌륭한 검이라고 하더라도, 자신은 천부인을 열 수 있는 바로 그러한 검을 원하고 있다는 사실이었다. 천부인을 여는 것이 가능하다고 믿고 있다가 만약 실패라고 하게 된다면 낭패가 아닐 수 없었다.

"수고했어. 훌륭하구나. 헌데 너는 이 검이 천부인을 열 수 있다고 장담할 수 있느냐?"

"그것은 아직…… 아직까지 실험해보지 못한지라…….."

"아무리 좋은 보검이라고 해도 내가 원하는 건 천부인을 열 수 있는 바로 그런 검이니라. 과연 그것이 가능한지 그것을 확인해야겠다. 준비하도록 하라."

웅갈의 지시에 장인들은 곧바로 준비에 들어갔다. 먼저 검의 날카로움을 확인하기 위해 나뭇가지를 놓고 시험하였다. 가볍게 내려쳤는데도 단번에 두 동강이 났다. 그 잘라나간 부분을 살펴보니 어찌나 반들반들하게 베어졌는지 빛이 반짝일 정도였다. 하지만 이 정도로 만족할 웅갈이 아니었다. 곧 여러 겹의 나무토막을 한꺼번에 내려칠 수 있도록 준비시켰다. 역시 그것도 볏단이 베어지듯 사뿐히 잘라졌다. 모두들 함성을 질렀다. 최소한의 기본은 갖춰졌다는 들뜬 기분이었다.

"훌륭하다. 허나 내 분명 말했지만 다른 것도 아니고 천부인을 열 열쇠를 만드는 것인 만큼 아직 판단은 섣부르다. 이 검이 시험에 통과하려면 돌을 베어낼 수 있어야 할 것이야. 바위조각을 가져와라. 이를 보면 분명해질 거야."

나무를 베는 것과 돌을 자르는 것은 천양지차로, 과연 그럴 수 있는지 아무도 장담할 수 없었다. 고요한 정적이 흐르며 마침내 준비가 갖춰지자 모두들 숨을 죽였다. 장인의 힘찬 손놀림에 검이 바위조각을 향했고, 순간 불꽃이 튀며 바위가 두 쪽으로 갈라졌다. 사람들 사이에서 환호성이 터져 나왔다. 마침내 숙원의 사업이 해결되었다는 얼굴들이었다. 그러나 웅갈의 표정은 달랐다. 그는 바위를 조각내기는 했으나 날카롭게 베지 못했다는 것을 벌써 파악하고 있었던 것이다.

"아직은 이르다. 자, 봐라. 이것은 검이 바위를 벤 것이 아니라 그것을 조각낸 것에 불과하다. 내가 바라는 것은 바윗덩어리까지도 자를 수 있는 검이다. 그러니 다시 시험해봐야겠다. 금강석처럼 강한 돌을 가져와라. 그것마저 해낸다면 분명 가능성이 있을 것이야."

다시 준비가 갖춰지자 이번에는 웅갈이 직접 나섰다.

"검을 이리 주거라. 내가 직접 해봐야겠다."

검을 받아 쥔 웅갈의 표정은 사뭇 신중했다. 그렇게 되기를 바라는 절절한 심정을 고스란히 그 표정에 담고 있었다. 그래서 그런지 그는 곧장 내려치지 않고 손에 기를 모아서 칼을 움켜쥐며

온 힘을 다해 내리쳤다. 그 순간 조금 전보다 더한 불꽃, 아니 섬광을 일으키는가 싶더니 쩽그랑 소리가 나며 그만 검이 두 동강이 나고 말았다.

순간 웅갈의 얼굴은 일그러졌고, 나머지 사람들은 그의 진노가 어디로 향할지 몰라 두려움에 떨었다. 아니라 다를까 웅갈은 목에 핏대를 세우며 불같이 화를 냈다.

"이러고도 천부인을 열 검을 만들었다고? 도대체 나를 뭘로 보고 이리 기만하려 드느냐? 네 목이 과연 몇 개인지 알고 싶다는 게냐? 그렇다면 내 그리 못할 것 같으냐?"

"죽을죄를 지었사옵니다. 한 번만 용서해주시옵소서."

웅갈이 당장이라도 죽일 듯이 눈을 부라리며 호통 치자, 자모도가 넙죽 엎드리며 빌었다. 마음속으로야 어찌 이것이 자기 잘못이냐고 따지고 싶기도 했으나, 이미 뵈는 것이 없는 웅갈 앞에서는 그런 것이 소용없다는 것을 잘 알고 있는 바였다. 사실 그가 만들었다고 한 것도 아니고, 또 닦달한다고 해서 그렇게 쉽게 만들 수 있는 것도 아니었다. 하지만 여차하면 목숨을 잃을 수 있는 위기 상황이었기에 그것부터 벗어나야 했다.

"한 번만 용서를 해달라고 하는 것을 보니, 그래도 목숨은 아까운 게로구나. 그렇게 목숨이 아까운 줄 알았다면 진작 열과 성의를 바쳐 만들어낼 일이지."

웅갈도 화는 나지만 어찌할 수 없다는 것을 알았는지 말을 누그러뜨렸다. 어차피 자모도에게 이 일을 맡길 수밖에 없는 것이 현실이었다. 하지만 분명하게 쐐기를 박아놓을 것이 필요했다. 그래서 덧붙였다.

"그러면 내가 한 번만 용서해주면 해결할 수 있겠느냐?"

"그것은……. 하오나 기필코 만들어낼 것이옵니다. 꼭 그리하겠사옵니다."

"뭐야, 네가 그렇게 말한 지가 얼마나 지났는지 아느냐? 똑같은 말만 되풀이하고 있으니 내 너를 어찌 믿을 수 있겠느냐? 그러면 어떤 방법을 찾았는지 그 말부터 해보거라. 만약 그렇지 못하면 아직도 정신을 차리지 못한 것일 테니 더는 봐줄 이유가 없다."

웅갈이 더 엄혹하게 말하며 죽일 듯이 다가들자 자모도가 아연실색했다.

"이번에 성공하지 못했사오나 그 방법을 찾았으니 가능할 것이옵니다. 이번엔 정말 빈말로 하는 것이 아니옵니다."

"음, 허언이 아니란 말이지. 그러면 왜 검이 부러지게 된 것인지 그 원인부터 알아야 무슨 가능성이 있을 것이니 그것부터 밝혀 보거라."

"확실치는 않사오나 검의 탄력이 약해서 그리된 것으로 사료되옵니다."

"탄력이 약하다?"

"분명 그리 판단되옵니다. 천부인을 열 열쇠를 만들기 위해 최강의 강도를 높였사옵니다. 그러다 보니 강하기는 하나 탄력이 부족해 부러지고 만 것으로 사료되옵니다. 그러니 강도를 유지하면서도 탄력성을 보강한다면 분명 그 길이 보일 것이옵니다."

사실 지금 만든 검만 해도 대단한 것이었다. 이것을 더 다듬고 보탠다면 승산은 있어 보였다. 그런데다 자모도는 부러지는 원인까지 지적해내고 있었다. 이걸로 보면 뭔가 될 것 같은 느낌이 들었다.

실상 자모도는 강한 검을 만들기 위해서는, 지금까지 검을 만들던 방식에서 탈피해 전혀 새로운 방식으로 접근해야 한다고 보았다. 그래서 그는 검의 재료부터 잘 선택해야 한다고 생각하고는 지금껏 이용하지 않았던 광석까지 찾아내려고 심혈을 기울였다. 그 결과 구리나 주석, 아연 등과 같은 광석을 발견할 수 있었다. 하지만 하나의 광석으로는 강한 검을 만들 수 없다는 사실을 알고는 고민에 빠졌다. 그러다 문득 여러 가지 광석을 혼합하면 어떻게 될까 궁금하게 여겼고, 그것을 시도해보았다. 실험 결과, 전혀 다른 광석이 만들어진다는 사실을 발견했다. 여러 번의 실패를 거듭하면서, 마침내 그는 강한 광석을 만들어내는 데 이른 것이다.

이번 실험에서는, 무조건 검의 강도가 세기만 하면 될 것으로 파악하고 그 비율을 계산하여 강도를 최대한 높였다. 그런데 그만 부러지고 말았던 것이다. 강도만 셀 것이 아니라 탄력도 보강되어야 했던 것이다. 그러한 합금의 비율을 발견하면 분명 승산이 있었다. 그러나 이것은 결코 한 번도 해본 적이 없었기에 그저 결과를 미루어 짐작할 뿐, 실제에서는 그것이 어떠할지 결코 알수 없는 일이었다. 하지만 웅갈이 단호하게 나오는 판에, 일단은 해낼 수 있다고 장담하고 보아야 했다.

"좋다. 너의 말을 믿어보기로 하마. 허나 지금 시간이 없으니 지체하지 말고 빨리 만들어내도록 하라. 만약 다음에도 만들어내지 못한다면 네 목을 대신 바쳐야 할 것이야."

웅갈은 그렇게 단호하게 말하면서 동차산을 빠져나왔다. 비록 이번에 실패하기는 했어도 뭔가 길이 보인다는 사실에 마음은 훨씬 홀가분해졌다. 벌써 그는 새 세상의 주인이라도 된 기분이었다. 그러면서도 범씨족의 움직임이 여간 신경에 거슬리는 게 아니었다. 그들의 힘이 더 커지기 전에 천부인을 열 열쇠를 만들어, 자신이 새 세상의 주인이라는 것을 선언해야 안심이 되는 일이었다.

그는 궁으로 돌아오자마자 신료들을 불러 모으려고 하였다. 그런데 어찌 된 일인지 이미 그들이 모여 있었다. 우씨족에서 사신이 왔다는 것이었다. 웅갈은 신료들과 함께 우씨족에서 온 사신을 맞아들였다. 사신은 먼저 우씨족 수장 우영달이 웅씨족에게 전하는 의례적인 인사부터 전달했다. 그러고는 지금 범씨족 수장 호한이 우씨족에게 항복하라는 협박장을 보내왔고, 곧 침략을 감행할 것 같은 심상치 않은 분위기를 밝혔다.

"지금 우씨족은 지금 존망의 위기에 처해 있사옵니다. 부디 우리를 도와주십시오. 웅씨족이 앞장서서 우리를 도와주신다면 나머지 나라도 이에 가세할 것이고, 그러면 호한의 침략을 충분히 막아낼 수 있사옵니다. 웅갈 수장님의 결단에 제국의 안녕이 달려 있사오니 부디 결단을 내려주십시오."

웅씨족을 추켜세우는 사신의 말에 웅갈은 내심 흐뭇해했다. 이 말만 들으면 지금 제국의 여러 나라를 좌지우지할 수 있는 세력은, 바로 웅씨족이라는 것을 의미했던 것이다. 그러나 대뜸 도와주겠다고 말할 수 있는 형편은 아니었다. 그래서 구체적인 상황을 파악하고자 되물었다.

"그래? 지금 호한의 움직임은 어찌 되어가고 있소? 그것을 상세히 말해보시오?"

"호한은 항복하라는 협박장을 보낸 이래 계속해서 국경 지대에 군대를 집결시키고 있는데, 그 수가 하루가 다르게 늘어나고 있사옵니다. 이로 보건대 머지않아 군사를 이끌고 침략할 것이 분명하옵니다. 지금은 촉급한 상황이옵니다. 더는 지체할 시간이 없사옵니다. 이러한 상황에서 침략을 막을 수 있는 분은 웅갈 수장님밖에 없사옵니다. 부디 용단을 내리시어 우리 우씨족을 구해주시옵소서."

"내 무슨 뜻인지는 알겠소? 하지만 이 일은 쉽게 결정할 상황이 아닌 것 같소. 또 천신족의 나라와도 얘기를 해봐야 될 것 같으니……. 내 중론을 모아 결정하도록 하겠소."

"지금 상황은 그렇게 한가로운 상황이 아니옵니다. 이 시기를 놓친다면 어떻게 될지는 수장님께서도 잘 아실 터인데, 왜 결단을 내리시지 못하는 것이옵니까?"

"어떻게 되다니 그 무슨 말이오?"

"정말 몰라서 묻는 것이옵니까? 만약 우리가 침략을 받게 된다면, 이 일은 우리의 굴복만으로 끝나지 않을 것이옵니다. 녹씨족이 침략을 받고 난 다음 어찌 된 줄 잘 아시지 않습니까? 지금 모든 나라들이 범씨족의 눈치를 보고 있사옵니다. 그런데 우리마저 거기에 무릎을 꿇게 된다면 다음은 누가 있어 범씨족의 행패를 막을 수 있겠사옵니까? 온 제국이 전란의 소용돌이에 휘말리게 되는 것은 물론이고 앞으로 모든 나라들이 범씨족 호한 수장 앞에서 두려움에 벌벌 떨며 그의 말에 무조건 순종하게 될 것이옵니다. 그렇게 된 연후라면 비록 웅씨족이 힘이 있다 하나 범씨족을 어찌 막을 수 있겠습니까? 궁극적으로 이 일의 칼날은 웅씨족에게 겨냥되어 있다는 것을 아셔야 할 것이옵니다."

"네 이놈! 네가 나를 지금 겁박하려 드는 것이냐?"

"어찌 제가 도움을 청해야 하는 수장님 앞에서 겁박할 수 있겠사옵니까? 단지 사실이 그렇다는 것을 말하려는 것이옵니다. 그러하오니 어서 결단을 내리시어 저희들 구해주시옵소서. 우리 우씨족은 물론이고 이 제국의 운명이 수장님의 용단에 달려 있사오니 앞장서 주시옵소서."

"알았으니 그만 물러가도록 하라."

웅갈은 사신의 말에 가슴이 철렁하고 내려앉았다. 아무리 자신이 그것을 모른 척 회피하려고 해도 범씨족이 하나둘씩 다른 나라를 제압하고 나면 결국 모두들 두려움에 벌벌 떨며 그에 복종할 것은 불을 보듯 명확했던 것이다. 그렇게 된 다음 천부인을 연들 무슨 소용이 있겠으며, 나중에 범씨족과 싸우게 되더라도 어떻게 이기느냐 하는 거였다. 그러나 쉽사리 범씨족과의 결전을 선언할 상황이 아닌 것도 지금의 형편이었다.

사신이 물러난 다음, 웅갈은 신료들의 의견을 물었다.

"어찌하면 좋겠소?"

"신, 어무다 아뢰옵니다. 지금 형편에서 우씨족의 상황을 그저 모를 척할 수만은 없을 것이옵니다. 허나 우리만 군사를 보내서는 아니 되옵니다. 어떤 형태로든 연합군의 모양새를 갖춰야 할 것이옵니다. 그러자면 우선 천신족에게도 사신을 보내 그들과 함께 조치를 취해야 할 것이옵니다. 우리가 앞장서고 천신족이 함께한다면 결코 범씨족도 함부로 움직일 수는 없을 것이고, 그러면 자연스레 제국의 주도권을 우리가 쥘 수 있사옵니다. 지금 당장 천신족에게 사신을 보내시옵소서."

아무리 거불단 환웅이 사라졌다고 해도 아직 그 뒤를 이어 제국의 모든 나라를 이끌어나갈 사람이 나오지 않는 상황에서는, 여전히 여러 나라를 통솔할 권한은 천신족에 남아 있었던 것이다. 그러니 천신족을 움직여야 했고, 그 와중에서 자연스레 웅씨족이 제국을 통솔할 수 있는 권한을 확보해 나가자는 의견이었다.

하지만 즉각 소우리 장군이 반박하고 나섰다. 소우리는 단군이

71

웅씨족의 비왕이었을 때 직속 부대장으로 있었다가 단군이 아사달로 향할 때 웅갈 편에 선 자였다.

"지금은 시간이 촉급하옵니다. 만약 범씨족이 곧바로 우씨족을 침략한다면 어찌 되겠사옵니까? 그러면 우씨족이 금방 망할 것이고, 상황이 그리되면 범씨족의 눈치를 보느라 어떤 나라도 더 이상 움직이려고 하지 않을 것이옵니다. 그러니 먼저 우씨족에게 군사를 속히 보내 범씨족이 함부로 군대를 움직이지 못하도록 하여야 하옵니다. 그래 놓고 천신족과 다른 나라들에게 군사를 보내도록 요청하여야 하옵니다. 만약 우씨족에게 군사를 보내지도 않고, 연합군을 조직하자고 하면 우리를 겁쟁이로 여기고 어느 누구도 따르지 않으려 할 것이옵니다. 또 범씨족이 군대를 즉각 투입해 속히 제압하려고 나설 수도 있사옵니다. 다 마무리되고 난 다음 일을 진행하려고 해봤자 그게 무슨 소용이 있겠사옵니까?"

"제국의 여러 나라들을 움직이지 않고 우리만 곧바로 군사를 파견한다고 하는 것은, 범씨족과 정면 승부를 하자는 것과 같사옵니다. 하지만 우리의 상황은 그럴 수가 없사옵니다. 범씨족은 지금껏 군사력을 키워 만반의 준비를 해왔으나, 우리는 미처 대비하지 못했사옵니다. 지금은 정면 승부를 할 때가 아니옵니다. 더욱이 우리가 군사를 보내고 나서 여러 나라들에게 호소한다고 해도, 도리어 그들은 더욱 눈치를 살피며 우선 누가 이기는지 그것을 보고 난 다음 결정하려고 들 것이 뻔하옵니다. 승자에게 달라붙으려고 할 것이라는 말씀이옵니다. 그러니 곧장 군사를 보낼 것이 아니라 여러 나라들의 힘을 빌려 지금의 상황을 유지하는 것이 중요하옵니다. 다른 나라들 또한 지금의 상황이 변하는 것을 결코 원치 않기에 동맹군을 형성하자는 말에는 쉽게 동의할 것이옵니다. 그리고 여러 나라들이 우리의 뜻에 동참한다면, 호한도 결코 쉽사리 움직이지 못할 것이옵니다. 제국의 모든 나라들과 맞서 싸우게 되면 그만큼 어려움에 빠진다는 것을 그가 모를 리 없을 것이옵니다. 이런 상황에서 우리가 천부인을 열 열쇠를 확보한다면, 우리는 그것을 무기로 해서 제국의 여러 나라들을 모아 범씨족을 제압할 수 있을 것이옵니다."

"그리만 된다면 얼마나 좋겠습니까? 허나 호한은 그런 것을 따질 사람이 아니라는 사실입니다. 지난번 천신제를 지낼 때 그의 모습을 보지 않았습니까? 만약 그가 힘으로 다른 나라를 제압한다면 천부인을 열 열쇠를 가지고 있다고 해도 아무 소용이 없을 것입니다. 힘으로 밀어붙이는데 그것을 무엇으로 막을 수 있겠습니까?"

"아, 알았소이다. 그만들 하시구려. 우씨족에 파견하기 위한 군사들을 국경선에 집결시키도록 하시오. 언제든지 범씨족이 침략한다면 우리가 곧 군사를 움직일 수 있도록 말이오. 그리고 당장 천신족에 사신을 보내 여기에 함께 동참할 것을 전합시다."

이리하여 웅씨족은 곧장 우씨족을 도울 군사를 국경선으로 움직였다. 동시에 다급하게 천신족에 사신을 파견하였다.

웅씨족 사신을 받아들인 천신족에서는 이렇다 할 답변을 곧바로 내놓지 않았다. 천신족에서도 우씨족의 사신을 받아들인 이후에, 이를 어떻게 처리해야 할지를 놓고 의견이 팽팽하게 맞서고 있었던 것이다. 사실 지금의 천신족은 신료들의 좌장격인 풍백, 운사, 우사 등이 곡식과 생명, 형벌, 병, 선악 등을 담당하는 오가 대신들과 함께 회의를 통해서 나라를 다스리고 있었다. 거불단 환웅이 사라진 이래 천신족은 구심을 잃고 이미 혼란을 거듭하고 있었던 것이다.

처음 의견 충돌이 발생한 것은 단군에 대한 입장 문제 때문이었다. 풍백과 운사, 그리고 우사 등은 거불단 환웅이 돌아가셨으니 마땅히 단군을 모셔와 수장으로 삼아야 한다고 주장했다. 그러나 오가들은 거불단 환웅께서 새 세상을 열 주인을 섬겨야 한다고 엄명한 만큼 그럴 수는 없다고 맞섰다. 마땅히 그 능력을 보인 사람을 수장으로 받들어야 한다는 것이었다. 여기에는 자신들 가운데 그런 인물이 나오기를 바라는 욕심이 숨어 있었다. 오가들의 주장도 일리가 있었지만 웅녀가 한사코 단군을 데려오는 것에 반대했기에 그에 대한 조치를 취할 수 없었다. 웅녀는 어차피 단군을 웅씨족에 보낼 때부터 자신의 사사로운 아들이 아니라 여겼을 뿐만 아니라, 그가 이곳에 오려고 하지도 않는데 굳이 그렇게 할 이유가 없다는 것이었다.

단군을 데려오지 못하게 되자, 서로 왈가왈부하는 가운데 그들은 풍백과 운사, 우사 등이 오가 대신들과 함께 회의를 통해 나라를 다스려나간다는 데에 일단 합의를 보았다. 물론 이것은 새 세상의 주인이 나올 때까지 한시적인 것에 불과했다. 따라서 이들에게 있어서 가장 중요한 임무는, 바로 천부인이자 하늘의 경인 신표를 지키는 것이었다. 하지만 이것 또한 각 오가들이 서로 그것을 차지하기 위한 꿍꿍이를 꾸미고 있는데다가 여타 나라들 또한 눈독을 들이고 있는 상황이라 절대 방심할 수 없었다.

모두들 새 세상의 주인이 되기 위해 천부인을 열 열쇠를 찾으려고 혈안이었다. 제국의 여러 나라들의 움직임도 그러했고, 천신족의 내부 상황도 그러했다. 그래서 모두들 서로의 눈치를 살피며 신표가 보관된 곳을 감시했다. 그러다 보니 그곳에는 만약의 사태를 대비한 호위 군사들이 항상 즉각적인 출동 태세를 갖추고 있었다. 그런데 사태는 전혀 엉뚱한 곳에서 벌어지고 말았다. 바로 범씨족의 침략이었다.

범씨족이 녹씨족을 침략할 때에는 그들의 본의를 파악하기 위해 그저 지켜보았으나, 이번 우씨족의 침략은 그렇게만 대처할 수 없었다. 이미 그들이 계속 자신들의 영토를 넓혀가려고 하는 목적이 명백해진 이상, 그것을 막아야만 하였다. 더욱이 우씨족은 사방으로 뻗어나갈 수 있는 지역에 위치하고 있었기 때문에, 만약 그곳이 범씨족의 수중에 들어간다면 다른 어떤 나라의 안위도 보장할 수 없는 형편이었다. 범씨족의 행위를 보아 앞으로 몇몇 나라를 제압한 뒤에는, 곧 그 칼날을 천신족에게 겨누어 천부인이자 하늘의 경인 신표를 자신들이 관리하겠다고 요구하며 차지하려고 들 것이 너무도 뻔한 일이었다.

그래서 한쪽에서는 즉각 군대를 움직여 범씨족의 군사적 움직임을 막아야 한다고 주장하였다. 이런 조치는 범씨족과 일전불사하는 전쟁의 소용돌이 속으로 휘말려드는 것을 의미했기에 섣불리 결정할 수 없는 일이었다. 더욱이 천신족은 지금 상황에서 전쟁을 치를 수 있는 계제가 아니었다. 내부도 안정되지 못했거니와 거불단 환웅이 사라지면서 서로 저마다 자신들의 이익만 추구하다 보니 백성들의 삶이 말이 아니었다. 게다가 국가의 재정 상태는 거의 고갈되어 있었다. 그렇다고 해서 범씨족이 군사력을 동원하겠다고 선포하고 나선 상황에서 그들의 움직임을 보고만 있을 수도 없었으니, 천신족으로서는 진퇴양난이었다. 어떻게든 나라들 간의 평화를 유지시켜야 새 세상의 주인을 맞이하여 받들 수 있는 것이었다.

그런 상황에서 웅씨족에서 온 사신의 제안은 한줄기 빛을 찾는 방안이기도 했다. 어차피 지금은 사태를 악화시키지 않고 평화를 유지시키는 것이 최우선이었다. 웅씨족이 적극 나서고 천신족이 여러 나라들에게 호소하여 동맹군을 결성한다면 범씨족의 군사적 움직임에 제동을 걸 수 있었던 것이다. 서로 설왕설래하며 의견을 나누다가, 일단 웅씨족의 제안을 받아들이기로 합의를 보았다. 그리고 즉각 여러 나라들에게 사신을 파견하여 동맹군을 결성하자는 제의를 전달하기로 하였다.

풍백은 즉각 이렇게 결정을 내린 다음 웅녀를 찾았다. 아무래도 다시 한번 단군을 모시고 오는 것을 주청하기 위해서였다. 하지만 웅녀는 이번에도 역시 반대했다. 단군이 아사달에 정착한 이래, 그 모진 고생을 겪어가며 겨울의 식량난을 이겨내고 봄이 되자 씨앗을 뿌렸고, 이제 큰 재앙이 내릴 것이라고 예견하며 그 준비를 하고 있다는 소식만 조용히 전해 들을 뿐이었다. 사실 풍백은 지난겨울 아사달에서 식량이 부족해 고생하고 있다는 소식을 듣고는 지원을 해주려고 하였다. 하지만 이것 또한 웅녀가 반대한 것이었다. 어차피 그 모든 것은 단군이 홀로 해결해야 한다는 것이었고, 지금 천신족 백성들도 고달픈 상황에서 그리할 수는 없다는 것이었다.

어쨌든 천신족은 곧 우씨족이 있는 국경 지대로 군사를 집결시켜 나갔고, 다른 나라들 또한 웅씨족과 천신족의 제안에 따라 그들의 군사를 우씨족의 국경 지대로 하나둘씩 파견했다. 지금 이 상황을 모른 체하고 넘어간다면, 이제 자신들의 안위도 걱정할 수밖에 없는 상황에서 어쩔 수 없는 선택이었다.

천신족과 여타 나라들의 움직임을 속속 전해 들은 웅씨족의 수장 웅갈은 더욱 기고만장하였다. 이건 누가 봐도 제국의 여러 나라들을 이끌고 통솔하고 있는 것은, 바로 자신이라는 사살을 천하에 내놓고 선포한 것이나 다름없었다. 더욱이 천신족에서 단군을 데려오려고 하는 움직임이 있긴 하지만 오가들이 반대해 그리할 수 없는 형편이라니, 누가 뭐라고 해도 이제 제국의 중심은 자기라는 것을 확인할 수 있는 바였다. 범씨족의 호한은 힘만 있다고 자랑하다가 결국 모든 나라들의 적이 되어 협공을 받는 상황이 되었으니, 멍청하기 짝이 없는 데다가 자신의 적수가 될 수도 없었다.

웅갈은 들뜬 기분에 자신의 위력을 온 천하에 내보이고 싶어서, 우씨족의 국경 지대로 파견된 군사들을 독려하기 위해 자신이 직접 순찰할 것이라고 명했다. 이윽고 웅갈은 자신의 정예 군사를 대동하고 그곳으로 출동하였다.

이미 웅씨족이 제국의 중심으로 다가섰다는 자부심에 군사들의 사기는 하늘을 찌를 듯하였다. 더욱이 곰을 자신들의 정령으로 모신 후손답게 그들은 억센 기질을 가지고 있었다. 그중에서 여러 과정을 거쳐 선발된 정예군사들이었으니 그 무예 실력은 말할 것도 없었다. 거기에다가 벌써 군사들 사이에서는 웅갈이 천부인을 열 열쇠를 찾았다는 소문까지 나돌고 있었다. 그러니 그들은 이제 천하 제국의 중심이 된 군사라는 자부심으로 똘똘 뭉쳤고, 그 어떤 장애물도 단숨에 헤쳐나갈 기세였다.

웅갈의 시찰이 이뤄지자 먼저 도착한 군사들의 사기도 빠르게 상승되었다. 벌써부터 단숨에 우씨족 진영으로 들어가 범씨족의 군사를 제압하자는 의견까지 나오는 상황이었다. 한결같이 그 군사들은 이제 제국의 중심은 바로 웅씨족이고, 이제 천신제만 열린다면 웅갈이 천부인을 얻어 새 세상의 주인이 될 것임을 틀림없는 사실로 받아들이는 분위기였다.

웅갈도 이런 분위기에 지극히 흡족해하였다. 그러나 그렇다고 해서 우씨족으로 즉각 군사를 출동시킬 수는 없었다. 가장 중요한 것은 천부인이자 하늘의 경을 열어 새 세상의 주인으로 등극하는 것이었다. 그래서 그는 더욱 군사들의 사기를 북돋울 계산으로 대대적인 군사 훈련을 진행하기로 하였다.

"제군들은 들으라. 제군들은 곰의 정령을 이어받은 자랑스러운 우리 웅씨족의 정예 군사들이다. 그대들은 새 세상이 도래할 때 그 역군의 임무를 맡을 군사들이 될 것이다. 그런데 이를 감히 몰라보고 호한이 우씨족을 침략하여 제국의 평화를 깨뜨리려 하고 있다. 이에 마땅히 호한을 응징함으로써 평화를 사수함과 동시에 새 세상의 탄생을 맞이하도록 하여야 할 것이다. 자, 제군들의 용맹무쌍함을 맘껏 펼쳐 보이도록 하라."

웅갈의 선언이 끝남과 동시에 군사들의 우렁찬 함성이 울려 퍼지면서 군사 분열이 시작되었다. 군사들은 우선 웅갈이 새 세상의 주인이 된 것처럼 힘찬 함성으로 웅갈을 받들었다. 그러고는 새 세상의 주인으로 등극할 웅갈 수장에게 영원한 충성을 맹세하였다. 그럴 때마다 웅갈은 벌써 온 제국을 호령하는 새 세상의 주인이라도 된 것처럼 힘차게 손을 흔들며 답례하였다.

이어 각각의 기예를 알리는 격투기가 진행되려는 찰나였다. 여기서는 수박치기, 검술, 궁술, 기마술 등의 무예를 선보이며 용맹스러운 웅씨족의 전사임을 증명할 것이었다. 어쩌면 이것이야말로 웅씨족의 자긍심과 함께 억센 힘을 느끼게 하는 것이었다.

그런데 바로 그때 갑자기 하늘에서 뇌성벽력이 치면서 먹구름이 몰려오기 시작했다. 모두들 화들짝 놀라며 웅갈의 다음 명령을 기다렸다. 천둥번개가 치면서 순식간에 하늘이 어두워졌기 때문에 군사 훈련을 계속 진행하기엔 무리가 있다고 판단했던 것이다.

웅갈의 옆에 있던 룰마가 여쭈었다.

"수장님! 아무래도 비가 내릴 것 같사옵니다. 그러니 여기서 그만 중단하고 비가 그친 다음에 하는 것이 어떻겠사옵니까?"

"뭐야? 지금 그것을 말이라고 하는 것이냐? 우리의 용감무쌍한 웅씨족의 대전사들이 고작 이런 궂은 날씨에 꼬리를 내리고 숨어든단 말이냐? 날씨는 곧 평안해질 것이니 개의치 말고 진행하도록 하라."

웅갈의 말이 떨어지기가 무섭게 다시 한번 뇌성벽력이 치더니, 이제는 아예 거센 바람까지 불어오며 비까지 뿌리기 시작했다. 그런데도 웅갈이 계속 진행하라고 명한지라 군사들은 기예를 자랑하기 위해 나섰다. 하지만 번개가 번쩍이며 비가 쏟아지는 상황인지라 모두들 비에 흠뻑 젖어 흥은 다 깨져버리고, 이제나저제나 웅갈의 중지 명령이 떨어지기를 바라고만 있었다.

비는 곧 그칠 것 같지 않았다. 도리어 앞을 가리지 못할 정도로 억세게 퍼부어댔다. 또 어찌나 굵은 빗방울이었는지 머리통이 깨져나갈 듯이 아파오기까지 했다. 그러다 보니 웅갈의 명이 떨어지기도 전에 군사들은 빗방울을 피해 들어갔고, 웅갈도 하는 수 없이 비를 피해 들어갔다.

비가 잠잠해지기를 기다렸지만, 도리어 비는 그렇게 사흘 밤낮을 쏟아붓듯 퍼부어 내렸다. 그리고 그 물은 엄청난 물길을 이루더니 어느 곳 가리지 않고 휩쓸어버렸다. 농토는 물론이고 사람들이 살고 있는 가옥과 살림살이까지 모조리 휩쓸고 지나가버렸다. 벌써부터 사방에서는 사람들의 아우성치는 소리가 진동하고 있었다.

　웅갈은 다급하게 자신에게 보고한 소식들 받고는 질겁하였다. 이번에 입은 피해가 실로 엄청난 것이었다. 그는 곧바로 국가 비상령을 내리고 온갖 대책을 세우도록 하였다. 그는 군대를 국경지대에 남겨놓고 도성으로 황급히 돌아올 수밖에 없었다. 그가 받아본 소식들은 한결같이 끔찍한 소리들뿐이었다. 너무도 갑자기 불어난 물에 사람들은 산으로 피신하기에만 급급하였고, 미처 피하지 못한 사람들은 가옥과 온갖 살림살이와 함께 물에 휩쓸려 내려갔다. 간신히 물을 피한 사람들은 살림살이건 뭐건 아무것도 건지지 못했다는 것이었다. 더욱이 지금도 그 물길이 거센 나머지 농토에 얼마나 피해가 갔는지 파악할 수조차도 없다는 것이었다.

　그는 즉각적으로 동원령을 내려 백성들을 구하게 하는 한편, 그 피해가 확산되지 않도록 대책을 강구할 것을 지시하였다. 그러면서 과연 단군이 말한 대재앙이 바로 이런 것인가 하는 생각이 저절로 엄습해왔다. 하지만 도저히 그는 납득할 수가 없었다. 아니, 받아들일 수가 없었다. 새 세상의 주인은 바로 자신인데,

어찌 단군이 이런 것을 예측할 수 있었겠느냐는 것이었다. 웅갈은 단지 우연히 폭우가 내려 그렇게 되었을 거라고 생각했다. 하루빨리 백성들이 피해를 당한 상황을 수습하면 될 것이라고 판단하고는 하나라도 더 건질 것을 다급하게 지시를 내렸다.

　하지만 이것도 잠시, 그쳤던 비가 다시 내리면서 모두는 두 손을 놓을 수밖에 없었다. 비는 계속해서 내렸고, 도무지 멈출 기미를 보이지 않았다. 사람들 사이에서는 이제 예전과는 다른 말들이 오가기 시작했다. 이건 백성들을 도외시한 채 천부인만을 서로 차지하려고 하는 바람에 하늘이 노해서 대재앙을 내리는 것이라고 얘기였다. 처음에 그저 한두 번 하는 소리로 그쳤으나, 억수 같은 비가 연일 계속해서 내리자 그 소문은 급속도록 퍼져나갔다.

　웅갈은 그러한 보고를 받고 견딜 수가 없었다. 그는 즉시 그런 소문을 낸 자를 당장 잡아들이라고 명을 내리려 하였다. 하지만 신료들은 한결같이 나서며 지금은 그런 때가 아니니, 어서 비가 그치도록 하는 것이 급선무라고 주청하였다. 웅갈은 하는 수 없이 그 조치를 다음으로 미루고 곰의 정령에게 비가 멎게 해달라고 간절히 기원하는 제를 올렸다.

　하지만 그가 거의 식음을 전폐하다시피 간절한 기원을 해도 하늘은 거기에 화답하지 않았다. 백성들도 높은 지대에 피신해서 비가 그치기만을 바랄 뿐 다른 방도가 없었다. 그때 어느 누군가가 곰의 정령에게 비가 그치기를 바라는 기도를 올렸다. 그러자 여기저기에서 두려움에 젖었던 사람들이 하나둘씩 그를 따라 기도했다. 그렇게 5일이 지나서야 비로소 비는 그쳤다.

사람들은 언제 다시 비가 내릴지 몰라 여전히 두려움에 떨며 조심스레 자신의 가옥과 농토를 살펴보았다. 그들은 하나같이 넋을 놓았다. 자신들이 살아 있다는 것을 확인하는 것도 잠시, 자신의 가옥은 온데간데없고, 농토는 거대한 진흙뻘로 변해 있는 것을 보게 되자 앞으로 살아갈 길이 막막했던 것이다. 점차 그들의 얼굴은 슬픔과 비통에 젖어들어 나중에는 통곡의 소리가 터져 나왔다. 실로 어마어마한 재난이었던 것이다.

전국에서 올라온 비보를 전해 들은 웅갈은 망연자실하였다. 중심지인 수도는 그래도 안정적인 지대에 있었기에 모든 것을 잃을 정도는 아니었지만, 그곳을 제외한 나머지 지역은 수마에 거의 모든 것을 잃어버린 지경이었다. 웅갈은 어떻게 해서든지 이 상황을 벗어나기 위해 국가의 창고를 풀어 각 고을에 양곡을 내려주는 동시에 조금이라도 건질 수 있는 것은 가능한 확보하라고 지시하였다. 사람들은 먹고살기 위해서라도 그렇게 하려고 애를 썼다. 하지만 불이라는 것은 타고 남은 재라도 있지만 수마는 그것마저 다 휩쓸고 지나가버렸다. 수많은 이재민이 발생했고, 그들은 국가에서 보내준 조금의 양곡으로나마 버티려고 하였으나 그것은 곧 바닥이 나고 말았다. 사람들은 못 살겠다고 아우성을 치면서 국가에 양곡을 좀 더 보내달라고 요구했다.

그러나 국가의 창고 또한 거의 비어가고 있었다. 이미 천부인의 열쇠를 찾기 위해 탕진한 데다가 범씨족의 침탈에 대비해야 했기에 군량미도 부족한 상태였던 것이다. 아무리 사람이 죽어간다고 해도 나라를 지키는 군량미를 내줄 수는 없는지라 더 이상 양곡을 내려주지 못하자 사람들은 너나없이 식량을 달라고 소리쳤다. 하지만 이에 응할 수 없던 웅갈은 분노에 찬 그들의 행동을 막으라고 지시할 수밖에 없었다.

허나 먹고살기 위해서 발버둥치는 것을 어찌 힘으로 막는다고 해서 해결할 수 있겠는가? 도리어 그 아우성은 원성의 소리로 변해갔고, 결국에는 웅갈을 비난하는 소리가 곳곳에서 터져 나왔다.

"자기 백성들을 다 죽이고 나서 제국을 호령한다고 한들 그게 무슨 소용이 있겠는가?"

"그러게 말일세. 지금 우리만 그런 것이 아니라 범씨족도 홍수 때문에 난리라고 하는데, 지금 그들이 어떻게 우씨족을 침략하겠어?"

"맞는 말이네. 우씨족 지역에 파견한 군사들을 즉각 돌려세우고, 그 군량미를 조금만 풀어도 백성들 살림살이가 좀 나아질 것이 아닌가?"

"맞아, 맞아! 이게 다 웅갈이 세상을 호령하려는, 그 야심 때문이야!"

사람들은 이미 자신들이 제국의 중심에 섰다는 것을 자랑스러워했던 날은 까마득히 잊어버리고 당장 먹고살 형편이 궁한지라 그것마저 비난하고 있었다. 이에 웅갈은 그런 소문을 퍼뜨리는 놈들을 당장 잡아들이라고 명을 내렸다. 이리하여 백성들은 잘못 입을 놀렸다가는 군사들에게 하나둘씩 잡혀가는 신세가 되었다.

하지만 그런다고 해서 소문이 사라질 수는 없는 일이었다. 도리어 사람들이 하나둘씩 잡혀가면서 더 해괴한 소문으로 확대되기에 이르렀다.

"이렇게 재앙이 내린 것은 나라의 우두머리들이 백성들을 나 몰라라 했기 때문이야. 뭐 새 세상의 주인이 되고자 하는 욕심에 천부인을 차지하는 데만 혈안이 되어 있어서 하늘이 대재앙을 내린 것이라고 하네."

"허허, 참! 새 세상의 주인이라면 백성들을 위한 그런 세상을 만들어야 하는 것인데, 이렇게 백성들을 다 죽이고 나서 그 주인이 되면 무슨 소용이 있다고?"

"그야 하나 마나 하는 소리지. 그런데 소식 못 들었는가? 우리 웅갈 수장도 천부인을 열려고 수만 석의 양곡을 빼돌렸다는 것 말이네."

"뭐라고? 그 곡식을 백성들한테 나누어주면 지금의 위기 상황은 다 벗어날 수 있는 것 아닌가?"

"두말하면 잔소리지."

"허허! 정말 그런 곡식이 있으면 진작 내놔야지. 그 사람들 분명 천벌을 받을 것이야."

여기까지 소문이 확산되자 상황은 걷잡을 수 없는 지경으로 치달아갔다. 결국 나라에서는 어찌 그럴 수가 있겠느냐며 딱 잡아 떼고는 괴이한 소문에 속아 넘어가지 말라고 엄포를 놓았다. 그리고는 그러한 소문을 퍼뜨리는 사람들을 잡아 엄히 문초하고 감금하기 시작했다. 하지만 일파만파로 퍼진 소문은 쉽사리 사그라지지 않았고, 도리어 웅지백 수장 때부터 바른 말을 해왔던 한구 대신은 은연중에 웅갈에게 그런 것을 넌지시 주청하였다.

"수장님, 지금 백성들 속에서는 천부인을 열기 위해 양곡을 어디다 숨겨놓았다는 소문이 나돌고 있사옵니다. 만약 그게 사실이라면 백성들의 생활 안착을 위해 그것을 속히 푸시옵소서. 백성이 살아남아야 다음 일을 기약할 수 있을 것이 아니옵니까?"

"아니 이놈이? 지금 무슨 말을 지껄이는 거야. 그런 것이 있으면 내가 왜 내놓지 않고 숨기고 있단 말이냐? 그러고 보면 네가 그런 소문을 퍼뜨리고 있는 것이야. 신료란 자가 왕을 잘 보필할 생각은 하지 아니하고 백성들을 선동해 나를 기만하려 하다니……. 내 너를 본보기로 삼아 다시는 그런 헛소리를 하지 못하도록 하겠다. 여봐라, 당장 이놈을 참수하여 대로에 내걸어라! 그래서 앞으로 이런 헛소리를 지껄이면 어떻게 되는지 똑똑히 보여주도록 하라."

그러나 웅갈의 이런 단호한 조치에도 한번 퍼진 소문은 쉽사리 사그라지지 않았다. 도리어 웅갈이 천부인을 차지할 욕심에 눈이 뒤집혀 올곧은 신하까지 죽였다며 비난하는 소리만이 더 크게 들리기 시작했다. 결국 웅갈은 사람들이 모이면 이상한 소문이 퍼질 것이라 염려해 무력을 동원하여 그들을 해산시키라고 명하기에 이르렀다.

군사들의 진압에 흩어진 사람들은 더욱 먹을 것을 찾아 이리저리 방황했다. 그 수는 계속 급속도록 불어날 수밖에 없었다. 하지만 이들의 수가 늘어날수록 나무뿌리와 풀뿌리로는 연명할 수 없었기에 어쩔 수 없이 도적질을 하는 상황으로 내몰릴 수밖에 없었다. 그들은 하나둘씩 도적이 되어 창고를 급습하기에 이르렀다. 이러다 보니 연일 웅갈에 보고된 내용은 도적들에 의해 어디가 급습을 받았다는 것이 대부분일 지경이었다. 마침내 웅갈의 참모 구무리가 진언하기에 이르렀다.

"지금 군대로는 도적들을 막을 수 없사옵니다. 지금 당장 우씨족의 국경 지대로 보낸 군사를 불러들여야 하옵니다. 이렇게 하루가 다르게 도적들이 창궐하게 두어서는 이 나라의 유지도 불가능할 지경이옵니다."

"상황이 그러하기는 하나 범씨족이 이 기회를 틈타 침입한다면 어찌 되겠느냐? 충분히 호한이라는 놈은 그러고도 남을 놈이 아니냐?"

"하오나 지금 당장은 무엇보다 나라의 안위가 더 우선하옵니다. 더욱이 이번의 수재는 우리만이 아니라 제국의 모든 나라를 덮쳤다고 하옵니다. 그러니 호한도 지금 엄청난 수해를 입은 상태에서 자기 나라의 일을 처리하기에 급급할 것이옵니다. 더 이상 이러고 있다가는 도적들의 창궐로 나라의 기강마저 흐트러질까 걱정되옵니다."

"하긴…… 호한이라고 해서 지금 당장 침략할 수는 없을 것이야. 곧바로 군대를 되돌려 도적들을 막도록 하라!"

웅갈의 명을 받는 군사들은 즉시 회군하여 도적들을 막는 일에 나서게 되었다. 그러나 어디 도적이라는 것이 흔적을 남기는 것도 아니고, 또 자연발생적으로 사방에서 일어나는 것이었으니 그들을 쫓아가기에 급급할 지경이었다. 이러니 군사들 또한 지치고 불만을 갖게 되었다. 그럴 수밖에 없는 게 우씨족으로 출정하게 되었을 때에는 제국의 중심이 되어 평화를 지키는 사도로서의 영광과 자부심이 있었으나, 이제는 먹고살려는 자기 백성들을 진압할 수밖에 없는 된 것이다. 그러니 어찌 그들이라고 해서 맘이 편하겠으며, 떳떳하다고 생각할 수 있겠는가? 그들 사이에서는 자연스레 불만이 일었고, 도적을 막는 일도 형식적으로 하기에 이르렀다. 그러다 보니 군사 지휘 체계도 흔들리고 명령도 잘 먹히지 않게 되었다.

이런 상황을 보고 받는 웅갈은 화가 잔뜩 나서 군사 지휘관을 소집하였다. 정예 군사들을 파병시켜서도 도무지 도적들의 창궐을 막을 수 없었으니 이러다간 큰일 나겠다 싶었던 것이다.

"제군들은 웅씨족의 정예 군사들이다. 아니 새 세상을 열어나갈 주력군인 것이다. 그런데 어찌하여 이깟 도적들 하나 바로 처리하지 못한단 말이냐? 앞으로 일주일간의 시간을 줄 터이니 내 근심을 덜도록 하라! 만약 그렇지 못한다면 너희들의 목숨이 남

88

아나지 못할 것이니라."

웅갈의 단호한 명령에 모두들 고개만 숙이고 있는데, 그중의 고위 지휘관 한 사람이 조심스레 나서며 입을 열었다.

"수장님의 근심을 하루빨리 해결해드리지 못해 죄송하옵니다. 허나 지금 우리가 상대하는 것은 적이 아니오라 우리의 백성들이옵니다."

"뭐라고? 백성들이라고? 어찌 백성이 도적질을 한단 말이냐? 그럼 도적질을 일삼아도 그것을 보고만 있으란 말이냐? 지휘관이란 놈이 이러고 있으니 어찌 도적들을 막아낼 수 있겠느냐?"

"소장, 목숨을 내걸고 간언하옵니다. 지금 도적들은 수재를 입어 먹고살 것이 없어서 어쩔 수 없이 도적질을 하고 있는 것뿐이옵니다."

"이놈이 그래도?"

"소장의 말씀을 들어보시옵소서. 지금 도적들은 어쩔 수 없이 그러하오니 그들을 무력으로만 내치려고 하지 마시옵소서. 그들에게 살 길을 열어주시옵소서. 그러면 자연스레 해결될 것이옵니다."

"어떻게 살 길을 열어주라고 하는 것이냐? 이미 국고가 바닥났는데……."

"지금 백성들 사이에서는 여러 가지 괴이한 소문이 나돌고 있사옵니다. 천부인을 열 열쇠를 찾기 위해 어딘가 양곡을 쌓아두었다는 것이옵니다. 이것이 사실인지 아닌지는 잘 모르겠지만……."

"그것이 없다고 이미 내 분명히 언명했는데도 그런 말을 입에 담고 있다니 네가 죽으려고 환장을 한 모양이구나. 여봐라, 이놈을 당장 잡아 목을 치도록 하라."

"수장님께서 그리 말씀을 하고 계시나, 사실 천부인을 열기 위해 얼마간의 식량을 비축하고 있다는 것은 이미 알 만한 사람은 다 알고 있는 사실이 아니오니까? 어찌 손바닥으로 하늘을 가리려 하시오니까? 그러니 조금이라도 백성들에게 양곡을 풀어야 하옵니다. 그뿐만이 아니라 신료들에게도 양곡을 바치도록 하여 이것을 백성들에게 돌려주어야 하옵니다. 이것만이 지금의 상황을 해결할 수 있는 길이옵니다. 부디 외면하지 마시고 소장의 청을 들어주시옵소서."

"여봐라, 지금 뭣들을 하고 있느냐? 저놈의 목을 당장 치라고 하거늘 내 명을 거역하겠다고 하는 것이냐?"

"수장님! 저 군관은 훌륭한 지휘관이옵니다. 사심이 없이 간언한 것이오니 비록 그것이 틀렸다고 하더라도 목숨만은 살려주시옵소서."

소우리 장군이 간절히 청하자 다른 사람들도 한 목소리로 따라했다.

"목숨만은 살려주시옵소서."

"아니, 이런 작자들을 봤냐? 너희들이 모두 저놈하고 한통속이라는 거냐? 그렇다면 너희들 모두들 내 죽여주마! 왜 도둑들이 진압이 안 되는가 했더니, 바로 너희들이 이 모양 이 꼴이어서 그런 것이었구나. 그래 좋다, 이놈을 당장 베지 못하겠다면 너희들도 당장 저 꼴이 될 것이다. 어서 목을 베도록 하라."

웅갈의 명을 받는 수하가 즉각 그 목을 베었다. 모두들 이 광경에 기가 질려서는 서로 고개를 돌리고 피했다. 잘못하다간 자신의 목이 잘려나갈 것임을 직감하며 모두들 입을 다물었다.

"내 너희들에게 분명 말하도록 하겠다. 만약 도적들에게 인정을 베푼 놈이 있다면 바로 그놈도 그들과 한통속이라고 보고 가차 없이 목을 베도록 할 것이다. 앞으로 일주일간의 시간을 줄 터이니 이를 해결하도록 하라. 만약 그렇지 못할 경우 내 너희들을 문책하도록 하겠다. 알았느냐?"

웅갈의 명에 모두들 두말없이 일어섰다. 군사들의 움직임은 확연히 달라졌다. 자신이 살기 위해 백성들을 도륙하는 길로 나서야 했던 것이다. 그러다 보니 웅씨족의 분위기는 무서운 칼바람의 폭풍이 휘몰아치게 되었다. 군사와 백성들 사이는 서로 화해할 수 없는 방향으로 치달았고, 백성들은 군사들의 모습이 보이기만 하면 꽁무니를 빼고 달아나는 기이한 광경이 벌어졌다. 이제 웅씨족은 오직 군사들의 강한 무력에 의해 다스리지는 형국으로 치달아갔다.

3

유랑민의 향방

범씨족 역시 홍수로 인한 피해가 막심했다. 이에 호한은 즉각 수해 대책을 세울 것을 지시했다. 그러는 중에도 한편으로는 우씨족을 병합하려는 속셈을 결코 감추지 않고 있었다. 그러나 그것은 생각처럼 쉽지 않았다. 지난날 일구었던 터전과 양식이 모두 사라진 상황에서 신료들은 호한에게 간언을 올렸다.

　"우씨족을 복속시키는 것은 그리 어려운 일이 아니옵니다. 먼저 백성들의 생활을 안정시키기 위해 모든 방도를 세워야 할 것이옵니다."

　"그렇사옵니다. 지금 백성들은 집과 농토를 잃고 망연자실해 있사옵니다. 이들에게 양곡을 풀어 지금의 상황을 속히 해결한다면 그들은 더욱더 수장님께 충성을 다 바칠 것이옵니다. 뿐만 아니라 제국의 다른 나라들도 우리의 이런 해결책을 보고 더욱 우리 범씨족을 우러러볼 것이옵니다."

"그렇더라도 우씨족 수장 우영달이 나의 명을 받고서도 감히 항복을 하지 않았단 말이오. 도리어 이자가 웅씨족과 천신족을 꼬드겨 동맹군까지 결성해 우리에게 감히 대항하려고 하고 있소. 어찌 이런 자를 그대로 놔둔단 말이오? 만약 이들을 그대로 놔둔다면, 우리가 동맹군이 무서워 저들을 침략하지 못한 것으로 알 터이니 내 꼴이 어찌 되겠소?"

호한이 내심 우씨족을 하루빨리 복속시키려고 하는 데는 바로 이러한 까닭이 있었다. 동맹군 때문에 꼬리를 내리는 것으로 비쳐질까 봐 그게 걱정이었던 것이다.

사실 호한은, 우씨족이 항복하지 않고 동맹군까지 결성해 자신들에게 대항하려 한다는 소식을 듣고 노발대발했다. 그래서 국경 지역에 집결된 군대에게 곧바로 출동태세를 갖추라고 지시한 후 자신이 직접 출정하려 하였다. 그런데 출발하기도 전에 갑자기 억수 같은 비가 내렸던 것이다. 그래서 비가 그치면 출발하려고 하였는데, 이게 어찌 된 일인지, 삼 일 밤낮을 내리고도 오륙 일간 연거푸 비가 내렸다. 아니, 퍼부었다고 하는 편이 나았다. 지방 고을에서는 홍수로 인한 피해가 속출하고 있다는 소식이 연신 올라왔다. 그는 이에 대한 대책을 세우라고 지시하였다. 그리고 이것만 어느 정도 해결되면 마음먹은 대로 우씨족을 병합할 결심을 굳히고 있었다.

"수장님, 그리 생각할 사람은 아무도 없을 것이옵니다. 우리에게는 용기백배한 수만의 정예 군사들이 있사옵니다. 감히 어느 나라도 우리의 정예군을 무시할 수 없사옵니다. 그런데 어찌 그 깟 조무래기 같은 동맹군을 무서워한다고 생각하겠사옵니까? 도 리어 백성들을 안착시키기 위해 그것을 당분간 보류했다고 한다 면 많은 이들은 백성을 아끼는 성군이라고 칭송할 것이옵니다. 그런 다음 우씨족을 항복시킨다면 감히 어느 누구도 우리에게 대 적하려고 하지 않을 것이며, 모조리 굴복하게 될 것이옵니다."

 "하긴 그렇지. 그런 조무래기들을 무서워한다고 누가 말하겠 소? 더욱이 수재로 곤경에 처해 있을 것이 분명한데, 이 기회를 잡아 공격한다는 것은 비겁하기 짝이 없는 행위이기도 하지. 우 리 용맹무쌍한 범씨족이 어찌 그런 비겁한 암수나 사용해야 하겠 소이까?"

 호한도 흔쾌히 동의하면서 우선 백성들을 안착시키는 데에 전 심전력하도록 명하였다. 그러고는 집터와 농토를 잃고 헤매는 사 람들에게는 엄청난 양의 양곡을 내려보내면서 시급히 피해 상황 을 정비하도록 하였다. 이렇게 범씨족이 각 고을에 많은 양곡을 내보낼 수 있었던 것은, 지금껏 소국들을 침략하면서 확보한 양 곡이 있었기 때문이었다.

 호한의 명에 따라 엄청난 양곡과 수많은 인력이 대대적으로 동 원되자 다른 어떤 나라와 달리 범씨족의 나라는 빠르게 안정될 수 있었다. 그러면서 백성들 사이에서는 이 모든 것이 다 호한 수 장의 덕이라고 칭송하였으며, 너도나도 호한에게 충성을 맹세하 며 군사로 자원하는 현상이 두드러지게 나타났다. 호한도 이런 소식에 고무되어 이들을 더욱 단련된 용사로 거듭나게 하라고 지시하였다.

어느 정도 나라의 내정이 안정되면서 호한은 이제야말로 우씨족을 공격해 들어갈 시점이라고 판단했다. 그런데 상황이 이상하게 돌아가려는지 갑자기 국경 지대에서 긴급한 소식이 전달되었다. 홍수의 피해를 받은 주변의 소국들에서 더 이상 살 수 없게 된 백성들이 범씨족으로 넘어와 살 수 있게 해달라는 것이었다. 처음엔 대수롭지 않게 생각하고 그저 그렇게 하라는 명을 내렸다. 하지만 더 큰 문제는 그걸 계기로 해서 터지기 시작했다. 범씨족에 들어가면 살길이 열린다는 소식을 들은 이재민들이 연일 계속 넘어오니 더 이상 감당할 수가 없었던 것이다. 이들에게 먹을 것을 대주는 것도 문제거니와 이들이 앞으로 뭉쳐 어떻게 행동할지 모르는 상황에서 불안거리가 생기게 되었던 것이다. 그것도 어디 한두 군데에서 발생하는 것들이 아니라 국경 지대 전반에서 터지는 문제이다 보니 여간 심각한 상황에 이른 것이 아니었다. 결국 이 문제를 가지고 조정에서 갑론을박하며 논쟁을 벌이기 시작했다.

"모름지기 품 안으로 기어드는 것은 짐승도 해치지 아니한다고 하는데, 우리에게 들어온 사람들을 어찌 모른 척할 수가 있겠습니까? 그들을 받아들여야 할 것이옵니다."

바여기 대신의 말에 호한을 힐끔 쳐다본 가태 장군이 곧장 반박하고 나섰다.

"아니, 그들을 어찌 다 받아들인다고 하는 말씀이오? 우리 백성들이 먹을 것도 모자란 판에 그들에게 나눠줄 식량이 남아도는지 아시오? 우리가 그들을 먹여 살리려고 다른 나라에 공물을 바치라고 한 줄 아십니까? 더욱이 만에 하나라도 그들이 소요라도 일으키면 어찌하려고 하는 겁니까?"

"당장 눈앞의 이익을 보면 그리 생각할 수도 있겠지요. 허나 장기적인 안목으로 보면 꼭 그렇지만도 않소이다. 만약 그들에게 먹을 것을 조금 나눠주고 자리를 잡아 살도록 안착시킨다면 이거야말로 우리 범씨족과 수장님의 권위를 높이는 일이 될 것입니다. 이거야 우리 범씨족이 다른 여타 나라를 제치고 그 중심에 섰다는 것을 의미하는 것이 아니고 무엇이겠습니까? 수장님, 그들을 받아들이시옵소서."

"지금 대신은 과연 무얼 믿고 그리 장담하시는 겁니까? 만약 저들 속에 염탐꾼이라도 끼어 있다면 우리의 군사적 움직임이 모두 드러날 것인데, 과연 그런 것까지 책임질 수 있겠소이까?"

가태 장군의 반론에 바여기는 더 이상 대꾸하지 못했다. 그도 그럴 것이 벌써 호한의 귀에는 그 말이 솔깃하게 들리는 모습이 확연히 보였던 것이다. 호한의 태도에 벌써 결정이라도 된 듯이 가태 장군이 의기양양하게 다음 말을 이었다.

"수장님, 저들을 그냥 믿을 수는 없사옵니다. 저들을 더 이상 받아들이고 방치했다가는 문제를 일으킬 뿐 하등 도움이 되지 않을 것이옵니다. 그러하오니 이제 이재민들이 들어오는 것을 엄금하도록 하시옵소서."

마침내 호한이 입을 열었다.

"그런데 말이오. 그 이재민들이 먹을 것이 없어서 살려고 국경을 넘어오는데 과연 힘으로 막는다고 해서 그들이 오지 않겠소? 만약에 말이오. 그들이 죽기 살기로 작정하고 넘어온다면 어찌할 것이오?"

"가차 없이 엄금하는데, 죽으려고 작정을 하지 않을 바에야 어찌 그런 무모한 짓을 할 수 있겠사옵니까? 군사들에게 단호하게 대처하라고 명을 내린다면 별 문제 없을 것이옵니다."

"과연 그럴까? 다른 대신들의 생각은 어떠하오?"

대신들은 서로 얼굴만 쳐다보며 호한의 의도가 무엇인지를 가늠해보려고 하였다. 사실 그럴 수밖에 없는 것이 누구보다도 가장 앞장서서 단호히 엄금하라고 말할 사람이 수장이라고 여겼는데, 오히려 그가 전혀 다른 말을 하고 있었기에 그들로서도 어안이 벙벙하였던 것이다. 호한을 옆에서 보좌하면서 누구보다도 그를 잘 알고 있는 모사모 참모가 나섰다.

"이재민의 문제는 수장님께서 지적하신 대로 바로 거기에 원인이 있사옵니다. 어차피 받아들이지 않으려고 해도 분명 잡음이 일고 문제가 생길 것이옵니다. 그럴 바에는 차라리 그들을 수용하는 것이 더 우리 범씨족의 위엄도 세우고 실속 또한 챙기는 길이 될 것이옵니다."

"위엄도 세우고 실속을 챙긴다? 그들이 소요라도 일으킨다든가 해서 우리에게 반하는 행동도 할 수 있는데, 그것을 어떻게 처리하고요?"

"그거야 간단하게 처리할 수 있사옵니다. 어차피 우리가 다른 소국들을 병합하려고 하는 이유는, 그들의 재물을 얻을 수 있을 뿐만이 아니라 더 많은 노예를 확보하기 위해서가 아니옵니까? 그런데 그들이 제 발로 들어와서 우리의 노예가 되겠다고 하니, 어찌 그것을 마다할 수 있겠사옵니까? 당연히 받아들여야지요. 허나 지금 그 이재민들이 도처에 있는지라 그들을 통제하기가 어렵다는 것이 걱정인데, 그것 또한 그들을 한군데로 모아서 통제한다면 쉽게 해결될 것이옵니다."

모사모의 말에 호한이 무릎을 탁 치며 반겼다.

"바로 그거야! 이제야 내 말귀를 알아듣는 사람이 나오는구면. 역시 다른 사람은 몰라도 모사모 참모는 내 맘을 잘 알아! 그리하면 우리는 손 안 대고도 코를 풀 수 있게 된 거야. 그런데 말이오. 그들이 안착할 곳으로는 어디가 좋겠소?"

"그곳이라면 아무래도 마씨족이 있는 국경 지대가 어떤가 하옵니다."

"왜 그곳이 되었으면 좋겠다고 생각하는 거요?"

"우씨족의 국경 지역은 어차피 우리가 곧 복속시켜야 할 땅인데, 그곳에 그런 골칫덩어리를 놔둘 필요가 없을 것이옵니다. 그리고 녹씨족은 이미 우리가 병합한 상태이옵고, 사씨족은 우리에 적극 협력하고 있사옵니다. 그러니 그쪽으로도 그들을 놔둘 이유가 없을 것이옵니다. 그러면 단 하나 남은 곳은 바로 마씨족의 국경 지역인데, 이들을 이곳에 놔둔다면 나중에 마씨족을 복속할 때 유리한 환경을 조성할 수도 있을 것이옵니다."

"좋아, 좋아! 정말 좋은 의견이오. 그러면 곧장 그리 시행하도록 하시오."

호한의 명이 떨어지자, 지금껏 이재민들이 국경 지역으로 들어오는 것을 막고 있었던 군사들은 이들을 새로운 지역에 안착시키기 위해 대대적으로 받아들이기 시작했다. 이재민들은 너무도 갑작스런 범씨족의 태도 변화에 어리둥절하면서도, 자신들에게 살 길을 열어준다는 말에 다짜고짜 범씨족의 영토로 속속 모여들었다. 그 수는 가히 몇만이 넘을 지경이었다. 너무도 엄청난 수에 이재민들 스스로도 놀랐지만, 범씨족의 군사들은 아예 입을 떡 벌린 채 다물지 못했다. 그들은 이재민들에게 새로운 정착지를 마련해줄 테니 대오를 지어 따라오라고 하면서 마씨족과의 국경지대로 그들을 끌고 갔다. 이들의 행렬은 가히 장관이었다. 남녀노소 할 것 없이 온갖 헐벗고 굶주린 행색임에도 새로운 안식처를 찾아 떠나는 그들의 모습은 희망차 보였다. 그러다 보니 그들은 군사들의 강행군에도 불만을 표시하기는커녕 혹시나 뒤쳐져 낙오자가 될까 두려워하며 적극적으로 따라나섰다.

마침내 마씨족의 국경지대로 도착한 행렬은 그 끝이 보이지 않을 정도였다. 한곳에서만이 아니라 국경 지대의 도처에서 이곳으로 모여든 사람들은 그야말로 어마어마한 군중이었다. 그들이 한

곳에 모이자 범씨족의 군사 지휘관이 나와서 소리쳤다.

"너희들이 정착할 곳은 바로 이곳이니라."

사람들은 그의 말을 듣고서도 도무지 무슨 말인지 알아듣지 못했다. 아무리 그래도 그렇지 그야말로 황량한 벌판에 그들을 세워놓고 이곳에 정착하라고 말하니 도무지 이해가 가지 않았던 것이다.

"내 말이 아직도 무슨 말인지 모르겠다는 모양인데, 이곳이 바로 너희들이 개간해야 할 땅이라는 것이니라. 이제 알아들었느냐? 그렇다면 모두들 어서 간단히 짐들을 풀어놓고 일할 채비를 갖추도록 하라."

그러자 사람들은 웅성거리기 시작했다.

"지금 무슨 말씀을 하시는 것입니까? 호한 수장님께서 우리들에게 먹고살 길을 열어주신다고 하여 여기까지 따라왔는데, 이곳에서 어떻게 살라고 그러시는 겁니까? 뭔가 잘못된 게 분명하니 다시 한번 확인해주시기 바랍니다."

"맞아요, 맞아! 뭔가 잘못된 게 틀림없어요. 이럴 리가 없을 것이오?"

어떤 한 사람의 말에 사람들은 저마다 맞장구를 쳤다. 그러자 그 군사의 지휘관이 냅다 소리쳤다.

"너희들이 아직 주제 파악을 못한 모양인데, 너희들은 우리 범씨족의 노예이니라. 바로 너희들이 그리되겠다고 자청해서 들어온 것이 아니더냐? 그런데 이제 와서 무슨 다른 소리를 하는 것이냐. 만약 다시 한번 잘못 입을 놀렸다간 가만두지 않을 테니 그리 알고 내 지시에 따르도록 하라.”

그러자 그들 중 한 사람이 황급히 앞으로 나서며 말했다.

“아니, 그건 잘못 안 것이외다. 언제 우리가 노예가 되겠다고 했소이까? 먹을 것을 주고 우리가 안착하여 살 곳을 준다기에 온 것이지, 언제 노예가 되겠다고 자청을 했다는 말인가요?”

“여봐라, 저 입을 놀리는 자를 당장 잡아오도록 하라.”

지휘관의 명령에 군사들이 다짜고짜 나서서 그 사람을 끌고 왔다.

“내가 분명히 말했거늘, 아직도 못 알아들었단 말이냐? 그래, 어디 다시 한번 지껄여봐라!”

“소인은 분명 뭔가 잘못 되었다고 그것을 말한 것밖에…….”

“아니, 이놈이 아직도 정신을 못 차리고 주둥아리를 놀려?”

그 지휘관은 다짜고짜 채찍을 내려쳤는데, 어찌나 세게 쳤는지 벌써 그의 두 다리가 꺾이고 말았다. 못 먹고 못 입고 긴 이동을 해온 터라 지쳐서 작은 공격에도 쓰러질 수밖에 없는 지경이었던 것이다.

“그럴 리는 없습니다. 제발 다시 한번만 확인해보시면…….”

“아니, 이놈이 아직도…….”

지휘관은 사정없이 연거푸 채찍을 내려쳤다. 그러자 그는 몇 대 맞지도 못하고 벌써 넘어져 숨을 헐떡거렸다. 이것을 본 한 아낙네와 어린아이들이 “여보!” “아버지!”를 외치며 달려 나와 채찍을 자신들의 몸으로 필사적으로 막았다.

"이런 놈들을 봤냐? 너희들도 죽고 싶어 환장을 했구나!"

그러고는 곧바로 아낙네와 어린아이들에게까지 채찍을 휘둘렀다. 얼마나 거세게 휘둘렀는지 이들 또한 금세 피투성이가 되어 쓰러졌다. 이런 분위기에 어느 누구도 감히 군사들에게 말대꾸하지 못했다. 숨 한번 제대로 쉴 수 없는 형편이었다.

"이제야 내 말이 무슨 말인지 알아들었느냐? 내 말을 알아들었다면 어서 일할 채비를 하고 나오도록 하라."

지휘관의 명령에 사람들은 아무 소리 못 하고 마지못한 듯 천천히 몸을 움직였다. 그러나 이런 그들을 향해 쏟아지는 것은 군사들의 가차 없는 채찍질이었다.

"빨리 빨리 움직이지 못해! 어디서 게으름을 피우려고……. 그건 안 되지."

이로부터 마씨족의 국경 지대 쪽으로 온 이재민들은 군사들의 포위 속에 이주 첫날부터 땅을 개간하는 작업에 끌려다니게 되었다. 이렇게 고된 노역을 하고서 지급되는 것은 고작 한 덩어리의 주먹밥에 불과했다.

시일이 지나가면서 노역자들 중에 쓰러지는 사람이 속출하기 시작했다. 워낙 영양 상태가 안 좋은 데다가 쉬지도 못하고 계속 노역을 하게 되었으니 항우장사라고 해도 버틸 재간이 없었다.

마침내 이재민들 사이에서는 이상한 기운이 감돌기 시작했다. 이렇게 노역을 하다가 죽을 바에는 이곳을 벗어나자는 얘기였다.

어차피 죽을 목숨 이래 죽으나 저래 죽으나 이판사판으로 해보자
는 심사였다.

결국 어떤 무리가 도망치다가 발각되었고, 그 일행들 중 운 좋
게 도망에 성공한 이도 있었지만 대부분은 군사들에게 잡혀 죽임
을 당하였다. 하지만 그것이 도화선이 되어 이재민들은 하루가
다르게 그곳을 도망칠 궁리에 여념이 없었다. 군사들도 이것을
막기에 급급할 지경이었다. 하지만 아무리 불을 켜고 경계를 서
며 이들을 지킨다고 하더라도 죽기로 각오하고 도망치는 사람들
을 모조리 색출하기란 쉽지가 않았다. 그곳은 하루가 멀다 하고
도주자와 죽은 자가 속출하게 되었다.

이런 나날이 진행되는 중에 도저히 있을 수 없다고 생각되는
일이 발생하기에 이르렀다. 이곳을 벗어난 이재민들이 이제는 도
리어 도적이 되어 범씨족의 마을을 약탈하기 시작한 것이다. 하
기야 지금 여러 나라들 중에서 가장 식량이 많이 있다고 하는 곳
은 범씨족이었으니 당연지사 그 지역이 제일 먼저 표적이 된 것
은 뻔한 이치였다. 그래도 가장 강력한 군사력을 자랑하는 범씨
족을 상대로 그런 짓을 벌인다는 것은 감히 생각지 못할 일이었
다. 하지만 이미 이재민 수용소에서 죽었다가 살아온 자들로서는
이것저것 가릴 처지가 아니었다.

노역장에는 벌써 그 소문이 일파만파로 퍼지고 있었다. 그리고
예전과는 다르게 자신들을 감시하던 병사들이 도적질한 일당을
잡기 위해 중앙으로 차출되어 병력이 현저하게 줄어든 상태였다.

그 틈을 타 노역장에 일하던 사람들은 집단 탈출을 감행했다. 그리고 이들은 여지없이 도적 떼가 되어 범씨족의 마을을 약탈하기 시작했다.

상황이 이렇게 되다 보니 도저히 노역장을 유지할 수도 없는 형편이 되고 말았다. 이제는 노역장이 문제가 아니라 도적을 막기에 정신이 없는 상황으로 전락한 것이었다. 이미 노역장에 있는 사람들은 그 수가 얼마 되지 않았고, 어느덧 이들 유랑민들은 마씨족의 국경지대에 은둔하며 범씨족의 마을을 약탈하는 도적으로 변하고 있었다.

호한은 이 소식을 듣고서 노발대발했다. 어떻게 그깟 사람들을 감시하지 못해 그런 일이 벌어지게 했느냐는 거였다. 그런데다 다른 나라를 침략하고 약탈하는 것은 자신들의 주특기였는데, 도리어 자신들이 이런 난리에 처하게 되었다는 것은 참을 수 없는 일이었다.

호한은 즉각 모든 도적들을 모조리 소탕하라고 엄명을 내렸다. 그러나 그게 말처럼 쉽지 않았다. 이미 이들은 생존을 위한 자구책으로써 죽음을 각오하고 나선 자들이었다. 더욱이 이들은 마씨족의 국경 지대로 숨어들었기 때문에 범씨족도 거기까지 손을 쓰기가 힘든 상황이었다.

이런 상황이 되다 보니 마씨족의 국경 지대에서는 도적들을 온전히 소탕하기 위해 마씨족의 영토까지 추적해 들어가야 하는 형편이 되었다. 그러나 다른 나라의 영토에 군사를 들이는 것은 일개 지휘관이 결정할 사안이 아닌지라 어떻게 할 것인지를 중앙에 물었다.

호한은 혀를 끌끌 찼다. 그놈의 도적놈들 하나 처리하지 못하고 도리어 그놈들의 만만한 상대가 되었으니, 그 꼬락서니가 하도 기가 차서 말이 나오지 않았다. 그는 곧바로 그런 것을 생각할 필요가 있느냐며 끝까지 도적놈을 잡아 퇴치하라고 명을 내리려고 하였다. 범씨족의 자존심이 우선 허락하지 않았던 것이다. 감히 범씨족을 넘보아서는 어떻게 되는지를 분명히 보여주어야 다음부터 이런 일이 없을 것이라고 타산한 것이기도 했다.

바로 이때 모사모가 호한을 막고 나섰다.

"수장님, 이거야말로 꿩 먹고 알 먹고 할 수 있는 절호의 기회가 아니옵니까? 도적놈도 잡고 나아가 마씨족을 정당하게 복속시킬 절호의 기회라는 것이옵니다."

"그러면 지금 우씨족이 아니라 마씨족을 먼저 치자는 말인가?"

"지금 형편에서 그럴 수밖에 없지 않사옵니까? 도적놈들을 놔두고 다른 나라에 군대를 보낼 수는 없는 일 아니옵니까? 더욱이 이번에 마씨족을 치는 것은, 다른 어떤 나라도 거부할 수 없는 명분까지도 가지고 있사옵니다. 도적들이 약탈을 하기에 그것을 처리하겠다고 하는데, 그 누가 여기에 왈가왈부할 수 있겠사옵니까?"

"마씨족을 우선 친다? 그러니까 도적들의 소행에 대해 마씨족에게 책임을 물어 해결하자? 그거 참 좋은 생각이야! 허나 하루빨리 우씨족을 손봐야 하는데……."

"우씨족은 마씨족을 손보고 난 다음에 해도 늦지 않을 것이옵니다. 아니, 순서상 그리하는 것이 더욱 우리에게 호조건을 가져다줄 것이옵니다. 지금은 그들 쪽에서 동맹군이니 뭐니 하는 상황이라 우씨족만을 상대하는 것이 아니라 다른 나라들까지 대적해야 하니 좀 까다로운 편이 아니옵니까? 물론 그들과 맞서 싸우면 수장님의 용맹스러운 전사들이 그들을 이길 수 있겠지만, 우리 쪽에서도 상당한 피해를 감수해야 할 것이옵니다. 하지만 마씨족을 먼저 복속시키고 나면 상황은 분명 달라질 것이옵니다. 동맹군에 가담하려고 하는 나라들이 더욱 우리의 눈치를 보게 될 것이라는 말씀이옵니다."

"하긴 그렇지! 우리의 용맹스러운 군사들의 시위를 보고도 그렇게 감히 대적하려는 배짱을 부리지는 못하겠지."

이리하여 호한은 마씨족의 수장 마루에게 곧장 사신을 파견했다. 그러고는 지금 마씨족의 국경 지대를 근거로 도적들이 창궐하여 범씨족의 고을을 약탈하고 있으니, 이를 근절시킬 것과 함께 지금껏 약탈당한 것을 모두 배상해줄 것을 요구하였다. 만약 이를 이행치 않는다면 마씨족이 도적들과 한통속이라고 여기고 공격할 수밖에 없다고 주장하였다.

마씨족에서는 이를 어떻게 처리할지를 놓고 의견이 분분하였다. 하지만 그들로서는 딱히 어떻게 할 방법이 없었다. 이미 침략하려고 준비를 다해놓고 명분을 만들기 위한 속셈이 뻔한데, 어떤 안을 들어줘봐야 소용없다는 것을 모두 눈치채고 있었던 것이다. 게다가 실상 자신들 또한 이번의 수재로 인해서 백성에게 나누어줄 양곡도 없는 상황이었으니 배상은 꿈도 꿀 수 없었다. 그런데다가 깊숙한 산속에 은거해 도적질을 일삼은 유랑민들을 무슨 수로 잡아들일 수 있겠는가? 그런 군사 역량이 있었다면 백성들을 위한 구제책을 세우든가, 그도 아니면 범씨족에게 맞서 죽을 각오로 싸우기나 할 것이다. 그러나 어찌 하겠는가? 당장 범씨족의 요구 조건을 들어주지 않으면 침략당할 것이 분명하니 어떻게든 달래보는 수밖에.

그들은 범씨족의 사신을 불러들여 자신들의 처지를 하소연하였다. 그러면서 마씨족의 국경지대에 은거하고 있는 도적들은 분명 자신들이 책임지고 소탕하겠다고 답변하였다. 그리고 배상 문제는 지금 처지로선 도저히 불가능하니 다음 해에 그것을 갚겠으니 조금만 시한을 연장해달라고 요구하였다. 이에 사신은 한마디로 잘라 말했다.

"나를 뭘로 보고 그리 말씀하시는 것이오? 이거 눈 가리고 아웅 하는 식이 아니오? 말로는 모든 요구를 들어주겠다고 해놓고선 실상은 지금 당장 아무것도 하지 않겠다고 하는 것이 아니오?"

"아니, 적반하장도 유분수지. 어찌 그게 눈 가리고 아웅 한다고 하는 겁니까? 실상 도적들이 날뛰게 된 게 그게 우리 탓입니까? 사실을 따져보면 범씨족에서 유랑민들을 그쪽으로 데리고 와서 발생한 사건이 아니오? 어찌 보면 우리가 피해자인데, 우리보고 그것을 배상하라고 하니 그게 어디 가당키나 하는 거요? 그래도 우리가 서로 간에 우의를 깨지 않기 위해서 당신들의 요구 조건을 모두 들어주겠다고 한 건데, 뭐가 어쨌다고 트집을 잡으려고 하는 거요? 그리고 보니 당신네들은 우리가 어떻게 나오든지 간에 이미 침략할 명분만 찾으려 하였던 것이 아니오?"

더 이상 못 참겠는지, 마씨족의 가허 대신이 분을 못 이기고 직격탄을 날렸다. 그러자 사신은 드디어 본색을 드러내며 거만하게 다시 입을 놀렸다.

"우리더러 침략할 명분만 찾고 있다고 하더니 실상 그네들은 거절할 이유만 찾고 있었던 것이 아니오? 자, 보시오. 지금 도적들이 어디에 은거해 있소? 그야 당연히 마씨족의 국경 지대가 아니오? 또 그들이 어디를 약탈하고 있소? 당연히 우리 범씨족이 아니오? 그러면 당연지사 그 책임이 마씨족에게 있다는 것이 명약관화한 일이 아니오? 그런데 이것을 억지 쓰는 것이라고 우긴단 말이오? 이거야말로 말로는 우리의 요구를 들어주는 척하면서 시간만 끌다가 흐지부지 만들려고 하는 속셈이 아니겠소? 그러니까 우리의 정당한 요구를 들어주지 못하겠다고 하는 것이겠지요."

그러자 마씨족의 다른 한 대신이 사태를 수습하려는 듯 나서며 말했다.

"아, 아니! 어찌 그런 말씀을 하시는 거요? 이것은 가허 대신이 좀 실수해서 말이 지나쳤나 본데, 그것은 괘념치 마시고 넘어가시구려. 우리의 진짜 뜻은 최대한 범씨족의 요구 조건을 들어주려고 하는 것이요."

"사탕발림으로 나를 기만하려 하지 마시오. 내 당신네들의 본심을 알았으니 그렇게 전하도록 할 것이요. 어쨌든 이 일은 당신네들이 좌초한 것이니 모든 책임은 전적으로 당신네들에게 있다는 것만 명심하시오."

"허허! 그게 아니라니까 그러네요. 우리는 범씨족이 요구한 조건을 다 들어줄 것이요. 당장 도적들을 소탕할 것이며, 단지 배상에 한해서만 좀 시간을 달라고 하는 것이지요."

"좋소이다. 우리의 요구 조건을 다 들어주겠다고 했으니 그리하는지 지켜보도록 할 것이요. 허나 우리를 기만하려고 했다간 그 책임을 면치 못한다는 사실만 명심하기 바라오."

이건 협상이 아니었다. 사실상 강박에 다름없었다. 그러나 힘이 없는 마씨족으로선 어쩔 수 없이 당하는 수밖에 없었다. 우씨족이야 지형상 수재를 덜 입은 상태에다 동맹군이라도 형성해 대항할 수 있었다지만, 지금 마씨족의 상황으로선 죽기 살기로 싸우는 것이 아닌 이상 그들에게 굴복하는 수밖에 없었던 것이다. 물론 마씨족의 내부에서 결사항전을 주장하는 세력이 없는 것은 아니었다. 그러나 이것은 그들의 자존심을 세울 수 있을지는 몰라도 불을 보듯 뻔한 결과를 낳을 것임에 큰 호소력을 갖지 못했던 것이다.

사신이 돌아온 이후, 호한은 곧바로 군사를 출격할 준비를 갖추도록 하였다. 어차피 침략하려고 한 이상 시간을 지체할 이유가 없었다. 그랬다간 마씨족이 준비를 갖추고 대항하려고 하면 더 골치 아플 수밖에 없으니 시간을 주지 않고 전격적으로 공격하여 짓밟아 복속시켜 버려야 했다. 이것이 바로 범씨족의 무서움을 다른 나라들에게 시위하는 방편이기도 했다. 물론 그렇다고 사신이 돌아오자마자 공격할 수는 없었다. 핑계거리를 찾아 공격하는 것이 문제였다. 그래서 그는 곧 국경 지대의 군사들에게 잠시 방어하지 말라고 지시를 내렸다. 또다시 도적들이 창궐하는 모습이 드러나도록 하기 위함이었다. 역시 예상대로 며칠도 못가 국경 지대에서 도적들이 범씨족의 고을을 약탈했다는 소식이 올라왔다. 그와 동시에 호한은 군사를 국경 지대로 은밀하게 집결시켰다. 물론 여기에는 지난날 대련의 우승자였던 마타리를 비롯해 기사마, 수리도, 부거 등도 참여하고 있었다. 이들은 이제 어엿한 군의 지휘관으로써 자기 역할을 다하고 있었던 것이다. 마침내 호한의 명이 떨어졌다.

　"우리는 마씨족에게 선의를 베풀기 위해 도적들이 우리의 영토를 침범하지 못하도록 대책을 세워줄 것을 요구하였다. 허나 그들은 우리의 이런 호의에 응하지 않고 또다시 도적들과 한통속이 되어 우리의 영토를 침범하여 약탈하였다. 나 호한은 범씨족을 수호하는 수장의 막중한 책임을 지고 있는 사람으로서 이런 무례를 결코 용납할 수가 없다. 범씨족의 용맹스러운 전사들이여! 감히 우리의 영토를 침범하여 약탈한 자들을 용서하지 말고 과감히 응징하여 다시는 우리의 영토를 넘보지 못하도록 만들어라. 자, 출정하라!"

호한의 명에 군사들이 함성을 지르며 마씨족의 나라로 진격하였다. 우선 그들은 도적들이 창궐하고 있다는 곳으로 먼저 포위하고 들어갔다. 물론 사면을 포위한 것이 아니라 그들의 퇴로가 마씨족의 도성으로 향하게 만들어놓고는 공격해 들어갔다.

유랑민들은 군사들의 공격에 반항 한 번 제대로 하지 못하고 곧장 마씨족의 도성 쪽을 향해 달아나기 시작했다. 그것을 기화로 범씨족의 군사들은 마씨족의 백성들을 향해 살육을 감행하기 시작했다. 유랑민이 그들 속에 숨어 있을 수 있다는 것이 그 이유였다.

군사들이 휘두른 칼에 피가 마르기도 전에 연이어 많은 목숨이 베어져 나갔다. 그저 무방비로 있던 아녀자와 노약자, 어린아이라 할지라도 눈에 띄는 자는 가차 없이 베었다. 이것은 전쟁이라고 하기보다는 그저 도살에 가까웠다.

마씨족에서도 범씨족이 공격해 들어왔음을 알았는지 대열을 정비하고 전투 준비를 하였다. 백성들을 무참히 도살하는 공격 앞에서 어쩔 수 없이 싸울 수밖에 없는 처지였던 것이다. 범씨족의 군사들은 저 멀리 마씨족의 군사들이 도열해 있는 것을 보고는 더욱 싸울 맛이 난다는 듯 잠시의 머뭇거림도 없이 곧장 그곳으로 달려들었다. 어찌 보면 사람이라기보다는 그냥 살인기계라

할 수 있을 정도였다.

　마씨족의 군사는 기동성 좋게 움직이며 범씨족의 군사들을 상대하려고 하였으나, 마치 하나의 적수를 향해 날카로운 발톱을 세워 단번에 목숨줄을 끊어버리는 범처럼 날렵하게 달려드는 범씨족의 군사 앞에 겁먹은 말이 허겁지겁 도망가듯 여지없이 무너지고 말았다. 그 이후로 전투다운 전투는 일어나지 않고 오직 살인과 약탈만이 진행되었을 뿐이었다.

　마씨족의 수장 마루는 이미 전의를 상실한 듯 싸울 엄두도 내지 못하고 줄행랑을 놓아버렸다. 결국 지휘관이 없는 군사와 백성들은 무방비 상태로 내몰리며 가차 없이 살육되거나 범씨족의 군사들에게 잡혀 대거 노예로 끌려가게 되었다. 이로써 사실상 마씨족은 범씨족에 완전 복속된 것이나 다름없었다.

　한편 유랑민들은 범씨족의 공격에 사방으로 흩어지며 곳곳을 전전했다. 당장 범씨족의 도적 소탕 작전을 피해 달아나긴 했지만 어디로 가야할지 막막하기만 한 상태였다. 실상 이들이 이렇게 살아남게 된 것은 범씨족의 원래 목표가 그들이 아닌 마씨족의 복속에 있었기 때문이었다. 만약 이들을 끝까지 추적하여 죽이려고 했다면 아마 살아남은 자가 없었을 수도 있었다. 그러나 범씨족은 그들이 마씨족의 도성으로 달아나게 만들어놓고는 그것을 핑계로 그곳을 함락시켰던 것이다. 그런 와중에 그들은 범씨족의 추격으로부터 벗어날 수 있었다. 물론 마씨족의 국경지대에 은둔하여 도적질을 할 수 있는 상황은 이제 되지 못했다. 그러

니 범씨족은 도적 소탕과 마씨족의 복속이라는 두 가지 목적을
다 이룬 셈이었다.

유량민들 앞에 닥친 상황은 어떻게든 하루빨리 마씨족의 영토
를 벗어나는 것이었다. 여기 있다가 언제 다시 범씨족 군사들에
게 잡혀 그 기막힌 노예생활을 하게 될지 모르는 일이었다. 한 번
겪어본 이들에게 있어서 그 생활은 공포 그 자체였다. 하지만 그
들을 받아주는 곳이 없으니 정처 없는 발길이 될 수밖에 없었다.
이제 이들은 아무래도 범씨족을 피해 의탁할 수 있는 곳은 단 하
나 웅씨족이라고 생각하게 되었다. 누가 말을 하지 않았지만 흩
어졌던 사람들은 은연중에 웅씨족을 향해 발길을 돌리고 있었다.
그런 중에 자연스레 무리가 모이게 되었다. 그들은 서로 자신들
의 막막한 앞날에 대해 걱정하며 이런저런 말을 나누게 되었다.
무엇보다 우선 관심이 되는 상황은 어디로 갈 것인가 하는 문제
였다. 자신들이 무작정 웅씨족으로 발길을 향하고 있긴 하지만,
그곳이 새삼 안전한 곳인지 확인해야 하는 것은 자연스런 일이기
도 했다.

"웅씨족은 우리를 받아들일까요?"

"글쎄요. 하지만 우리가 의탁할 수 있는 것은 범씨족의 위협으
로부터 벗어나야 하는 곳일 텐데, 그곳이라면 아무래도 천신족과
웅씨족의 나라밖에 없지 않겠소?"

"그야 그렇지요. 그런데 아무래도 천신족은 거불단 환웅이 죽
었으니 나라꼴이 말이 아니겠지요. 그러니 우리가 가면 받아주기

나 하겠소? 아무래도 웅씨족이 더 낫겠지요. 그리고 실상 이번에 동맹군을 주도한 곳도 웅씨족의 웅갈 수장이라고 하지 않소? 범씨족을 상대할 수 있는 나라는 지금 형편에서 웅씨족밖에 없지요."

"그렇기는 한데, 만약 웅씨족에서 우리를 받아들이지 않으면 어찌해야 할지……."

"나도 그게 걱정이요. 아, 범씨족이 우리를 안착시켜 준다고 할 때 우리를 노예로 부려먹으려고 한다는 걸 상상이나 했겠소? 내 그들에게 속은 걸 생각하면 분통이 터져서……."

"아무리 그래도 웅씨족이 범씨족만큼이야 하겠소?"

"맞는 소리요. 웅씨족이 범씨족을 상대로 해서 싸우는 것만 봐도 그렇지 않을 것은 분명하오."

그들은 서로 자신들에게 위안이 되는 말들을 나누었다. 막막한 처지에 불안한 소리를 하는 것 자체가 그들에게는 고통일 수밖에 없었기에, 자신들의 바람을 마치 현실인 것처럼 받아들이려 하였다.

그렇게 서로들 위로하며 한참을 가던 중 저쪽에서 한 무리가 나타났다. 한눈에 봐도 그들의 행색과 차림새로 보건대 자신들과 같은 유랑민이라는 것이 분명해 보였다. 실상 이들의 옷차림이나 얼굴 모양새는 모두 똑같았다. 이미 환인과 환웅 이래로 오랫동안 같이 살아온 사람들로서 다를 것이 없었던 것이다. 단지 지배자들이 나라의 영토를 그어놓고 무슨 토템인가 뭔가를 자신들의

117

수호신으로 삼으면서 백성들을 다스리고 있었던 거에 불과했다. 물론 환웅 시기까지만 해도 천신족을 중심으로 모두 평화롭게 살고 있었지만, 거불단 환웅이 하늘로 올라간 이래 그것은 급속도록 와해되어 나가면서 각 소국들을 중심으로 변해가고 있었다. 하지만 백성들은 그런 것과는 전혀 무관했다.

"저쪽에서 오는 사람들도 우리랑 처지가 비슷한 것 같은데……. 왜 이쪽으로 내려오는 것일까?"

"그러게 말이오?"

자신들이 가고자 하는 웅씨족에 대해 뭔가 소식을 건질까 하는 마음에서 그들의 신경은 온통 저쪽에서 오는 사람들로 향했다. 저쪽에서도 벌써 이쪽을 알아보고 호기심 어린 눈으로 접근하고 있었다.

"보아하니 댁네들도 우리랑 처지가 비슷한 것 같은데, 어디서 오는 길이오?"

"우리야 웅씨족에서 오는 길인데, 댁네는 어디에서 오는 길입니까?"

"우리는 범씨족에서 왔소만, 어째서 이쪽으로 오는 것이오? 웅씨족에서도 유랑민을 받아들이지 않소이까?"

"뭐요? 유랑민을 받아줘요? 그곳 백성들도 살기 힘든 판에 유랑민을 받아준다고요? 그런 턱도 없는 소리 마시오. 우리가 누군지 아시오? 바로 웅씨족의 백성들이었소. 그런데 웅갈 수장이 천부인을 열어 새 세상의 주인이 된다, 어쩐다 하면서 수많은 양곡을 빼돌려놓고는, 먹을 식량을 풀어달라고 하니까 도적 떼 취급하는 바람에 거기서 잡혀 죽을 뻔하다가 도망쳐온 길이오."

"뭐요? 그럼 웅씨족의 백성들도 막막하다는 말이 아니오?"

"당연히 그렇지요. 배고파서 살 수가 있어야지! 그런데 당신네들은 어째서 범씨족에서 오는 길이오? 범씨족은 안착할 땅을 마련해준다고 소문이 나돌고 있는데……. 그래서 우리는 그곳을 찾아가는 길인데……."

"허허! 우리가 잘못 안 것처럼 당신들도 완전히 잘못 알았구먼. 우리도 범씨족이 정착할 땅을 준다는 말을 그냥 곧이곧대로 믿고 그쪽으로 가지 않았겠소. 실상 가장 양곡을 많이 가지고 있는 나라는 범씨족이라는 소문이 파다했으니 이 얼마나 고마운가 생각하면서 그들을 믿고 따라갔지요. 헌데 그들이 뭐라는 줄 아십니까? 바로 우리들이 노예가 되길 자청해서 왔다는 거요? 그래 놓고 어찌나 노예처럼 부리며 부역을 강요하는지……. 거기서 수많은 사람들이 죽고 우리만 간신히 빠져나오는 길이오."

"그럼, 도대체 우리는 어디로 가야 한단 말이오?"

서로 간에 정보를 파악한 두 무리는 서로의 아픔을 주물러주듯 하나가 되어 아파하면서 망연자실하였다. 어느 곳이든 자신들의 지배권을 유지하기 위해 혈안이 되었을 뿐 백성들의 삶을 보장해주는 나라는 없었으니 그들로서는 주저앉을 수밖에 없었다.

시름에 젖어 한참을 망설이던 그들은 이제 뭔가 결단을 내려야만 했다. 이대로 있다가는 굶어 죽게 되었으니 어떻게든 살아갈 방안을 강구해야 했던 것이다. 그러다가 얼른 떠오른 것은, 어딜 가도 받아들이지 않을 바에는 삶의 자구책으로 그야말로 도적 떼가 되는 것이었다. 그러나 이들은 한결같이 처자식을 거느리고 있는 사람들로서 그것을 하기에는 무리가 있었다. 그렇다면 자신들이 안착할 수 있는 다른 나라를 찾아보아야 하였다. 마침내 한 사람이 입을 열었다.

"처자식이 있는 몸으로서 우리가 기댈 나라를 찾아야 하는데, 아무래도 천신족의 나라가 제일 나을 듯싶소이다. 다른 나라에 가봤자 어차피 또 전쟁에 휘말리게 되어 우리가 살 처지가 못 될 듯싶고, 그렇다면 대국이 적당할 텐데 범씨족도 아니고 웅씨족도 아니라면 그 어디겠소? 천신족밖에 더 있겠소?"

"아무래도 그럴 수밖에 없을 것 같소이다. 비록 천신족이 예전의 나라는 아니라고 하더라도 다른 소국들보다는 더 낫지 않겠소?"

모두들 고개를 끄덕였다. 이들로서는 차선책을 선택할 수밖에 없는 처지였던 것이다. 그런 중에 한 사람이 조심스럽게 말을 꺼냈다.

"나도 가보지 못했지만 소문에 의하면 단군의 지역, 아사달 지역은 이번에 수재를 피했다고 합니다. 그곳으로 가는 것이 어떨까요?"

"그 소문이라면 나도 들었어요. 작년엔가 웅씨족에서 백성들을 데리고 신천지를 찾아 떠났다고 하는 곳 아닌가요?"

"맞아요."

"그렇다면 아직 나라의 기반도 제대로 닦이지 않았을 것인데, 어떻게 우리 같은 사람들을 받아들일 수 있겠소? 그건 아무래도 불가능하지 않겠소?"

"그거야 그렇지만, 그래도 우리 같은 사람들을 위해서 웅씨족의 수장 웅갈의 반대를 무릅쓰고 그것을 단행하는 사람이라면, 다른 곳보다는 우리의 처지를 가장 잘 알아주지 않겠소?"

"그 말이 일리가 있소. 우리야 무엇보다 우리의 처지를 잘 알아주는 사람이 제일 중요한 것 아니오? 아무리 양곡이 많아도 우리를 노예로 부려먹으려고 하고, 천부인을 열어 세상을 지배할 욕심에 식량을 풀지도 않는다면 그게 우리에게 무슨 소용이 있겠소? 나는 아사달로 가봐야겠소."

"맞는 말이오. 천신족에 가봤자 잘 된다는 보장도 없고, 그럴 바에는 아예 차라리 우리의 처지를 잘 알아주는 사람한테 가는 모험을 택하는 편이 더 타당한 것 같소."

다른 한 사람이 동조하며 하는 말에 모두들 이심전심 고개를 끄덕였다. 이리하여 이 사람들은 너나 할 것 없이 자연스레 무리를 지어 아사달 지역으로 향했다. 어쩌면 서로 뿔뿔이 흩어지기보다는 안전을 확보하려는 보호 본능에 이끌려서인지 모두들 무리 지어 나가게 되었다.

대장정을 이룬 무리는 혹시나 하는 마음으로 아사달 지역에 도착하였다. 그런데 벌써 다른 많은 무리가 찾아와 안착했다는 소식을 전해 듣자마자, 그들은 이제 살았구나 하며 안도의 눈물부터 보였다. 하지만 처음에는 그 수가 많지 않기 때문에 대수롭지 않게 여겨 찾아온 사람들의 어려운 처지를 고려하여 받아들였지만, 이제는 계속 그 수가 늘어나자 이곳 지역 사람들도 이만저만이 걱정하고 있는 것이 아니었다. 심지어 이제는 더 받아줄 수 없다고 말하면서 그들이 들어오지 못하도록 통제해야 한다는 주장까지 서서히 고개를 들고 있었다.

이런 소식을 접한 유랑민들은 다짜고짜 그들에게 하소연하였다. 여기서 자신들을 받아주지 않으면 어디 갈 데도 없을 뿐만 아니라, 짐승도 굶주림을 피해 들어오면 품어주거늘 어찌 사람이 찾아오는 것을 박대할 수 있겠느냐며 자신들을 받아들여 달라고 호소하였다. 이들의 얘기를 그저 모른 척할 수도 없고, 그렇다고 무작정 받아들일 수도 없는 것이 지금의 상황이었으니 국경을 수비하는 군사로서는 어떻게 대응할지 갈피를 잡을 수가 없었다.

국경을 수비하고 있던 군사는 우선 그들의 수가 얼마나 되는지 가늠하다가 수만 명은 족히 넘어 보이는 어마어마한 인파라는 사실에 깜짝 놀랐다. 몇몇 무리야 쉽게 받아들일 수 있는 문제지만 이렇게 많은 수는 자신이 판단할 수 없었던 것이다. 더욱이 더 이상 수용해서는 안 된다는 주장까지 나오고 있는 처지였다. 그래서 그는 인산인해를 이루어 찾아온 사람들에게 잠시 기다려달라고 하면서 단군에게 이 사실을 보고하도록 사람을 곧장 파견하였다.

유랑민들은 기다리는 동안 아사달 지역을 쭉 흝어보고서 깜짝 놀라워하였다. 소문에 수재를 입지 않았다고 하더니 정말 그러한 사실이 확연히 눈에 들어왔던 것이다. 지금껏 자신들이 다녀온 다른 여타의 지역은 수재로 온갖 것들이 휩쓸고 지나간 듯 그 피해가 한눈에 들어왔는데, 이곳에서는 전혀 그런 기미가 보이지 않았다. 번듯하게 지어진 가옥은 살림살이가 고스란히 갖춰져 있었고, 들판에는 곡식들이 아무 일 없다는 듯 누렇게 익어가고 있었던 것이다.

이에 사람들은 궁금한 듯 군사에게 물었다가 단군이 하늘의 대재앙을 예견하고 대수로 공사를 한 결과 그 피해를 입지 않게 되었다는 사실을 듣게 되었다. 그러자 사람들은 어떻게 그런 일이 있을 수 있느냐며 놀라워했고, 그것은 사람들의 입에서 입으로 전달되면서 점차 눈덩이처럼 불어나 단군이 신통력을 가진 사람이자 구세주라는 얘기로까지 확대되었다. 그럴수록 그들은 여기에 안착하려고 기를 쓰고 달려들었다.

단군은 국경 수비대의 군사로부터 상황을 보고받고는 고시와 성조, 그리고 팽우 등을 즉시 불러들였다.

"여러분도 소식을 들어 아시겠지만, 어찌했으면 좋을 것인지 내 의견을 들어보고자 하오?"

"고생고생해서 여기까지 찾아온 사람들을 몰인정하게 내쳐버릴 수는 없는 일이오나, 과연 저 많은 수를 어떻게 감당할 수 있을 것인지 그게 걱정되옵니다."

고시가 걱정스런 얼굴로 대답하자 성조가 입을 열었다.

"식량도 문제지만 가장 중요한 것은 이곳의 사람들이 저들을 받아들이려고 할지 그게 걱정이 되옵니다. 지금껏 밤낮을 고생하며 이제야 겨우 살길을 찾았다고 생각하고 있는데, 엉뚱하게 저들이 찾아와서 다시 고생할 것을 생각하며 선뜻 그것을 감내하려고 할지……."

"맞사옵니다. 여기 사람들이 받아들일 각오만 되어 있다면 분명 해결할 길이 열릴 것이옵니다. 아무것도 없는 이곳에서 맨손으로도 일어섰는데, 지금은 집채와 농토까지 갖췄사옵니다. 그런데 무슨 일인들 못 풀어나가겠사옵니까? 더욱이 단군께서 대수로 공사를 하여 수해까지 피한 상황인데……."

"난 여러분의 생각을 묻는 것입니다. 다른 사람들의 반응이 걱정된다고 하시지 마시고 여러분은 어떻게 결정하겠는가를 알고자 하는 것입니다. 여러분이 결정한다면 난 이곳 사람들은 분명 여러분을 믿고 따라올 것이라고 믿습니다."

"아닙니다. 그것은 잘못 아신 겁니다. 저희들을 믿는 것이 아니라 단군님을 믿는 것이옵니다. 그러하오니 그냥 결정하시옵소서. 저희들은 무조건 따를 것이옵니다."

고시가 도리어 단군에게 결정을 내리도록 미루었다. 이미 이들이야 단군이 어떻게 결정할지 뻔히 아는 상황이었지만, 자신들을 참답게 이끌어주는 단군에게 그것을 넘기려고 하였던 것이다.

실상 이들의 생각은 모두 똑같았다. 아무리 마음이 좋아도, 그리고 저들처럼 엄청난 고생을 해봤던 처지였다고는 하지만, 그렇다고 이 많은 사람들을 덜컥 받아들이기가 여간 어려운 것이 아니라는 것을 알고 있었다. 하지만 어려운 처지를 보고 그냥 못 본체 넘어간다는 것은 인간의 도리에 맞지 않았던 것이다. 그러니 어렵다고 한들 그 벽은 뛰어넘어야 했던 것이다.

마침내 단군이 결심을 굳힌 듯 대답했다.

"좋습니다. 그리 말씀하시니 오히려 내 마음이 홀가분합니다. 여러분도 아시겠지만 여기까지 찾아온 사람들을 외면할 수야 없는 것 아니겠습니까? 그러니 그들을 우리 품으로 받아들이도록 합시다. 그리고 보니 바로 여러분이 가장 바쁘게 생겼습니다. 그럼, 우리 저들이 있는 곳으로 같이 가보십시다."

"좋사옵니다."

이들이 국경 지역으로 가보니 정말 어마어마한 사람들이 모여 있었다. 그들은 벌써 멀리서 단군의 일행이 오는 것을 보고는 자신들의 생사를 좌우하는 결정권자가 왔음을 직감하며 일제히 그쪽으로 시선을 향했다. 그러고는 단군 일행이 가까이 오자 여기서 안착하게 해달라고 절규하듯 부르짖었다. 단군은 이들을 가만히 지켜보고 있다가 천천히 입을 열었다.

"여기까지 찾아온 여러분의 심정을 어찌 모르겠습니까? 하지만 여러분도 다 아시다시피 우리 또한 이곳에 정착한 지 얼마 되지 못했습니다. 그런 고로 얼마나 여러분께 도움이 될지 모르겠습니다. 하지만 우리 또한 여기서 아무것도 없는 조건에서 맨손으로 일어섰습니다. 그러니 여러분 또한 이 어려움을 이겨내려고 열심히 노력만 하신다면 살길은 충분히 열릴 것이며, 우리 또한 그리되도록 최선을 다해 도와주겠습니다. 여러분! 여기까지 찾아왔는데, 이제 또 어디를 가시겠습니까? 부디 이 난관을 이겨내셨으면 합니다. 자. 여러분 이겨낼 수 있겠습니까?"

사람들은 단군의 말에 서로를 쳐다보았다. 도대체 저 사람이 무슨 말을 하는지 즉각 이해할 수가 없었던 것이다. 그로 그럴 것이 그들은 이곳에 안착만 하게 해준다면 감지덕지하다고 생각하며 그것만 학수고대하고 있었는데, 이 사람은 그것을 뛰어넘어 얘기하고 있었던 것이다. 꿈인지, 생시인지 잘 몰라 하며 도대체 저 사람이 누구인지 하는 의문부터 들었다. 하도 속기만 하고 살아온지라 덜컹 겁부터 들었던 것이다. 그런 가운데 그가 바로 단군이라는 소리에 깜짝 놀랄 수밖에 없었다. 자신들의 문제에 대해 직접 아사달의 수장이 나설 것이라고는 그들로서는 상상도 할 수 없었다.

그 사실 하나만으로 사람들은 모든 상황을 곧바로 파악할 수 있었다. 그러고는 잠시 조용하던 벌판이 너나 없는 환호성으로 떠들썩하게 변했다. 어느새 그들의 눈에 눈물이 슬며시 고여 들었다. 그것은 이제 이 기구한 유랑자의 생활을 끝내고 살아남았다는 기쁨이었다. 아니, 그런 눈물은 단순히 선심을 베풀어주었다는 데에서 나오는 것이 아니었다. 지금껏 벌레 보듯 항상 하찮은 존재로 취급받다가, 이토록 정중하게 대하는 사람을 만나고서 치솟는 감동이었다. 그때 단군의 말이 다시 이어졌다.

"좋습니다. 그럼, 여러분은 이제 우리 식구가 되었습니다. 이제 거기에 서 있지 마시고 어서 안으로 오십시오. 그리고 새로운 정착지를 보도록 합시다."

단군이 이렇게 말하고 나서 고시와 성조, 그리고 팽우 등에게 이들이 안착할 수 있도록 이끌어 달라고 지시하자 그들이 사람들 앞에 나섰다. 그리고는 먼저 사람들로 하여금 지금 이대로 가는 것은 그 수가 너무 많아 여러 군데로 나눠 정착해야 할 것이니 크게는 세 개로, 또 그것을 다시 세 개의 형식으로 나누어 대열을 이루고 조를 짜도록 요구하면서 동시에 대표자들을 선발하도록 하였다. 역시 그들은 작년에 이런 경험을 겪었는지라 그것을 되살려 척척 알아서 진행하는 것이었다.

단군이 고시와 성조, 그리고 팽우 등이 하는 것을 보며 빙그레 웃고는 이내 그곳을 빠져나왔다. 어차피 이 일의 골격을 세우고 진행할 사람은 고시와 성조, 그리고 팽우였지만 당장 도움의 손길을 보태기 위해 사람들을 동원해야 했던 것이다. 그 일은 단군이 우선 맡아야 했다. 단군은 곧바로 군사들을 소집해 우선 새로운 이주민에게 먹을 것을 내려 보내도록 하면서, 앞으로 이들이 최소한 안정적으로 정착할 수 있도록 고시와 성조, 그리고 팽우의 지시를 받아 일을 처리하라고 명했다.

고시와 성조, 그리고 팽우는 사람들을 안착시킨 다음 그들 자신의 힘을 동원하여 해결하고자 하였다. 하지만 아무것도 없는 조건에서 일을 진행하자니 많은 어려움에 봉착하였다. 그래서 이곳 아사달 사람들에게 지원해줄 것을 요구하였다. 하지만 사람들은 그에 응하기는커녕 도리어 불만을 토해냈다.

"아니, 또 받아들였단 말이오? 지금껏 사람들을 그 정도 받아들였으면 더는 말아야지, 언제까지 이곳으로 오는 사람을 다 수용해야 한답니까?"

"맞아요. 우리가 그들의 처지를 모른 것은 아니잖아요. 하지만 몇몇 사람도 아니고 수만이나 되는 사람들을 어떻게 다 먹여 살릴 수 있겠습니까?"

"그래서 하는 말인데, 이번에는 우리가 단호하게 행동해야 합니다. 우리도 지금 살기 힘든데, 앞으로 계속해서 받아들이겠다고 한다면 이를 도대체 어찌 감당하겠습니까? 이러다간 결국 우리는 죽도록 고생해서 다른 사람들을 먹여 살리는 것밖에 되겠습니까?"

"내 얘기가 바로 그거여요. 좀 마음은 아프겠지만 앞으로의 일을 위해서 단단히 마음들 먹읍시다."

실상 이들의 얘기가 틀린 것은 아니었다. 이들은 지금껏 하루도 쉬지 못하고 고생해온 사람들이 아닌가? 그런데 또다시 고생만 하게 되었으니 어느 누구라 한들 불만이 새어나오지 않을 수 없었던 것이다.

단군도 이들을 설득하려고 하지 않았다. 대신 언제나 그랬던 것처럼 발구루를 위시한 군사들을 적극 동원하였고, 그 자신 또한 직접 정착지를 돌보며 일이 얼마나 진척되고 있는지 계속 주시하며 군사들을 독려할 뿐이었다. 팽우와 성조, 그리고 고시 등도 이런 단군의 뜻을 잘 알았기에 사람들을 더 이상 설득하려고 하지 않고 자신의 수하들 몇몇과 함께 움직였다. 어차피 자신들도 지난날 아무것도 없는 상황에서 그 자신들만의 힘으로 이룩해 내지 않았던가? 개구리 올챙이 시절 모른다고 몰인정한 사람들의 처사에 맘이 상하지 않은 것은 아니었지만, 이해할 수는 있는 일이었다.

아사달 지역 사람들이 모르쇠로 일관한 가운데 새로운 정착지에서는 그야말로 밤낮을 가리지 않고 고된 일이 진행되었다. 연일 새로운 집터를 장만하고 땅을 개간하여 농토를 만들어나가는 작업이 추진되었던 것이다. 그리고 단군은 아예 군사들과 이곳에 상주하면서 일의 진행을 독려하였다. 이런 모습은 아사달 지역 사람들의 눈에도 비칠 수밖에 없었다. 처음에는 냉정하게 다잡은 마음을 잃을까 봐 애써 외면했지만, 눈에 보이는 그들의 모습에서 자신도 모르게 마음이 풀어졌던 것이다. 그건 지난날 저들처럼 고생했던 사람으로서 느끼는 동병상련의 심정이었다. 실상 그들이 불만을 가지고 있었다고 하더라도 그런 속마음까지 버리지 않았던 것이다. 아니 버릴 수 없었다고 봐야 맞지 않겠는가? 자신들의 삶이 그러했는데…….

먼저 몇몇 사람들이 자신의 마음을 계속 속일 수 없었는지 남몰래 자신들의 먹을 것을 가져다주기도 하고, 또 일손을 보태기도 하였다. 이건 누가 시켜서 하는 것이 아니었다. 사람이 살아 있는 곳에서 그러하듯 자연스러운 감정이 솟아 나와서 하는 것이었다. 그것은 정착민들이 고생하는 것을 보고 자신들의 지난날을 떠올리며 나오는 자연스러운 행위였다. 이 일을 계기로 해서 점차 그 수가 많아지더니 급기야는 이래서는 안 되겠다 싶었는지 대놓고 말들이 나오기 시작했다.

"아무래도 이건 사람이 할 짓이 아닌가 보네. 뻔히 눈앞에서 보고도 모른 척하니 그 심정이 소태같이 쓰디쓰기만 해서 어디 살 수 있겠소?"

"자네도 그런가? 나도 그러하네. 아, 우리도 작년 이맘때에 여기에 올 때 저러지 않았는가? 먹을 것이 없어서 정말 얼마나 고생하지 않았소? 그런데 우리 앞에 저들이 저렇게 살려고 발버둥치니 내 차마 이러고 있을 수는 없을 것 같소? 이건 사람이 할 짓이 아닌 것 같소?"

"자, 그러면 우리 차라리 도와줍시다. 우리가 도와주면 그들은 힘을 얻고 더욱 분발하지 않겠소? 더욱이 단군께서 저기에 상주하면서 애쓰고 있는 것을 보면, 우리가 은혜도 모르는 사람인 것 같아 정말 죽을 맛이오. 사실 말이야 바른 말이지, 우리가 이렇게 안락한 삶을 살게 된 것도 다 그분의 덕이 아닙니까? 그런데 모른 척하고 보고만 있어야 하겠소?"

"맞는 말이에요. 비록 지금은 저들이 어렵다고 해도 우리가 일어섰듯이 반드시 일어서지 않겠습니까? 우리가 경험했듯이 저들도 스스로의 힘으로 모든 것을 헤쳐나오고 말 것입니다. 그러면 그때 가서 우리가 뭐라 할 수 있겠어요? 아무튼 누가 뭐래도 단군께서 저들을 한 식구로 받아들인 이상, 우리도 이러고 있지 말고 도와줍시다.”

자연스레 여기저기서 흘러나오는 말에 사람들은 비로소 활짝 웃었다. 애써 마음을 닫고 있는 것이 얼마나 어려운 일인지 이제야 알 것 같다는 표정이었다. 실상 도와주는 것이 그렇게 어려운 것은 아니었다. 관건은 마음이 가 닿느냐, 닿지 않느냐에 달려 있었던 것이다.

속마음들이 하나씩 확인되자 곳곳에서 새로운 정착민을 돕기 위한 자원자들의 움직임들이 대대적으로 진행되었다. 어떤 사람들은 힘내라고 손수 먹을 것을 가져오기도 하였고, 또 어떤 사람들은 자신들이 정착할 때 했던 경험을 토대로 삼아 그 기술을 전수해주기도 하였다. 상황이 이렇게 흘러가자 일의 진척은 비약적으로 빠르게 진행되었다. 더욱이 대수로 대공사가 진행된 덕분에 더욱 많은 땅도 확보할 수가 있게 되었다.

이런 과정에서 사람들 사이에서는 자연스레 웃음이 넘쳐 흘렸다. 서로 돕고 사는 것이 얼마나 행복을 가져다주는 것인지 실감할 수 있는 현장이었다. 형제애, 인간애라고 하는 것도 사실 따지고 보면 이렇게 고생을 같이 하면서 자연스럽게 싹트는 것이 아니었던가?

이렇게 정착민이 자리를 잡아가는 상황에서 어느덧 수확의 계절이 다가왔다. 수확의 계절은 그야말로 애들 조막손이라도 빌려야 할 만큼 바쁜 계절이었다.

"어허! 동생 이제 미안하게 되겠구먼. 아직도 처리해야 할 일이 많이 남았는데, 수확기가 되어서 당분간 도와주지 못하게 되었으니 말이네."

"아니, 형님! 무슨 말씀을 그리하십니까? 내 형님한테 받은 도움이 얼마나 큰 힘이 되었는데요. 이제는 제가 형님을 도와드릴 차례가 된 모양입니다. 내 형님의 도움만 받고 살 줄 알았더니 이렇게 형님을 도울 일도 생기니 이제야 살맛 나는 것 같습니다. 사실 우리야 지금 하지 않고 좀 늦춰도 될 터이지만 형님이야 지금 시기를 놓치면 아니 되지 않습니까? 내 모든 것을 다해 도와드릴 터이니 그런 걱정이야 딱 붙들어 매시지요."

"아닐세. 아직 자네는 해야 할 일이 많이 남아 있네. 그것은 신경 쓰지 말고 자네일이나 알아서 하게. 내 수확만 끝내고 나면 또 도와줌세."

"어허, 형님! 섭섭하게 왜 그리 말씀하십니까? 오는 정이 있으면 가는 정도 있어야지요. 제 일은 제가 알아서 할 터이니까 그건 염려하지 마시라니까요."

고생 끝에 싹튼 우정은 두 지역민들을 급격하게 가깝게 하더니, 형님 아우님 하는 관계로 만들었던 것이다.

수확 철을 맞아 이제까지와는 달리 사람들의 이동이 거꾸로 움직이게 되었다. 바쁜 수확기를 놓치지 않기 위해서는 엄청난 일손이 필요했는데, 이를 새로운 정착민들이 도와주기 위해 적극 나섰던 것이다. 자신들이 어려울 때 그들이 건넨 도움의 손길을 기억하고 있던 사람들은, 그 고마움을 이렇게 표현하고 있었던 것이다. 아니, 그 이상이었다. 그것은 고생을 통해 한 형제이자 한 가족이라는 느낌을 표현한 것이었다.

어쨌든 이런 감동적인 모습이 자연스럽게 벌어지는 가운데, 들판에는 그야말로 수확하는 기쁨이 온전히 전해지면서 추수가 시작되었다.

4

아사달에서 열린 천신제

올해의 작황은 아사달 지역을 빼고는 평년작을 밑돌았다. 그래서인지 사람들은 수확의 기쁨보다는 앞으로 어떻게 살 것인가를 놓고 근심이 앞섰다. 그러나 이것과는 상관없이 벌써 사람들의 관심은 자연스레 천신제로 쏠리고 있었다. 바야흐로 새 세상의 주인의 등장이야말로 제국의 향방을 결정하는 요소였던 것이다.

사실 지금 나라들 간의 갈등과 전쟁이 벌어지고 있는 것도 따지고 보면 새 세상의 주인이 나타나지 못한 데에 원인이 있었다. 거불단 환웅이 있을 때만 해도 제국의 나라 간에는 평화가 조성되어 있었다. 그러나 그 중심이 사라지니 서로가 그 자리를 차지하겠다고 하면서 각 나라가 독자적인 길로 나아갔고, 그것은 곧 갈등과 불협화음을 일으켰다. 그리고 끝내는 전쟁으로까지 치닫게 되었던 것이다.

이에 사람들은 이런 암투를 끝내려면 누가 되든지 간에 하루빨리 그 중심이 되는 인물이 나타나기를 바랐다. 실상 전쟁이 터지면 거기에서 죽어라 나자빠지는 것은 다름 아닌 백성이었던 것이다. 하지만 각 나라의 수장들의 생각은 달랐다. 누가 뭐라고 해도 자신들이 새 세상의 주인이 되려고 하는 욕심을 가지고 있었던 것이다. 그 야심의 중심에는 웅씨족과 범씨족이 자리 잡고 있긴 했지만 비단 이들만 그런 것은 아니었다. 겉으로 분명하게 표현하고 있지는 않았지만, 각 나라의 수장들은 자기 나름대로 그 꿈을 포기하지 않고 있었다.

이런 상황인지라 모두들 천신족의 움직임에 주목하고 있었다. 그런데 이상한 것은 천신족의 좌장 격인 풍백이 이렇다 할 반응을 보이지 않고 있는 점이었다. 다른 때 같았으면 벌써 이번 천신제를 진행할 터이니 각국에 얼마간의 사람을 청하겠다는 초청이 와야 할 것인데, 그런 기미조차 없었던 것이다.

이에 제일 먼저 안달한 쪽은 웅씨족의 수장 웅갈이었다. 그는 풍백의 움직임을 유심히 지켜보면서 으레 있어왔던 천신제에 참여하기 위해 그 준비에 박차를 가하고 있었던 것이다. 사실상 그는 천부인을 열 열쇠를 획득했다고 자부하고 있었다. 바로 자모도로부터 강력한 보검을 손에 쥐게 되었던 것이다. 그 검은 지난번의 실패를 거울삼아 강도만 세게 만든 것이 아니라 탄력성까지 보강한 것이었다. 이것은 단 한 번에 걸쳐 나온 것이 아니었다. 여러 번의 실패를 거듭하여 만들어졌다. 그 칼날의 날카롭기는 빛을 잘라버릴 정도였고, 그 묵직하고 듬직한 칼등은 그 어떤 것도 든든히 버틸 수 있을 만큼 강력했다. 그것이 얼마나 강한 보검이었던지 가장 강한 돌로 알려진 금강석을 그대로 선을 그으며 베어버렸던 것이다. 그러니 천부인이자 하늘의 경이 담긴 것으로 알려진 신표라는 광석도 너끈히 열 수 있을 것이었다. 이제 남은 것은 만인이 보는 앞에서 자랑스럽게 그걸 열기만 하는 되는 거였다. 그리고 만인의 추앙을 받으며 새 세상의 주인으로서 화려하게 등극하는 것이었다. 그래서 그는 벌써 천부인을 차지한 것인 양 기쁨에 들떠 있었다.

그런데 천신제의 일정이 다가오는데도 천신족에서 소식이 없자 웅갈은 당장 그곳으로 사신을 보냈다. 도대체 어떻게 해서 그 보검을 얻은 것인데, 이대로 그냥 넘어갈 수 없는 일이었다. 백성들에게 줄 양곡까지 풀지 않고 온갖 비난을 감수하면서까지 확보한 것이었다. 웅갈의 사신은 천신족으로 가서는 풍백에게 강력하게 따졌다.

"왜 천신족에서는 천신제까지 채 얼마 남지도 않았는데, 우리에게 참석하라는 소식도 보내지 않는 것입니까? 과연 지금 준비는 하고 있는 겁니까?"

"지금 제국의 상황이 그런지라……."

"도대체 무슨 소리를 하시는 겁니까? 그럼, 천신제를 거행하지 않을 수도 있단 말입니까?"

"아, 아니, 그게 아니라……. 원래 천신제는 하늘의 뜻을 받드는 것을 그 기초로 하면서도 제국의 여러 나라들 간의 화합을 다짐하고 그 관계를 돈독하게 하기 위한 목적으로 하는 것이 아닙니까? 그런데 지금의 상황은 그렇지 못하는 것 같아서……. 아시다시피 범씨족이 여러 소국들을 침략함으로써 여간 혼란스러운 상황이 아닙니까? 그런데 만약 천신제를 지내다가 서로 간에 알력 다툼이 생긴다면 어찌 되겠소?"

"그러니까 천신제를 거행해 새로운 세상의 주인을 찾아야지요. 이게 다 새 세상의 주인을 뽑지 못해서 그런 것이 아닙니까? 그렇다면 그럴수록 하루빨리 새 인물을 맞이하기 위해 노력해야 하거늘, 어찌 상황 타령만 하고 있을 수 있습니까?"

"안 하겠다는 것이 아니라 분위기를 조성한 후에 하겠다는데, 왜 이러시는 거요?"

"말로는 하겠다고 하지만 지금 천신제까지 채 며칠이 남지 않았는데 이러고 있으니 하는 말이 아닙니까? 정말 천신제를 지내는 동안 소란이 일까 봐 걱정이 되신다면, 우리 웅씨족에서는 안전을 위해 군사까지 파병할 용의가 있습니다."

"어찌 군사까지 파병한단 말이오? 그건 지금껏 전례가 없던 일이거니와 천신족의 나라에 웅씨족의 군대라니요, 그건 아니 될 일이지요."

"그럼, 도대체 어찌하자는 말씀이십니까? 정말 묻건대 하실 의향은 있으신 겁니까?"

"아니, 지금 무슨 말씀을 하시는 거요?"

"그쪽에서 역정을 내실 일이 아닌 것 같소이다. 이런 말까지는 안 하려고 했지만, 지금 하는 모양새로 보아 한마디 해야겠습니다. 도무지 믿음이 가지 않아서 하는 말입니다. 풍백 대신께서도 잘 아시겠지만 천신제를 지내는 것은 대신의 권한이 아니라 의무라는 사실이지요."

"지금 나를 겁박하는 거요?"

"겁박하는 것이 아니라 사실이 그렇다는 것이지요. 자, 보십시오. 거불단 환웅께서 새 세상의 주인을 맞이하라고 엄명하지 않았습니까? 그렇다면 그 명을 따를 것이지, 어찌 그것을 하고 말고를 대신이 결정한단 말입니까? 다시 한번 분명히 밝히건대, 풍백 대신은 새 세상의 주인을 맞이할 때까지 그 대리인의 역할을 수행하는 것이지 그 주인 행세를 해서는 안 된다는 겁니다. 이 점을 명심하십시오."

"내 그렇게까지 말하지 않아도 다 알고 있으니 그냥 물러가기 바라오."

"우리의 뜻을 이렇게까지 전했다고 한다면 분명 알아들을 것으로 생각합니다. 마지막으로 언명하지만, 만약 천신제를 시행하지 않는다면 그 다음의 일은 풍백 대신께서 전적으로 책임을 져야 한다는 사실을 꼭 명심하시기 바랍니다."

사신이 물러간 다음 풍백은 깊은 한숨을 내쉬었다. 모두들 제국의 앞날을 내다보지는 않고 오직 자신들이 새 세상의 주인이 되는 것만을 꿈꾸고 있었다. 웅씨족은 무슨 보물이라도 얻었는지 이번에 천부인이 자기 차지가 될 것임을 확신한 듯했고, 범씨족은 그것을 힘으로 뺏으려 하고 있었다.

자신의 임무는 제국의 나라들이 전쟁이 없이 평화롭게, 그러면서도 모두가 인정할 수 있는 방법을 통해 새 인물을 맞이하도록 하는 것이었다. 하지만 지금의 상황에선 천신제의 추진이 더욱 알력만 높일 가능성이 높았다. 과연 그런 인물이 나온다고 하더라도 범씨족이 순순히 인정할지도 의문이었다. 만약 부인한다면 전쟁을 통한 방법으로 나아가게 될 텐데, 범씨족의 군사력을 어찌 당해낼 것인가를 생각하면 눈앞이 깜깜하기만 했다. 지금 그에게는 천신족의 권위가 추락한 만큼 아무런 힘과 권위도 가지고 있지 못했다.

'어찌할 것인가?'

풍백은 스스로에게 자문해보았지만 해답이 보이지 않았다. 그렇다고 웅씨족 사신의 말도 부정할 수 없었다. 어떻게든 열기는 열어야 하는데, 잘못하면 전쟁이 일어날 테니 이런 난감한 일이 없었다. 이 점에 있어서는 운사나 우사, 다른 오가들도 풍백과 의견이 일치했다. 무엇보다 그들이 두려워한 것은, 궁극적으로 범씨족이 주변 소국을 사실상 통합하고 그 마지막 화살을 천신족에게 돌릴 것이라는 거였다. 그렇다면 이에 대항하기 위해 웅씨족과 동맹을 맺어야 했다. 그런데 웅씨족의 수장 웅갈은 이런 것에는 전혀 뜻이 없으니 답답할 노릇이었다.

풍백에게 있어서 무엇보다 중요한 것은, 새 주인을 등장할 때까지 천부인을 지켜내는 것이었다. 그것은 거불단 환웅이 자신에게 엄명한 바였다.

풍백이 이러지도 저러지도 못하는 가운데 시일이 흘러갔다. 웅씨족에서는 정 그렇게 범씨족의 움직임이 두렵다면 자신들의 군사로 파병하겠다고 통고하고서는 군대를 국경 지대로 보내왔다. 이것은 웅씨족의 최후통첩이나 다름없었다. 이들을 들어오게 할 수는 없었지만, 천신제를 거행하지 않을 명분이 없는지라 이제라도 추진할 수밖에 없었다.

그런데 역시 예상했던 대로 범씨족에서 이 소식을 어떻게 전해 들었는지 사신을 급파해왔다.

"지금 천신족과 웅씨족이 공모해 천부인을 차지하려고 하는 모양인데, 우리 범씨족은 그걸 결코 인정하지 못할 뿐만이 아니라 이대로 그냥 묵과하지 않을 것이오."

"아니, 지금 뭘 가지고 야합이니 하는 소리를 함부로 입에 담는 것이오?"

"그걸 몰라서 지금 묻는 겁니까? 어찌하여 웅씨족에서 군사를 국경 지대에 배치한다는 말입니까?"

"우리도 그걸 반대하였소? 하나 우리 영토도 아닌 데에 군사를 배치하는 것을 어찌한단 말이오? 그들이 우리 천신족의 영토에 군사를 배치하기라도 했단 말이오? 그런 것이 아니거늘 무슨 소리를 하느냔 말이오?"

"좋소. 그렇게 발뺌을 빼신다면 우리 또한 군사를 국경 지대에 배치할 것이오. 그리고 만에 하나 서로 손발을 맞추어 일을 꾸민다면 우리는 결코 가만있지 않을 것이오."

"가만 안 있겠다면 우리 천신족을 침공이라도 하겠다고 협박하시는 거요?"

"새 세상의 주인을 찾는 그런 중대차한 일을 서로 결탁해서 진행한다면 우리 범씨족이 결코 용납하지 않겠다는 소리지요. 그게 어디 이치에 맞기라도 하는 겁니까?"

"그렇게 범씨족에서 중대사라고 강조하니, 내 한 가지 묻겠소이다. 그렇게 중요하다면 왜 범씨족은 정정당당하게 그 주인이 되기 위해 노력하지 않고 힘으로 그것을 차지하려고 하는 겁니까?"

"정정당당하지 않다니요? 그럼 우리가 무슨 꼼수라도 쓴단 말입니까? 이거야말로 적반하장도 유분수가 아닙니까? 사실 입은 비뚤어졌어도 말은 바로 하라 했거늘, 그런 짓거리를 한다면 우리보다야 당신네들이 할 수 있는 입장이 아닙니까? 우리야 그것을 보관하지도 않고 있는데, 우리가 어찌할 수 있단 말입니까?"

"그렇게 말을 돌리지 마시구려. 내가 한 말은 범씨족이 평화로운 상황에서 천신제를 열려 하지 않고 오히려 분위기를 깨뜨리고 여러 나라들 간의 관계를 전쟁 상황으로 몰아가기에 하는 말이지요."

"우리가 나라들 간의 관계를 전쟁 상황으로 만들어 가다니요? 그건 당치 않는 말씀이오. 이건 전적으로 우리 범씨족과 주변의 몇몇 나라 간의 개별적인 문제이지, 전반적인 제국의 문제가 아니요. 그것을 확대시켜 말하지 마시구려. 일례로 마씨족이 도적떼와 서로 내통하여 우리 범씨족의 고을을 약탈하는데, 그럼 그런 것을 지켜보고만 있으라는 겁니까? 그럴 수는 없는 일이지요. 그래서 그걸 해결하고자 했을 뿐입니다. 이 점에 있어서 우리의 뜻을 분명히 밝혀두고자 합니다. 우리 범씨족과 주변 나라와의 관계는, 단지 그들과 우리 범씨족 간의 개별적인 관계에서 파생한 것일 뿐이니 앞으로 천신족은 이에 개입하지 않았으면 합니다. 그런 권한은 어느 누구에게도 없다는 말입니다."

"그것이 개별적인 것인지, 그렇지 않는 것인지는 우리가 파악하고 판단할 일이지, 범씨족이 일방적으로 주장한다고 해서 그렇게 되는 것이 아니지요. 만약 그렇게 범씨족이 개별적인 관계를 주장하신다면 우리 또한 그 나라와 개별적인 관계에서 지원할 수도 있는 것이니까요. 어쨌든 이 문제는 주제에서 벗어난 얘기이니 이쯤에서 끝내고, 다시 천신제에 관한 문제를 얘기하기로 합시다. 그러니까 우리가 범씨족에게 의문을 품고 있는 것은, 정말로 천신제를 지내려고 한다면 범씨족은 아무런 소란을 일으키지 않고 참여할 의향이 있냐 하는 겁니다. 그리고 만약 천부인을 열어 새 세상의 주인이 나타난다면 기꺼이 따를 용의가 있는 겁니까? 그것을 분명하게 답변해주기 바라오."

"그거야 간단하게 답변해드리지요. 그것이 공명정대하기만 하다면 당연히 따르겠지요. 허나 만약 정당하지 못한다면 그것을 어찌 따를 수 있겠소이까? 그거야 안 되는 일이지요. 거불단 환웅께서 분명 천부인을 열 새로운 사람을 맞이하여 따르라고 하였는데, 만약 그런 자질도 없는 사람이 그걸 차지한다면 이거야말로 있어서는 아니 될 일이 아닙니까? 그것을 우리는 우려하는 겁니다. 더욱이 지금 세상 사람들이 말하는 바대로 천신족과 웅씨족이 동맹군으로 결탁했다는 거야 다 알고 있는 사실이지 않습니까?"

"그 말은, 결국 이런저런 핑계를 대고는 따르지 않겠다는 것이 아니고 무엇이오?"

"핑계라니요? 누구나 봐도 공정을 기하자는 것인데, 어찌 그게 핑계가 된단 말이오. 더욱이 새 세상의 주인을 맞이하는 그런 중 차대한 일을 어찌 구렁이 담 넘어가듯 어영부영 처리할 수 있느냐 말이오? 그러니 우리가 의심의 눈초리로 보지 않을 수가 없는 것이고요."

"좋소이다. 그럼, 어찌하면 공명정대한 방안인지 그것을 말해보기 바라오?"

"그거야 당연하지 않겠소? 지금 천신족과 웅씨족이 서로 결탁해 있고, 또 우리와는 사이가 좋지 않으니 다른 나라에, 즉 사씨족이나 그 외 다른 곳에 천부인이자 하늘의 경이 담긴 신표를 모셔놓고 천신제를 지내면 되지 않겠소?"

범씨족 사신의 제안에 풍백은 단호하게 잘라 말했다.

"그건 아니 될 일이오."

"공명정대한 방안을 제시했는데, 왜 안 된다는 것이오?"

"그걸 몰라서 묻는단 말이오. 역사적으로 보나 정통으로 보나 천신제는 지금껏 우리 천신족에서 지내왔던 것이오. 그것을 어찌 다른 나라에서 지낼 수가 있단 말이오. 더욱이 우리는 거불단 환

146

웅으로부터 꼭 그 주인이 나타났을 때 그분에게 인계하고 따르라는 명을 받았소이다. 이것은 당신네들도 다 본 것이 아니오?"

"그러니까 당신네들은 우리에게 뭔가를 숨기고서 진행하겠다는 것이겠지요. 그렇다면 우리 또한 결코 그것을 묵과하지 않을 것이오."

"그럼, 당신네들은 전쟁을 하자는 것이오? 그게 바라는 바요?"

"말끝마다 평화를 운운하는데, 내 그래서 분명하게 얘기하리다. 그렇게 평화를 바란다면, 그 천부인이 담긴 신표의 광석을 우리에게 넘기시오. 그러면 평화가 보장되지 않겠소? 만약 어느 누가 소란을 피우거나 분란을 조성하려고 한다면 우리가 절대 그러지 못하도록 막아낼 것이니 말이오. 실상 힘이 있어야 막아낼 수 있는 것 아니오? 그런데 그거야 우리 범씨족을 빼고 누구를 말할 수 있겠소? 그러니 당연지사 우리가 보관하고 있는 게 이치에 맞다는 말이지요. 그게 또 평화를 유지하는 길이기도 하다는 것이지요. 우리의 분명한 뜻을 아시겠습니까? 그렇다면 잘 알아서 판단할 것이라고 믿겠소이다."

범씨족의 속셈은 천부인이 담긴 신표를 힘으로 차지하여 제국을 지배하겠다는 것이었다. 이미 그것을 명백히 선언하고 간 이상 이들은 분명 천신제를 거행한다고 하면 군사를 몰고 올 것이 불을 보듯 뻔한 이치였다.

천신족에서는 범씨족의 사신이 돌아간 후, 어떻게 대처해야 할지를 놓고 설왕설래하고 있었다. 어떤 결정도 내리기가 쉽지 않앉으니 말만이 무성하게 오가는 형편이었다. 웅씨족의 수장이 말한 바가 아니라고 해도, 지금껏 한 번도 중단된 적이 없는 천신제를 지내지 않는다는 것은 도저히 있을 수 없는 일이었다. 그렇다고 해서 그것을 지내자고 하는 것은 범씨족 사신이 호언하고 간 이상 전쟁의 길로 들어설 것임이 분명했다. 전쟁이냐, 평화냐? 아니면 천신제의 추진이냐, 중단이냐는 놓고 결정을 내려야만 했다.

점차 시일이 흘러가면서 역시 호언한 대로 범씨족이 대거 군사를 이끌고 국경 지대에 집결하고 있다는 소식이 천신족의 도성에 전달되었다. 이제는 한치 앞을 내다보기 어렵게 되었다. 한 발자국만 잘못 내딛어도 전쟁의 소용돌이에 휘말리게 될 상황으로 치닫고 있었다.

더 이상 지체할 수 없는 상황에서 풍백은 운사와 우사 및 오가들을 다 불러들였다. 이런 중대한 사항을 혼자 결정할 수 없는지라 그들의 의견을 묻고자 함이었다.

"아무래도 천신제를 이번엔 중단하는 것이 옳을 것 같습니다. 이건 다른 것도 아니고 전쟁이 일어나느냐 마느냐 하는 문제입니다."

"맞아요. 우리가 지금껏 한 번도 중단한 적이 없는 천신제를 지내지 않는 것은 도리에 맞지는 않지만, 일단 제국의 평화가 더 중요합니다."

대체적으로 같은 의견을 표출하고 있었다. 운사, 우사, 그리고 풍백은 천부인에 대해 욕심이 없는지라 어떻게든 참다운 주인을 맞이하는 것을 우선적으로 생각하고 있었다. 그러나 오가들 중

일부는 은근히 거기에 뜻을 두고 있었다. 하지만 그들 스스로도 지금까진 그것을 차지할 자신이 없었기에 서두를 이유가 없었던 것이다. 거기에다가 웅갈이 계속 천신제를 강행하자는 걸로 보아 뭔가 그 해결 방법을 손에 넣은 것 같아 더욱 그게 신경에 거슬렸다. 게다가 일전을 불사하려는 범씨족의 단호한 행동을 단순히 엄포용으로 받아들일 수만은 없었으니 여간 난감한 게 아니었다.

"좋소이다. 모두들 같은 의견이니, 이를 각국에 통고하도록 하겠습니다."

그날 이후 천신족에서는 각국으로 사신들이 동시에 떠나갔다. 그리고는 이전의 배가 넘는 군사력을 투입하여 천부인을 싸고 있는 신표이자 광석을 철저히 경계토록 하였다. 이것을 훔치거나 해하려고 드는 자가 있을 수 있어 그것을 막기 위한 움직임이었다.

천신족의 파발이 전달되자 각국의 반응은 천양지차였다. 우선 범씨족의 수장 호한은 환하게 웃었다. 결과적으로 천신족과 웅씨족을 겁박하여 그의 입장이 관철되었다는 데에서 오는 거만함이었다. 이제 어느 누구도 자신의 말을 듣지 않고는 어느 것 하나 통하지 않는다는 것을 대외적으로 선포함 셈이었다. 그러나 그의 생각은 여기서 더 나아가고 있었다. 이제 더 많은 소국들을 제압하여 나간다면 천신제를 자신의 주관 하에서 치를 수 있다고 타산하고 있었던 것이다. 그럴수록 그가 지금까지 군사력을 앞세워 진행해온 방법이 성과를 보았기에 더욱 그 진행에 박차를 가해야겠다고 다짐했다.

웅씨족을 뺀 다른 소국들은 천신족의 입장에 대체적으로 동조하는 편이었다. 그 주인이 된다는 확실한 증좌도 찾지 못한 이상, 차라리 전쟁이라도 일어나지 않기를 바라는 마음이었다. 하지만 웅씨족의 수장 웅갈의 입장은 완전히 달랐다. 그는 소식을 전달받자마자 노발대발했다.

"뭐 올해의 작황이 좋지 않고, 또 뭐가 어째? 나라들 간의 알력과 전쟁의 위험이 있어 아직은 새로운 주인을 맞이할 때가 되지 않았으니 올해에 한해 천신제를 중단한다고? 누구 맘대로 때가 안 되었다고 말하고 그것을 중단한다는 말인가? 누구 맘대로 말이야?"

웅갈은 완전히 제정신이 아닌 듯했다. 그의 행동으로 봐서 당장 천신족을 공격하러 가려는 것 같기도 했다. 그렇다고 어느 누구 하나 감히 나서지 못했다. 잘못 나섰다가는 홧김에 목숨까지 달아날 위험이 있었던 것이다. 그도 그럴 것이 웅갈이 이번 천신제를 얼마나 애타게 기다렸는가를 생각하면 그의 심정을 이해하고도 남았다.

대신들은 웅갈의 화가 진정되기를 기다릴 수밖에 없었다. 역시 대신들의 예측대로 어느 정도 시간이 지난 다음, 웅갈은 그의 측근이자 참모인 구무리를 불러들여 의견을 청했다.

"내 완전히 천신족에게 농락당했소이다. 이 수모를 어찌 씻었으면 좋겠소이까?"

"수장님! 천신족이 그리할 수밖에 없는 것은 범씨족의 호한 때문이옵니다. 호한의 협박에 못 이겨 천신족이 굴복하고 만 것이옵니다. 그러니 먼저 생각해야 할 것은 바로 호한이옵니다. 천신족이야 이미 이빨 빠진 호랑이인데 뭐가 문제될 게 있겠사옵니까?"

"하긴 그 말이 맞긴 맞소이다. 허나 내가 분명히 호한이 무서우면 우리 군사까지 동원해서 막아주겠다고까지 했는데, 그리 나온 것을 보면 내 분이 풀리지 않는단 말이오! 내 마음 같아서는 즉각 천신족에 군사를 보내 짓밟아버리고 싶소이다."

"언젠가 오늘의 이 분함을 분명히 설욕할 날이 올 것이옵니다. 하지만 지금은 아니옵니다."

"지금은 아니라? 허나 그렇다고 마냥 천신제를 다시 열 때까지 기다리고 있을 수만은 없는 것이 아니오? 호한이 다음에도 또 그렇지 않을 것이라고 어찌 장담할 수 있겠느냐는 말이오? 게다가 그놈은 이번 일로 해서 더욱 기고만장해져서는 여기저기 설쳐댈 것이 뻔하지 않소? 내 이놈이 그리할 것을 생각하면……."

이번에 천신제의 중단이라는 초유의 사건이 발생함으로 인해 그 승자는 호한이 되었고, 패자는 웅갈이 된 셈이었다. 천신족 또한 굴복했으니 패자에 해당했지만 양쪽의 대립 속에서 범씨족의 손을 들어준 꼴이 되었다.

"그래서 드리는 말씀이온대, 이제 우리도 단지 천부인만을 차지하려는 생각에서 벗어나야 할 줄 아옵니다. 실상 수장님께서는 그것을 열 자신이 있다고 하셨으니 어찌 되었든 간에 그것은 해결된 상황이기도 하옵니다. 하지만 이번의 일을 보건대, 그리만 해서는 결코 제국을 호령하는 주인이 될 수 없다는 것을 아셔야 하옵니다. 생각해보시옵소서. 어째서 천신족에서는 지금껏 한 번도 중단한 적이 없는 그런 관례까지 깨면서 천신제를 열지 않겠다고 했겠사옵니까? 그것은 천부인을 얻었다고 해도 범씨족이 인정하지 않겠다고 주장했기 때문이옵니다."

"그럼, 우리도 저 범씨족처럼 다른 소국들을 복속시켜 나가자는 말이오? 아 참, 내가 왜 그런 생각을 못 했을까? 그러고 보니 그게 맞는 말이오. 우리가 힘이 있다는 것을 강력하게 보여주었다면 천신족은 물론이고 호한도 그리 나오지 못했을 것이오. 내가 너무 안일했소?"

"하오나 우리는 호한처럼 해서는 아니 되옵니다. 만약 그리하면 모두들 범씨족 편에 설 것이옵니다."

"그러면 어찌하라는 말이오? 다른 나라를 복속시키자고 하면서 호한처럼 침략하지 말라고 하니 말이오?"

"그렇사옵니다. 지금 다른 여타 나라들은 호한의 침략에 벌벌 떨고 있사옵니다. 그러니 그들은 호한을 마음속으로는 멀리하려 들지만 스스로 지킬 힘이 없다고 판단되면 범씨족에게 굴복할 수밖에 없사옵니다. 그러니 그들에게 군사적 지원을 보장하겠다고 함으로써 돈독한 군사적 동맹 관계를 맺어 우리 편으로 합류시켜야 하옵니다. 그것이 우리가 세력을 넓혀나갈 수 있는 길이 될 것이옵니다."

"그러니까 호한처럼 무식하게 굴지 말고 머리를 써서 하라는 것이로구먼. 듣고 보니 탁견이오! 만약 그리하면 범씨족에 복속한 몇몇 나라를 제외하고는 모두가 우리의 동맹군이 될 것이오. 어허, 정말 진작 그리하였다면 내 이 꼴은 당하지 않았을 것이건만.”

이로부터 웅씨족은 우씨족, 구씨족, 응씨쪽, 학씨쪽 등 여러 소국들에 사신을 급파하기 시작했다. 그러면서 먼저 우씨족부터 강력한 군사 동맹을 형성하여 나머지 소국들에게 시위하고자 하였다. 그들의 예측은 그대로 맞아떨어졌다. 당연한 게 우씨족은 그렇지 않아도 이미 전부터 범씨족의 침략에 맞서 지원군을 요청한 상태였다. 그런데 각국이 엄청난 수재를 당하는 바람에 지원군을 모조리 철수시킨 상황에서 위기감을 느끼고 있던 참이었다. 나라가 망하느냐, 마느냐 하는 국가적 절박성이 있었던 것이다. 이런 때에 군사적 동맹 관계를 맺자고 하니 우씨족의 입장에서는 덥석 받아들일 수밖에 없었던 것이다.

웅씨족과 우씨족은 서로 간의 공통된 이해에 근거해 우씨족의 도성에서 군사적 도열을 진행하였다. 이것은 군사적 동맹 관계를 맺었다는 것을 대외적으로 선포하기 위함이었다. 이를 토대로 우씨족은 범씨족의 침공을 막고자 함이었고, 웅씨족은 다른 소국들에게 웅씨족의 힘을 내외적으로 과시할 필요가 있었던 것이다.

지금까지는 범씨족이 주변의 소국들을 복속해나가는 상황이었지만, 이제는 제국의 또 하나의 중심축이라고 할 수 있는 웅씨족마저 동맹 관계를 맺어 자신들의 세력을 확장하려고 나섰으니, 바야흐로 각 나라들 간의 관계는 한치 앞을 내다볼 수 없을 지경으로 더욱 긴장이 고조되기에 이르렀다.

한편 이런 제국의 움직임과는 전혀 별개로, 아니 동떨어진 세계처럼 새롭게 솟아나는 세력이 있었다. 그곳은 바로 아사달 지역의 단군이었다. 제국의 모든 나라들이 범씨족이나 웅씨족, 아니면 천신족 중에 어느 편에 설 것인지 강요당하면서 어느 한쪽을 선택할 수밖에 없었던 상황에 처하고 있었지만, 아사달 지역은 이런 것에는 전혀 어떤 입장도 내보이지 않았다. 오로지 그들의 관심사는 백성들이 오순도순 살아가는 데만 있었고, 또한 그것을 자신들의 소박한 목표로 삼고 있는 듯했다.

그 시기, 아사달은 제국의 여러 나라들이 다 겪은 수재도 입지 아니하고 풍작을 거둔 상황에다가 유랑민들을 대거 받아들이면서 그들의 국력은 급속도로 성장하고 있었다. 이를 보면 국력이라는 것은 남에게 강박하거나 시위한다고 생기는 것이 아니라, 서로 단합해서 행복하게 살면 사람들이 자연스럽게 따르고 모이면서 형성되는 것 같기도 했다. 그렇게 생각할 수밖에 없는 게 아사달 지역은 아직 나라라고 하기에는 너무 어설펐던 것이다. 다른 소국들만 해도 수장을 정점으로 하여 각부 대신들을 비롯한 관리 체계가 일정하게 세워져 있었다. 하지만 아사달 지역은 단군이 일정한 군사력만 가지고 있었을 뿐 나머지는 고시나 성조, 그리고 팽우 등이 백성들의 자발적인 조직 체계의 대표직을 맡아 일을 처리해나가고 있었던 것이다. 아직 어떤 질서정연한 국가적인 체계가 세워지지 못했던 것이다. 그렇다고 하여 이들 지역의 중심인물이 없는 것은 아니었다. 누구나 인정하듯이 단군이 이들의 중심에 서 있었다. 어찌 보면 다른 나라의 수장들보다 더 백성들의 지지를 받고 있다고 해도 과언이 아니었다. 이런 점에서 보면 이곳은 기존의 나라들과 다른 별개의 세상 같기도 했다.

하지만 그렇다고 해서 아사달 지역이 기존의 나라들과 다른 별개의 인종이라고 여겨지지는 않았다. 이들의 정점에 있는 단군이 그 누구도 아닌 거불단 환웅의 아들로서 일찍이 어린나이에 웅씨족 비왕의 자리에 올랐던 인물이었고, 그 백성들 또한 웅씨족을 비롯해 기존의 나라에서 온 이들이 대부분이었기 때문이다. 그러니 제국의 상황에 완전히 영향을 받지 않는 것은 아니었다. 아직 어떤 편에 가담하고 있지는 않더라도 다른 나라들은 내리 짐작으로 천신족의 편이거나 그렇지 않으면 웅씨족에 가까운 세력으로 취급하고 있었다. 그렇기는 해도 아사달 지역은 명백하게 어떤 입장을 내보이지 않았다. 어느 한편에 잘못 섰다가는 전란의 소용돌이에 빠지게 될 텐데, 구태여 그 입장을 표명할 이유도 없었다.

어쨌든 단군은 천신족의 풍백이 보낸 사신을 맞아 천신제에 관한 소식을 듣고 난 이후부터 제국의 정세를 직감하며 깊은 한숨을 쉬곤 했다. 결코 피할 수 없는 소용돌이에 휩쓸리게 될 것이라는 거였다. 막무가내 식으로 군사력을 내세워 협박하는 것에 굴복한다면 이것이야말로 다른 여타 나라들에게 힘만 있으면 못할 것이 없다는 걸 보여주는 꼴이었다. 그러면 모든 나라들이 그러한 방법을 쓰고자 할 것은 뻔한 이치였다.

하지만 문제는 거기서 끝나는 것이 아니었다. 여기 아사달 지역도 어쩔 수 없이 그 소용돌이에 휘말려야 한다는 점이었다. 그게 단군의 걱정이었다. 사실 단군은 이번 천신제가 열린다면 하백녀를 데리고 가 어머니 웅녀께 인사를 드리려고 하였다. 이제껏 하백녀는 아사달 지역에 온 이래 단군과의 달콤한 시간을 갖기보다는 대수로 공사에 쫓겨 다니기에 급급했다. 그리고 지금은 단군이 기거하는 곳의 안살림을 도맡아 해내기에 바빴다. 이런 그녀에게 조금이나마 기쁨을 안겨주기 위해 어머니를 찾아뵈려고 한 것인데, 그것도 어긋나게 돼버렸던 것이다.

하여튼 제국의 정세는 이미 단군의 예상대로 움직이고 있었다. 그 선두에는 역시 범씨족과 웅씨족이 있었다.

'정말 진흙탕에 빠지지 않을 방법이 없단 말인가?'

단군은 며칠을 고민했지만 뾰족한 답을 얻지 못했다. 그렇다면 만일을 위해 준비해야 했다. 그는 발구루를 조용히 불러들였다.

"이제껏 장군께서 고생한 노고를 생각하면 그 어떤 치하를 내린다 해도 부족할 지경이오. 아마 이 아사달 지역에서 이토록 훌륭한 성과를 내게 된 가장 큰 공은 장군에게 있을 것이오."

이건 단군의 진심이었다. 지금껏 발구루는 단군의 뜻에 따라 가장 선두에 서서 군사들을 동원하여 백성들을 위한 모든 일에 나섰다. 또 그렇다고 해서 나라의 방비를 게을리하지도 않았으니, 그 두 가지를 한꺼번에 하자니 그건 보통 힘든 일이 아니었을 것이다.

"무슨 말씀을 하시옵니까? 소장은 단군님의 명만 따랐을 뿐이옵니다. 그러니 그런 말씀은 마시고 어서 분부를 내리시옵소서."

"참으로 고맙소이다. 그러면 내 다른 사족 붙일 필요 없이 직접적으로 말하겠소이다. 지금부터 장군께서는 군사훈련에 집중하시어 군사들을 정예군사로, 아니 모든 군사가 언제든지 지휘관의 역할을 맡을 수 있도록 키워주시구려."

"그 말씀은……. 이 땅에도 조만간 전쟁의 기운이 몰아칠 수 있다는 뜻이시옵니까?"

"장군도 아시다시피 상황이 그렇게 돌아가고 있으니……. 이것은 만에 하나를 대비하기 위함이요. 전쟁이 일어나고 난 다음 후회해봐야 무슨 소용이 있겠소? 어차피 전쟁은 맨주먹으로 하는 것이 아니라 사전에 치밀하게 준비해야 하는 것이니……. 아무튼 아무도 몰래 은밀하게 진행하였으면 하오."

"알겠사옵니다. 분부 받들어 그리하겠사오니 심려 놓으시옵소서."

단군이 이런 지시를 내린 이후, 일부 지각 있는 백성들 사이에서도 제국의 정세가 심각하게 돌아가고 있다는 얘기가 자연스레 오가게 되었다. 그럴 수밖에 없는 게 수확이 끝났으니 천신제를 올려야 하는데, 그것이 진행되지는 않고 나라들 간에 서로 치고받는 태세로 나아가고 있으니 이 일이 백성들의 입에 오르는 게 당연했던 것이다. 그 얘기의 끝은 자신들의 문제로 직결될 수밖에 없었으니 정말 이곳의 상황은 안전한지, 또 어떻게 대응해야 하는 것인지의 문제로 자연스레 귀결되었다. 이에 어떤 사람들은 불안에 떨면서 자신들도 천신족이나 웅씨족, 아니면 범씨족 등의 어느 한편과 손을 잡아야 하지 않겠느냐고 얘기하는 사람도 있었다. 사람들은 그것이 옳은 것 같기도 해서 갈팡질팡하며 단군이 어떻게 결정하는지 지켜보고자 하였다. 그러나 단군은 거기에 대해 가타부타 얘기하지 않았다.

이런 가운데 고시와 성조, 그리고 팽우 등이 단군을 찾아왔다. 고시가 먼저 입을 열었다.

"지금 백성들은 큰 풍작의 기쁨을 노래하고 싶어 하옵니다. 그런데 천신제를 올리지 않겠다고 천신족에서 알려왔는데, 그러면 우리는 어찌해야 하는 것이옵니까?"

"글쎄요. 천신족에서 안 하겠다고 하니 천신제를 올릴 수 없겠고……. 하지만 우리야 우리 나름대로 할 수 있는 것 아니겠습니까?"

"그러시다면 우리식대로 해도 된다는 말씀이신가요?"

"백성들이 하고 싶다고 하는데, 그것을 굳이 하지 않을 이유는 없지 않겠습니까?"

단군의 대답에 고시와 성조, 그리고 팽우 등의 얼굴이 환하게 밝아졌다. 그들은 그것조차 할 수 없는 것으로 여기고 있었다. 그만큼 수확의 기쁨을 노래하는 것은 천신제와 밀접하게 결부되어 있었고, 그것은 곧 그 정통을 이어온 천신족만이 할 수 있는 것으로 생각했던 것이다. 다시 팽우가 입을 열었다.

"이것은 다른 얘기지만 백성들 사이에서 오가는 말이 많아 단군님께 솔직하게 여쭤보려고 하옵니다."

"무엇이신데 그러십니까? 내 솔직히 말할 것이니 얘기해보시지요."

"다름이 아니오라 일부 사람들 사이에서, 제국의 정세가 엄혹하여 우리가 안전책을 찾으려면 어느 한쪽에, 예를 들어 천신족이나 웅씨족, 아니면 범씨족 편에 서야 한다고 하는데, 이것을 어찌 생각하는 것이옵니까?"

"여러분께서도 그런 생각을 하고 계신단 말입니까? 그게 얼마나 얼토당토않은 소리입니까? 자신의 자구책을 찾자면 자신의 두 발로 서야지 어찌하여 남의 발에 기대여 서려고 한다는 말입니까? 그래서야 어디 자신을 제대로 지킬 수나 있겠습니까? 만약 기댄 사람이 도와주지 않거나, 도리어 그 사람이 목숨을 내놓으라고 하면 어떡하실 겁니까?"

"아, 제 생각이 짧았사옵니다. 무례를 용서하시옵소서."

그 어떤 사안에서보다 단호하게 말하는 단군의 표정을 보고 팽우가 머리를 조아렸다. 그러면서 팽우를 비롯해 고시와 성조는 뭔가 느끼는 바가 있었다.

그런데 이런 일이 있는 후로부터 며칠 뒤, 아사달 지역에서는 기이한 얘기들이 나돌기 시작했다. 그것은 바로 이곳 아사달 지역에서 천신제를 지내야 한다는 목소리였다. 거기에는 이곳에서 천신제를 지내는 것이 하늘의 뜻이고, 단군은 능히 천신제를 올릴 만큼 신통력을 갖춘 인물이라는 과장된 얘기도 섞여 있었다.

단군은 이 소문을 듣고는 깜짝 놀랐다. 이것은 세상의 중심이 바로 아사달 지역이라고 선포하는 것이나 다름없었으니, 잘못하면 제국의 모든 나라로부터 공격의 화살을 받을 수도 있는 빌미를 제공한 것이었다. 단군은 고시와 성조, 팽우가 수확의 기쁨을 우리식대로 자축해도 괜찮다는 말을 잘못 알아들어 그런 소문이 나도는 줄 알고 그들을 즉시 불러 확인했다. 그러나 그들은 전혀 그런 얘기를 한 적이 없고, 단지 단군의 뜻대로 그냥 잔치를 벌이고자 했을 뿐이라는 거였다. 그렇다면 이것은 누군가 아사달을 음해하기 위해 일부러 소문을 낸 것일 수밖에 없었다. 그럼 더욱이 이 소문을 하루빨리 종식시켜야 했다. 조금만 시간을 끌면 다른 나라에서 이것을 트집 잡고 나올 가능성이 많았다.

단군은 즉시 수하들을 불러 이 기이한 소문을 낸 자들을 잡아들이라고 지시하면서 동시에 이에 대한 얘기들을 앞으로 엄금하도록 하는 조치까지 취했다. 그런데 상황은 점점 이상하게 돌아가고 있었다. 도리어 백성들은 단군 수하들의 행동을 이해하지 못하겠다는 태도를 보였다.

"아 참, 말이야 바른 말이지. 우리 단군님이 어떤 분이신가? 그 누구도 아닌 바로 환웅님의 아드님이 아니신가? 천신족의 적통 장자인데, 이곳에서 천신제를 못 치를 이유도 없지 않는가?"

"당연한 말씀이지. 어디 그뿐인가? 그분만 한 신통력을 갖춘 분이 이 세상에 어디 있다고?"

"아무렴 그렇고말고. 아, 그러니까 오미의 변으로 치르게 되었던 대홍수와 같은 재앙이 내릴 것을 한눈에 알아보시고, 인력으로 불가능하다고 하는 그 힘든 대수로 공사를 벌이자고 한 게 아니겠는가? 아! 이런 분이 천신제를 못 올린다면 누가 올린단 말이여."

"다 구구절절 옳은 말일세. 그런데 왜 군사들은 그것을 막으려고만 들어, 참 알다가도 모를 일이여. 이보게, 댁네 군사들이 누구보다도 단군님을 잘 받들어 모셔야 하거늘, 어찌 이리 나온단 말인가?"

백성들이 맞장구를 치는데다가 도리어 수하들을 질책하는 꼴이 되니 소문은 더욱 확산일로로 치달았다. 나중의 움직임이야 백성들의 자발적인 행동이라고 하더라도 분명 처음에 이를 조장한 놈이 있을 텐데, 여기에 놀아나고 있다고 생각하니 단군의 가슴은 무겁기만 했다. 백성들이야 이런 일이 어떤 위험한 결과를 초래할지 모른다고 하지만, 만약 자신 때문에 무슨 일이라도 벌어진다면 지금까지의 모든 노력은 수포로 돌아갈 수밖에 없었다. 이런 판단이 들자, 그는 더욱 강력하게 이곳에서는 아무 결정된 것도 없으니 유언비어에 현혹되지 말라는 엄명까지 내렸다. 하지만 이미 그 명이 통하는 상황은 넘어서고 있었다. 도리어 어찌된 일인지 밑에서부터 올라온 그 움직임은 대표자들을 형성하여 일정한 체계까지 짜이고 있었다. 물론 그 조직 체계는 고시와 성조, 그리고 팽우 등이 아사달 지역 나름에 맞는 축제를 준비하기 위한다는 형식을 띠고 있었다. 도무지 앞뒤가 맞지 않았다. 말로는 자발적인 축제를 벌이기 위한 것이라고는 하지만, 실상은 모두 천신제를 지내기 위한 준비가 진행되고 있었던 것이다. 그뿐이 아니었다. 무슨 대단한 궁전 같은 것을 지을 모양인지, 엄청난 아름드리 목재 같은 것도 잔뜩 쌓아놓고 있었고, 아예 천제단을 지을 작정인지 어마어마한 석재도 등장하고 있었다. 어떤 건축물이나 천제단 같은 공사가 진행되고 있는 것은 아니었지만 분명히 그 재료들이 준비되고 있었다. 그럴 수밖에 없는 게 최소한 천제단 같은 것은 단군의 명이 없이 그들 스스로 만들 수는 없었던 것이다. 어쨌든 어떤 목적인지는 몰라도 분명한 목표를 가지고 일사천리로 진행되는 것을 보면, 누군가 치밀한 계산 하에 일을 진행하지 않고서는 결코 이렇게 될 수는 없는 일이었다.

이런 상황에 이르자 단군도 더 이상 손을 놓을 수밖에 없었다. 더 이상 자신의 힘으로 막을 수 있는 상황이 아니었다. 이제는 그 실체가 드러나기만을 기다릴 수밖에 없었다.

드디어 어떤 노인 하나가 단군을 찾아뵈려 왔다고 알려왔다. 노인이라는 말에 단군의 뇌리에는 퍼뜩 신지 노인이 스치고 지나갔다. 그러고 보면 신지라는 사람은 단군이 어려운 과정에 처해 있을 때마다 나타나 인연을 맺었던 기이한 사람이었다. 처음 넓은 세상을 보기 위해 웅씨족을 떠났을 때도 우연히 행로 중에 만났고, 또 대변고설을 퍼뜨려 단군으로 하여금 대수로 공사를 은 연중에 떠맡게 한 장본인이기도 했다. 그런데 이번에는 천신제라 는 문제로 위기에 처해 있는 그 앞에 홀연히 나타난 것이다.

신지는 단군을 만나서는 아무 말도 하지 않고 그를 한참 동안 쳐다보기만 했다. 그런 신지를 단군은 연장자로 예우하며 유심히 관찰했다. 그런데 이 노인은 어찌 된 일인지 나이를 거꾸로 먹는 듯 안광이 불을 토해내듯 예전보다 더욱 빛을 발하고 있는 데다 가 혈색 또한 맑아보였다. 꼭 혈기 왕성한 젊은이가 무슨 할 일을 찾았다는 듯 왕성한 의기까지 엿보이고 있었다.

그렇게 한참을 말없이 있더니 신지가 갑자기 단군 앞에 무릎을 꿇으며 신하의 예를 취했다.

"왜 이러십니까? 어서 일어나십시오."

"아니옵니다. 신은 단군님을 주신으로 모시고자 이리 청하옵 니다."

"주신이라니요? 그 무슨 말씀을 하시는 겁니까? 그런 말씀 하 시지 마시고 어서 일어나십시오."

단군이 손을 잡고 일으키려 하였으나 신지는 그것을 단호히 거 부했다.

"신의 청을 들어주시지 않는다면 결코 여기서 일어나지 않을 것이오니 가납하여 주시옵소서."

"허허! 그 말씀이 얼마나 가당치 않는지는 바로 그대가 더 잘 알지 않습니까? 그런데 왜 이리 생떼를 쓰시는 겁니까?"

사실이 그랬다. 원래 태초에 마고성麻姑城에서 살았던 인간은 모두가 신인의 경지에 있었다. 하지만 오미五味(포도)의 변變을 겪으면서 그들은 타락해버렸고, 그 중심에 있던 황궁씨가 그것을 되찾기 위해 복본複本의 길을 걸었으며, 그 뒤를 유인씨, 환인 7대, 환웅 18대가 이었던 것이다. 그래서 주신이라고 함은 이를 이끌어왔던 정통 후계자를 지칭하는 것이었다. 그런데 단군은 바로 환웅 18대인 거불단 환웅의 장자이면서도 그 뒤를 승계받지 못했다. 도리어 환웅으로부터 자신의 뒤를 새 세상의 주인에게 천부인을 넘겨주라는 명만 받았을 뿐이었다. 상황이 이러하니 단군으로서는 감히 주신을 입에 올릴 수 없는 처지였고, 자신이 태어났던 천신족으로 갈 수도 없는 처지에 몰리고 말았던 것이다.

 "소신이 억지를 부리는 것이 아니옵니다. 이것이 바로 하늘의 뜻이기 때문이옵니다."

 "하늘의 뜻이라? 그것 참 편리한 논리를 갖다붙이기도 잘하십니다. 그래, 그러면 저더러 천신족에 가서 내가 거불단 환웅의 장자이니 그 뒤를 승계하겠다고 하라는 말씀입니까? 아버님께서 내게 뒤를 물려주라고 명하지도 않았는데 말입니다."

 "아니옵니다. 그럴 필요도 없고, 그래서도 아니 되옵니다. 그건 하늘의 뜻이 아니고 거불단 환웅님의 의지도 아닙니다."

 "그럼, 당신은 어찌하여 저를 주신으로 받든다고 하시는 겁니까? 그것도 아니라면서요."

 "단군님도 잘 아시겠지만 거불단 환웅께서 그 자리를 물려주지 않는 것은, 단군님께서 그 자리를 이어받을 자질이 없다고 생각해서 그런 것이 아니옵니다. 오히려 단군님을 절대적으로 신임하고 있었기에 그리한 것이옵니다. 단순히 환웅의 뒤를 이은 사람이 아니라 새 세상의 주인이라는 그런 막중한 소임을 맡기고자 했으니 말이옵니다."

거불단 환웅에 대한 얘기가 거론되자 단군은 아버지에 대한 회한에 눈시울이 붉어졌다. 자식이라고 하지만 거불단 환웅이 선인仙人이 되어 하늘로 승천하는, 그 마지막 모습마저 지켜드리지 못했던 것이다. 하지만 확실하게 떠오르는 기억은, 아버지가 자신을 크게 믿고 계셨다는 점이었다. 신지의 말이 다시 이어졌다.

"왜냐하면 이제 새 세상이 도래할 때가 되었으니 환웅의 뒤를 이을 필요가 없게 되어버렸기 때문이옵니다. 그러면 어찌해야 하겠습니까? 시대에 맞지 않게 자리를 물려주는 것이 옳은 길이겠습니까? 아니면 새 세상의 주인이 되도록 그 길을 열어주는 것이 맞겠습니까? 여기서 거불단 환웅은 과감하게 후자의 길을 택한 것이옵니다. 그래서 그 어린 시절에 웅씨족의 비왕으로 보내셨던 것이지요. 바로 새 세상의 개척할 힘을 스스로 키우게 하기 위해서 말이옵니다. 그리고 단군께서는 그 소망을 저버리지 않으셨고요."

"저에 대한 것들을 많이 알아보신 모양입니다. 그럴듯하게 연결시켜 꾸며내는 것을 보니 말입니다. 허나 보십시오. 나의 처지를 말입니다. 저는 이 아사달 지역에서 나라다운 나라도 세우지 못하고 그저 일반 백성들과 함께 간신히 먹을거리나 해결하고 있

165

습니다. 그러니 그 깊은 마음은 알겠으나 그만 고집 부리시고 어서 일어나십시오."

"먹을거리나 간신히 해결하고 있다고요? 그것도 해결하지 못한 나라가 얼마나 많은 줄 잘 아시지 않사옵니까? 그리고 나라다운 나라도 세우지 못했다고 하시는데, 새 세상을 열어나가야 할 나라가 어디 쉽게 세워지는 것이옵니까? 만약 새 세상이라는 것이 지금의 나라들과 똑같은 나라를 지칭한다면 그게 무슨 의미가 있겠사옵니까? 새 세상을 열어나가는 것과는 아무런 관련이 없는데 말입니다. 어쨌든 다른 것은 다 부인하시더라도 이 점만은 부정하지 못할 것이옵니다. 하늘의 뜻이 지상에도 실현되어 온 백성이 행복하게 사는 것을 진심으로 바라고 있는 것 말이옵니다."

"그야 그렇지요. 허나 이것은 나뿐만이 아니라 모든 사람이 그리 생각하는 것이 아닙니까?"

"모든 사람이 그리 생각한다? 그렇지 않사옵니다. 어디 범씨족의 호한 수장이나 웅씨족의 웅갈 수장이 그렇사옵니까?"

"왜 그런 사람들만 예를 드는 겁니까? 그렇지 않는 수많은 백성들이 있다는 것을 생각하지 않고 말입니다."

"바로 그 말씀이 맞사옵니다. 그래서 소신이 단군님을 주신으로 모시고자 하는 것이옵니다. 항상 백성과 함께 하고, 백성을 하늘처럼 모시는 분이시기에 이렇게 감히 청하는 것이옵니다. 바로 이것이 하늘의 뜻이자 거불단 환웅의 의지이며 온 백성의 소망이기 때문이옵니다. 감히 청하옵건대 이제 하늘의 뜻에 따라 모든 인간이 복되게 살아가는 그런 인간 세상을 펼치시옵소서. 이를 외면하시는 것이야말로 하늘의 뜻을 거역하는 것이자 거불단 환웅의 깊은 뜻을 저버리시는 것이고, 백성들의 소망을 짓밟는 것이옵니다. 이제 확답을 주시옵소서.”

단군은 지그시 눈을 감았다. 청을 받아들이지 않는 것이 아버지 거불단 환웅의 뜻을 거역하는 것이라는 말이 계속 귓가에 맴돌았다. 어찌 보면 그 말의 옳고 그름을 떠나, 진정 백성을 위하는 길이라면 어느 것인들 결코 마다할 이유도 없었다. 허나 능력도 되지 않는 자가 그리되고자 했을 때 그 후과는 말할 수 없이 큰 것 또한 사실이었다. 마침내 단군이 결심한 듯 입을 열었다.

“대답하기 전에 한 가지 물어보고 싶소이다. 정말 이것이 하늘의 뜻이라면 천부인이자 하늘의 경을 열어야 할 것인데, 내가 그것을 열 수 있다고 보시는 겁니까? 만약에 말입니다. 그것을 열지 못한다면 나는 결국 그런 인물이 아니라는 것인데, 그때의 후과를 어찌 감당하려고 하십니까?”

“그거야 하늘의 뜻에 달려 있는 것인데, 어찌 소신이 알겠사옵니까? 하오나 뭘 그런 것을 걱정하시고 그러시옵니까? 단지 하늘의 뜻에 따라 최선을 다하면 그뿐 아니옵니까? 어차피 그때가 되면 하늘은 분명한 의지를 보여주실 것인데 말이옵니다.”

“하긴 그게 맞는 말씀입니다. 좋습니다. 내 그리하도록 하겠으니 옆에서 저를 잘 보좌해 주시기 바랍니다.”

단군이 그렇게 말하면서 손을 내밀자 그제야 신지가 몸을 움직이며 조아렸다.

"소신의 청을 들어주시니 황공하기 그지없사옵니다. 소신에게 단군님을 주신으로 받들어 모실 영광을 주시니 뭐라 말할 수 없이 기쁘기만 하옵니다. 앞으로 소신 비록 미력한 힘이지만 전심 전력을 다해 보필하겠사옵니다. 그리하여 주신께서 기필코 하늘의 뜻이 지상에 실현되는, 그런 인간 세상을 열 수 있도록 하겠사옵니다."

이리하여 두 사람은 주신과 신하의 관계로서 예를 취하며 다시 자리에 앉았다. 새로운 인간 세상을 만들자고 의기투합하였으니, 이제부터 본격적으로 얘기가 진행되어야 했던 것이다. 하지만 지금 상황에서 무엇보다 다급한 것은 천신제를 아사달 지역에서 진행하자는 그 괴이한 소문을 해결하는 문제였다. 단군이 먼저 입을 열었다.

"대신도 소문을 들어 잘 알고 계시겠지만, 지금 백성들 사이에서 천신제를 이곳에서 지내야 한다고 누군가 부추기고 있는 것 같던데, 혹시 짚이는 사람이라도 있습니까? 이게 큰 파장을 불러올까 심히 걱정되어 하는 말입니다."

"뭐가 그리 걱정되시는 것이옵니까? 단군께서도 우리식대로 수확의 기쁨을 노래하면 되는 것이라고 말씀하셨다고 하던데……. 그렇다면 그 말씀대로 하면 되는 것이 아니겠사옵니까? 소신의 생각으로는, 그저 백성들이 하자는 대로 따르면 될 것으로 판단되옵니다."

"제가 뭘 걱정하고 있는지 잘 아실 만한 분이 그런 태평스런 말을 하신단 말입니까?"

"그거야 단군께서 미리 앞날을 다 내다보시고 군사적 준비까지 하고 계신데, 소신이 뭘 걱정할 일이 있겠사옵니까? 더욱이 이제 주신으로 우뚝 서시겠다고 하는 마당에 당연히 천신제를 지내야 하지 않겠사옵니까? 그것을 회피할 이유가 없지 않사옵니까?"

"그러고 보니 이 모든 일이 바로 대신께서 꾸미신 일인 겁니까?"

"황송하옵니다. 하오나 처음 그 안을 제시한 것은 소신일지 모르나 나머지는 제가 한 것이 아니옵니다. 백성들이 자발적으로 나서서 한 것이옵니다."

"아무리 그래도 그렇지. 그 일이 얼마나 큰 파장을 몰고 올지 모르시지는 않을 것 아닙니까? 잘못하면 지금까지 아사달 지역에서 마련한 그 모든 성과를 한순간에 날려버릴 수가 있단 말입니다. 그런데 어찌 이런 무모한 짓을 벌인단 말입니까?"

"무모한 짓인지, 아닌지는 더 두고 봐야 하지 않겠사옵니까? 단군께서 지금 당장 천신제를 지내겠다고 엄명한 것도 아닌데, 무슨 별일이 있겠사옵니까? 더욱이 범씨족이나 웅씨족은 자기네들끼리 싸우느라 혈안이 되어 있어서 이곳의 움직임에 크게 신경 쓰지 않을 것이옵니다. 어쩌면 그런 상황 속에서 이번에 천신제를 천신족 측에서 지내지 않는다는 것도, 바로 이곳에서 그것을 계승하라는 하늘의 징조일 수도 있는 것이옵니다. 그리 근심스럽게만 생각할 필요가 없는 줄로 아뢰옵니다."

"갈수록 태산이십니다. 대신께서는 정녕 천신제를 이곳 아사달에서 지내려고 작정하신 겁니까?"

"소신의 뜻을 분명하게 밝힌다면 그리해야 하는 줄로 사료되옵니다."

"파국을 몰고 올지도 줄 모르는 위험을 감수하면서요? 그래, 좋습니다. 무슨 뜻이 있을 것인데, 왜 그리 생각하시는지 어디 그 말씀이나 들어보도록 하지요."

"주신께서는 이제 새로운 인간 세상을 펼쳐 보이시겠다고 결심하셨사옵니다. 그런데 그 기치를 내건 이상 우선 먼저 해야 할 일이 있사옵니다. 그것은 국가의 건설을 선포하는 것도 아니고, 통치체계를 내오는 것도 아니옵니다. 바로 백성들의 기상을 똑바로 세워주는 것이옵니다. 이 근본이 튼튼해야 나머지 모든 것이 바로서고 만년대계의 새로운 세상이 펼칠 수가 있는 것이옵니다. 만약 이것을 제대로 세우지 못하고 나간다면 이후 아무리 노력해도 소용이 없사옵니다. 첫 단추를 잘못 꿰었으니 잘될 리가 없는 것이지요. 그런데 바로 그것을 세우려면 당연히 자신들이 의지하고 내세울 수 있는 그 뭔가가 있어야 할 것이옵니다. 그게 바로 천신족의 정통 후계자이자 새 세상의 주인이 바로 여기 이 아사달 지역에 있다는 자부심이옵니다. 이것만큼 백성들의 정신을 고양시키고 의기를 드높을 수 있는 것은 없사옵니다. 지금 백성들이 천신제를 열자고 하는 것은 바로 이런 마음의 표현이 아니겠사옵니까? 소신은 단연코 그리 생각하옵니다. 그런데 어찌 이 소중한 기회를 단지 위험하다 하여 내던져버리려고만 하시는 것이옵니까? 백성들의 뜻에 따라 주시옵소서. 만약 백성들이 겁을 낸 나머지 이 일을 반대하고 나선다면 도리어 그걸 걱정해야 하는데……. 그거야말로 더는 희망이 없는 것이 아니겠사옵니까? 뿌리가 깊지 않는 나무가 어찌 오랜 가뭄과 비바람을 이겨낼 수 있겠사옵니까? 그건 얼마 못가 뿌리가 뽑히고 말 것입니다."

"으음! 일리가 있는 말씀입니다. 허나 그것은 내용만 제대로 갖추면 되는 것이지, 구태여 형식에 얽매여 위험을 감수할 필요까지 없겠지요. 자, 여기까지 생각하셨다면 필히 그 대책 또한 생각하고 계실 터, 그러면 어찌하면 될 것인지 말씀해보십시오."

"이리 나오실 줄 아셨습니다. 이제 와서 소신 무엇을 숨길 게 있겠사옵니까? 그런데 단군님! 보령이 지금 어찌 되시온지요?"

"스물 둘입니다만, 그런데 왜 갑자기 제 나이는 물어보시는 겁니까?"

"그러시면 단군께서도 이제 혼례를 더 이상 미룰 처지가 아닌 듯 보이옵니다."

장가가는 얘기가 나오자 단군이 얼굴을 붉혔다. 벌써 그의 머릿속에는 하백녀의 모습이 떠오르고 있었던 것이다. 신지의 말이 계속 이어졌다.

"소신 청하옵건대 이번에 두 분께서 혼례를 치르시옵소서. 그것도 천제단 앞에서 말이옵니다. 아니, 당연히 천제단에서 치러야 할 것이옵니다. 천신족의 왕자와 수신족의 공주가 혼례를 치르는 것인데, 이것을 하늘 앞에서 서약하지 않는다면 어디서 하겠사옵니까?"

그러니까 신지의 말은 이러했다. 혼례와 대풍작의 기쁨을 노래하기 위해 축제를 벌이되 그것을 하늘에 맹세하는 의미로 천신제의 형식을 빌자는 것이었다. 그리고 이것은 천신과 수신이 연을 맺어 치르는 혼례이니만큼 마땅히 그리해도 전혀 도리에 어긋나지 않는다는 것이었다. 그러고 보면 그 수많은 목재와 석재를 왜 마련하였는가 하는 이유가 분명해진 셈이었다. 목재로는 바로 신방을 꾸미기 위해 궁전을 짓겠다는 것이었고, 석재는 바로 천제단을 만들겠다는 의도였던 것이다.

"내 대신의 도움으로 장가를 가게 되었으니 기쁘기야 하지만, 아무리 그래도 그렇지 그렇게 큰 공사를 벌인다면 얼마나 백성들에게 부담이 되겠습니까? 그냥 약식으로 간단히 치르면 어떻겠습니까?"

"그것은 아니 되옵니다. 궁궐과 천제단을 반듯하게 짓는 것이야말로 우리 아사달의 위엄을 세우고 백성들의 자부심을 드높이는 길이옵니다. 이것을 포기할 수는 없사옵니다."

"허허! 이건 완전히 제가 대신께 꼭 놀림당한 꼴입니다그려. 그건 그렇고 제가 혼례를 치르는데, 어머님은 모셔올 수 있는 건가요? 그 점은 어찌 생각하십니까?"

"소신 그 점을 숙고하였사오나 지금의 상황으로선……. 송구하

172

옵니다."

"아닙니다. 제가 괜한 말씀 한 모양입니다. 그럼, 이 모든 것을 대신께 일임하겠으니 알아서 처리하도록 하십시오."

이렇게 대화가 오간 후 아사달 지역에서는 궁궐과 천제단을 짓는 사업이 대대적으로 진행되었다. 그렇게 된 것은 이미 신지가 백성들을 움직이고 있었기에 가능한 것이었다. 그것은 지금까지 단군이 보여왔던 것에 대한 아사달 사람들의 화답이기도 했다. 물론 여기에는 성조와 팽우, 그리고 고시가 적극 가담하고 있었다. 팽우가 먼저 땅을 개척하여 나갔고, 그 뒤를 이어 성조가 건축을 맡았으며, 또 고시는 이들에게 먹을거리를 해결해주고 있었다.

수많은 사람들이 하나같이 일사분란하게 움직이는 모습은, 그야말로 아사달을 단숨에 활력이 넘치고 생기가 감도는 곳으로 만들었다. 더욱이 대풍작을 거뒀으니 그만한 기쁨을 노래하는 것이야 모두가 바라는 바이기도 했다. 하지만 신지는 이 일에 동원된 사람들에게 우선 목욕재계하고 참여하도록 하였다. 그만큼 이 일의 신성함을 강조하기 위함이었다. 그것 때문인지 아사달 지역은 그 작업이 진행되면서부터 모두들 어떤 신성한 기운에 고무된 듯 얼굴에는 은근히 자부심을 내보이고 있었다. 그것은 어느 나라도 감히 올리지 못하는 천신제를 지낸다는 자긍심이었고, 또 이번 혼례를 계기로 천신과 수신을 다 받들어 모시게 되었다는 옹글진 마음의 표현이었다.

그도 그럴 것이 천제단의 축성만 보더라도 그 엄청난 규모에 위압감마저 감돌았다. 먼저 천제단이 위치한 자리부터 하늘과 땅의 기운을 받아 사람이 승천할 것 같은 지리적 지형에다가 천신족의 천제단보다 더 웅대하기까지 했다. 물론 그 규모의 크기나 좋은 지리적 지형 때문에만 사람들이 당찬 자부심을 느낀 것은 아니었다. 거기에는 천신족의 천제단과 확연히 다른 점이 있었다. 그것은 바로 천신족의 천제단을 일정 부분 본뜨고 있으면서도 더욱 사람을 중심으로 하는 형태로 꾸며져 있었던 것이다. 사람이 하늘과 땅의 기운을 받아 호령하는 자세로 곧추선 형태를 띠고 있었다. 이게 바로 아사달 지역 사람들이 천신족의 천제단보다도 더 우월하다는 긍지를 갖게 만든 본질적 측면이었다.

이렇게 천제단이 공사가 진행되는 것과 동시에 궁궐 또한 위엄을 갖추기 위한 최상의 것들이 구비되면서 축성되었다. 궁궐은 다름 아닌 그런 천신제를 주관할 사람이 거처할 공간이기도 했고, 백성들을 이끌어 새로운 세상의 주인으로 우뚝 세워나갈 새로운 무대이기도 했다. 그러니만큼 그 터 또한 아사달에서 가장 중심에 위치한 좋은 지역에 자리 잡고 있으면서도 그 어떤 나라의 것보다도 더 웅장하고 화려하게 지어졌다. 궁궐을 짓는 데 사용되는 아름드리나무만 해도 수천 그루가 넘을 정도였다. 이건 아무리 봐도 단순히 대역사라고 표현할 수 없을 정도였다. 이건 분명 새로운 인간 세상의 선포에 다름 아니었다.

그래서 그런지 이 대공사가 끝나고 혼례식, 아니 천신제를 지내는 10월 상순이 되자 수많은 인파가 천제단에 쏟아져나왔다. 직접 그 광경을 눈으로 보고 싶었던 것이다. 남녀노소 할 것 없이 제 스스로 움직일 수 있는 사람이라면 모두 그곳으로 나온 듯싶었다. 이렇게 사람들이 대거 모여 천신제를 지내게 된 것은 처음일인 듯싶었다. 그러나 이것은 어찌 보면 애초부터 당연히 예상된 바였다. 이미 이것을 준비할 때부터 이날은 하늘의 축제인 동시에 바로 자신들의 축제라고 이해하고 있었던 것이다. 그곳에 가면 그 누가 아닌 바로 자신들이 풍작의 기쁨을 노래하면서 맘껏 먹고 마시며 춤출 수 있다는 사실을 모두가 알고 있는 바였다. 그러니 이날의 주역은 역시 백성들이었다. 물론 두말할 나위 없이 그 중심에는 단군이 서 있었지만 말이다. 이건 지난날 제자장이나 상층 관리들 위주로 진행하였던 천신제의 형태에서 벗어나고 있었다는 사실을 의미했다. 아사달의 천신제가 이렇게 된 건 그 어떤 토템을 위시한 제사장이 없었던 측면도 있었지만 무엇보다 그 정신적 토대가 달랐던 데에 있었다. 아니, 그보다는 차라리 그 진행에 있어 백성들이 자발적으로 참여했기 때문에 자연스럽게 그렇게 되었다고 보는 편이 더 나았다.

어쨌든 제사장이나 고위급 관리들이 없었다고 해도 아사달 지역민들을 비롯해 수많은 사람들이 운집해 있는 천제단 앞에서, 단군과 하백녀는 이들의 열렬한 환호를 받으며 등장하였다.

먼저 단군과 하백녀는 서로 맞절을 하며 하늘에 서약하는 형식으로 혼례식을 간단하게 마쳤다. 무엇보다 다음에 이어질 천신제가 중요했던 것이다. 이것은 혼례식을 축소시킨 것이 아니었다. 도리어 지금까지 단군이 아사달 사람들에게 베풀었던 것에 대해 그들이 할 수 있는 최상의 답례였기에 단군도 이에 기꺼이 응했다.

마침내 천신제가 거행되면서 분위기는 엄숙해졌다. 먼저 하늘에 예를 올리는 삼육대례三六大禮가 행해지면서 하늘에 고하는 의식이 차분하게 진행되었다. 그것은 조용하다 못해 엄숙한 분위기속에서 예를 올리는 것이었기에 조심스런 행동들 외에 별다른 것은 없었다. 사람들은 내심 천신제라 하여 대단한 것이라도 있을줄 알았는데, 특별한 행사가 없는 것에 조금은 실망한 표정이었다. 아니, 좀 특이한 것이 있기는 있었다. 그것은 이곳 천제단에서는 지금껏 신비하게 모신 토템이나 정령들은 사라지고, 대신그 자리에 하늘과 땅, 사람의 형상을 한 석상들이 차지하고 있었다는 점이었다. 그러나 그뿐이었다.

이런 가운데 예식을 마친 단군이 무슨 말을 하고자 함인지 사람들을 향해 돌아섰다. 그런데 말은 하지 않고 그들을 그저 바라보기만 했다. 아니었다. 단군은 지금 이 순간, 사람의 지극한 정성이 통하면 하늘이 감동한다는 사실을 절절히 깨달으며 자신의그러한 마음을 사람들에게 보내고 있었던 것이다. 하지만 그것을몰랐던 사람들은 의아해하며 멍하니 단군만 쳐다보았다.

그렇게 한참의 시간이 흘러갔다. 그런 가운데 수많은 눈들이단군과 마주치면서도 어떻게 된 일인지 그 어떤 초조감이나 불안감이 사라지고 있었다. 그저 이런 모든 게 자연스럽다는 생각뿐이었다. 그러기를 한참, 사람들은 갑자기 가슴이 뜨겁게 달아오르는 것 같은 기분을 느꼈다. 어쩌면 이것은 자신들이 그리 생각해서 그런 것인지도 몰랐다. 그러나 사실은 그게 아니었다. 어디선가 알지 못한 곳에서 솟아나온 정갈한 기운이 주위를 맴돌다가 사람들의 가슴을 타고 전해지면서 일어난 순간적인 변화였다. 그런데 그것은 거기서 멈추지 않았다. 그동안 잠잠했던 하늘과 땅의 기운이 요동치듯 별안간 움직이기 시작했다. 그리고는 마침내 하늘의 푸른 기운을 실은 빛줄기가 섬광을 일으키며 천제단에 쏟아졌고, 그에 화답하기라도 한 듯 땅의 붉은 기운이 꿈틀거리다가 그것과 하나로 합쳐졌다. 그리고 그것은 불꽃을 튀기며 천제단의 주위를 휘감기 시작하더니 어느 순간 단군의 몸으로 스며들었다. 눈으로 보지 않았다면 도저히 믿기지 않을 일이었다.

사람들이 깜짝 놀라며 벌려진 입을 다물지 못한 가운데 단군의 낭랑한 음성이 울려 퍼졌다.

"오늘은 하늘의 축제이자 사람들의 축제입니다. 바로 여러분 자신의 축제입니다. 왜냐하면 오늘이 바로 하늘의 뜻이 땅에서도 실현되는 새로운 인간 세상을 열겠다고 그 뜻을 선포하는 날이기 때문입니다. 그러니 맘껏 환호하고 축배를 들도록 하십시다."

조용하던 천제단은 순식간에 사람들의 함성으로 떠나갈 듯했고, 그것은 쉬이 멈출 줄을 몰랐다. 이것은 일거에 분위기를 반전시킨 데에서 나온 거대한 환호였다. 그런 만큼 감동 또한 클 수밖에 없었다.

　단군의 당당한 선포식을 끝으로 이제부터 본격적으로 축제의 자리가 열리게 되었다. 풍요로운 수확을 바탕으로 먹고 마시며 춤추면서 하늘에 감사하고 새로운 인간 세상을 만들어나가겠다는 자축 행사였다. 이것은 삼 일에 걸쳐 진행되었다. 그만큼 이때는 모든 게 풍족한 시기였던 것이다.

　어쨌든 이 과정에서 그 감동을 잊지 못하는 사람들은 성통공완 性通功完한 단군이야말로 새 세상의 주인이 될 분이라고 자연스럽게 얘기하며 다녔다. 그러자 그 소문은 급속도록 퍼졌고, 웅씨족과 범씨족, 그리고 천신족의 중심지에까지 알려지게 되었다. 지금껏 태고의 전설이 전해 내려온 이래, 한 인물이 이렇게 수많은 사람들의 입에 회자되며 그 중심에 서게 된 일은 일찍이 없었다. 하지만 태고의 전설을 둘러싸고 새 세상에 중심에 서고자 하는 다른 이들에게는 단군이 경계의 인물로 될 수밖에 없었으니, 그것은 새로운 파장을 불러일으키게 되었다.

5

전쟁의 소용돌이에 휘말리다

풍백은 아사달 지역에서 들려온 소식에 아연 긴장하였다. 거기서 들려온 소식은 바로 단군이 새 세상의 주인이 되어 천신제까지 올렸다는 것이었다. 한편으론 역시 단군은 거불단 환웅의 아들이라는 생각이 없지는 않았으나, 우선 이것이 가져올 파장을 걱정하지 않을 수 없었다. 벌써부터 이 풍문을 전해 들은 사람들 사이에서는 말들이 많았다.

"아, 단군이 천신제를 지냈다고 하는데, 대단하지 않은가? 우리도 못 지낸 것을 말이야. 뭔가 다르기는 다른 모양이여. 하긴 단군은 우리 거불단 환웅의 아들이 아닌가?"

"그야 두말하면 잔소리지. 어릴 때부터 누구도 길들이지 못하는 기린마를 잡아탄 것을 보면 뭔가 다르기는 달랐지."

"그런데 말이야. 왜 우리 천신족에 돌아오지 않는지를 모르겠어. 아, 여기로 돌아와서 그 천신제를 지냈으면 얼마나 좋았겠어?”

“그것을 몰라서 하는 말인가? 거불단 환웅이 그 뒤를 물러주지 않아서 그러는 것이네. 그분께서 엄명하지 않았는가? 이제 자기 뒤를 이어 계승할 사람은 천부인이자 하늘의 경을 열 사람이라고 말이네.”

“단군이 천신제를 지내는 것을 보면 꼭 좋게만 볼 것은 아니여. 아, 어떻게 보면 우리 천신족을 배반한 거지. 천신제야 우리 천신족에서만 지낼 수 있는 것 아닌가? 그런데 우리의 허락도 받지 않고 맘대로 지내는 것을 보면, 아무래도 자신에게 자리를 물러 주지 않는 것에 뭔가 앙심을 품은 게 확실해.”

“듣고 보니 그것도 일리가 있네그려. 허나 내가 보기에는 단군을 우리 천신족에 모셔와야 할 것이라고 보네. 그러면 그런 복잡한 문제가 다 해결될 것 아닌가? 또 요즘 다른 나라에서 우리를 얼마나 업신여기고 있는가? 그것도 그분이 와서 다스리면 다른 나라들도 우리한테 함부로 하지 못할 텐데 말이야!”

“그거야 자네 바람이지. 아, 어떻게 오겠는가? 거불단 환웅이 물려주지 않는데 말이야. 그러니 올 생각이 없는 것이네. 오려고 했다면야 진작 왔을 것 아닌가? 어쨌거나 우리 천신족 꼴만 우습게 되었어.”

“지금 그런 걸 걱정하게 생겼는가? 정말 우려해야 할 건 이제 전쟁이 일어날 수도 있다는 거네. 우리가 이번에 천신제를 지내지 않는 게 뭐 때문이었는가? 그게 다 서로 천부인을 차지하려고 하기 때문에 그 파국을 막으려고 한 것 아닌가? 그런데 단군이 겁도 없이 그것을 해버렸으니 어디 그게 그냥 넘어갈 문제인가?"

이런 소리를 들으며 풍백은 웅녀를 찾아뵈었다. 다른 문제도 아닌 단군과 관련된 사항에 대해서는 웅녀의 얘기를 들어야 했던 것이다. 웅녀도 이미 소식을 들어 알고 있는 눈치였다.

"왕자님께서 이번에 수신족의 하백녀와 혼례를 치른 모양이옵니다. 천신족에서 이에 대해 아무런 도움을 드리지 못한 점, 신의 책임이 크옵니다. 어쨌든 비록 늦었지만 경하 드리옵니다."

"내가 경하를 받을 자격이 있는지 모르겠습니다. 나 또한 까마득히 그런 소식을 모르고 있었는데……."

"어찌 그런 말씀을 하시옵니까? 아마 왕자님께서 황후 마마를 모시고자 했을 것이옵니다만, 지금의 정세를 보고 마지못해 그랬을 것이옵니다."

"글쎄요. 내 지금도 그 어린 것을 웅씨족의 비왕으로 보낸 것을 생각하면……. 비록 어미라 해도 내가 해준 게 뭐가 있다고?"

이 점에 있어서는 풍백의 마음도 마찬가지였다. 하지만 단군이 천신족에 돌아오지 않는 것이야 이해할 수 있는 일이었지만, 그래도 혼례만큼은 알려줘야 하지 않겠느냐고 생각했다. 그러나 웅녀 앞에서는 그것을 내색할 수 없었다. 어쩌면 그런 속마음을 알았기에 황후가 먼저 그 서운한 마음을 표현하고 있는지도 몰랐다.

"왕자님께서 언젠가 꼭 황후 마마를 찾아뵈올 것이옵니다. 그러니 서운한 마음을 푸시옵소서. 더욱이 지금 들려온 바에 의하면, 아사달 지역 사람들은 단군이 자신들을 잘 이끌어준다고 칭송하는 소리가 높다고 하옵니다. 하긴 저라도 거기에 있었다면 그리했을 것이옵니다. 이번에 우리 천신족도 수재를 입어 얼마나 큰 홍역을 치렀사옵니까? 헌데 미리 그것을 예견하고 대비한 덕택에 조금도 수해를 입지 않았다고 하니……. 더욱이 수재로 인해 각국에서 떠돌던 수많은 유랑민들까지 그곳에 거둬들였다고 하지 않사옵니까? 그러니 사람들이 성통공완한 신인으로 받들어 모시는 것이야 당연한 것 아니겠사옵니까?"

"하긴 그런 일들은 참 잘한 것이지요. 그런데 요즘 그쪽에서 들려오는 소식이 심상치 않다고 하더군요. 풍백 대신께서 마음고생이 많으실 텐데……. 어쨌든 모든 결정은 천신족에 이익이 되는 방향으로 그대가 알아서 결정하도록 하세요. 나나 단군을 생각하지 말고요. 내 말뜻을 아시겠지요."

풍백이 찾아온 이유를 눈치챈 웅녀가 그의 불편함을 덜어주기 위해서 한 말이었다. 실상 웅녀는 거불단 환웅이 천신족을 떠난 이래 조정의 일에 전혀 개입하지 않았다. 모든 것을 풍백에게 다 맡기고 있었던 것이다.

"어찌 그런 말씀하시옵니까? 신은 결코 모른 척하지 않을 것이옵니다."

"풍백께서 그리 생각하시면 아니 되지요. 대신이 가장 중요하게 생각해야 할 것은 천부인이자 하늘의 경을 여는 사람을 새 세상의 주인으로 받들라는 거불단 환웅의 유지를 따르는 게 아닙니

까? 그게 바로 우리 천신족은 물론이고 제국의 앞날을 위한 길이
라는 것을 절대 잊으시면 아니 됩니다."

"황후 마마!"

"그리고 내 한 가지 청이 있는데……."

"하명하시옵소서."

"지금껏 나도는 소문이 맞는지 꼭 한번 그쪽에 확인을 해봤으
면 합니다. 내 아들이라고 해서 그런 것은 아니고, 그런 무모한
일을 벌일 아이라고 생각되지 않아서 드리는 말입니다."

"심려 놓으십시오. 신도 그리 생각하고 이미 사신을 보내 놓았
사옵니다. 큰 염려는 하지 마시옵소서."

풍백은 돌아와서도 마음을 놓을 수가 없었다. 범씨족은 어차피
트집거리가 생겼으니 이것을 기화로 일을 벌이려고 할 것이 분명
했다. 웅씨족 또한 자신들의 세력을 확장하려는 움직임을 보이고
있으니 결코 그냥 있지는 않을 것이었다. 더욱이 웅갈은 천신제
를 지내자고 강력히 주장한 터였으니, 이번 일을 내심 단군과 짜고
그렇게 벌인 것이 아닌가 하고 의구심을 가질 수도 있는 일이었다.
어떻게 파국을 피하려고 해도 이미 상황은 물 건너간 것만 같았다.
그러나 무엇보다 걱정인 것은 범씨족의 군사 행동이었다.

아니나 다를까 이즈음 범씨족에서는 아사달 지역의 소식을 듣
고 이를 어떻게 대처할지 의견이 분분하게 오가고 있었다. 사실
호한은 우씨족을 손봐주려고 군사출동을 준비하고 있었다. 이미
마씨족을 복속시킨 마당에 우씨족에 대한 공격을 늦출 수는 없었

다. 더욱이 웅씨족에서 그들과 군사적 동맹 관계를 맺어 공공연히 그것을 시위하고 있었기 때문이었다. 이건 웅갈이 자신을 깔보고 감히 대항하겠다는 의사를 분명하게 표명한 것이었다. 이런 상황에서 칼을 빼들지 않는다면 그건 웅갈에게 꼬랑지를 내리는 꼴이나 마찬가지였으니, 호한으로서는 도저히 참을 수가 없었던 것이다. 만반의 준비를 끝낸 호한은 곧바로 군사적 출동을 명령하려고 하였다. 그때 갑자기 아사달 지역의 소식을 들은 모사모 참모가 그를 찾아왔다.

"수장님! 우씨족의 공격을 멈추시고 먼저 아사달 지역을 치시옵소서."

"뭐라고요? 그럼, 나더러 저 하룻강아지 범 무서울 줄 모르고 설치는 저 웅갈에게 꼬리를 내리라는 말이오?"

"그게 아니옵니다. 아사달 지역으로부터 들려온 소문에 의하면……."

"나도 그 소식을 들어 알고 있소이다. 허나 그거야 풋내기가 장난하는 짓거리이고, 우리에게 가장 걸림돌이 되는 놈은 바로 웅갈이라는 자요! 더욱이 그놈이 기고만장해서는 감히 나에게 대적하겠다고 나서지 않았소? 내가 그놈을 먼저 손보지 않으면 내 꼴이 뭐가 되겠느냐 말이오? 단군 같은 풋내기나 상대한다면서 말이오?"

"당연히 웅갈을 손봐야 할 것이옵니다. 헌데 먼저 단군을 이용하면 천신족도 꼼짝 못하게 할 수도 있고, 그 잘난 체하는 웅갈도

186

어쩔 수 없이 우리의 대의에 합류하게 만들 수가 있사옵니다."

"웅갈이 우리의 대의에 합류하게 만든다고? 어떻게 말이오?"

"단군이 천신제를 지냈다고 하는 소문이 있습니다. 그것을 따져 묻기 위해 우리 범씨족이 군사를 일으켰으니, 이 대의에 함께할 나라는 동참하라고 하면 되지 않겠사옵니까? 만약 합류하지 않는다면 그건 거불단 환웅의 유지를 받들지 않겠다는 것이 되니 천부인을 가지려고 하는 자라면 필히 응할 수밖에 없지 않겠사옵니까? 당연히 웅갈도 여기에선 예외가 아니지요. 어떻게 피할 명분이 없지 않사옵니까?"

"하기 싫어도 우리의 말을 따를 수밖에 없다? 그러고 보면 웅갈이라는 자는 내 명을 들어야 할 것이 아닌가?"

"바로 그렇사옵니다. 이것이야말로 우리의 가려운 곳을 긁을 수 있는 호기가 아니옵니까? 그러니 먼저 단군을 치자는 것이옵니다."

호한이 그제야 고개를 끄덕였고, 그것을 본 모사모가 다시 말을 이었다.

"하오나 그냥 우리가 일방적으로 군사를 일으켜 단군을 공격한다면 소기의 큰 성과를 달성할 수 없사옵니다. 먼저 천신족에 사람을 보내, 단군이 천신제를 지내는 것을 그들이 용인하였는가를 따져 물으시옵소서."

"그거야 당연히 그런 적이 없을 것이라고 대답하지 않겠는가? 그런데 왜 그런 것을 귀찮게 묻는단 말인가? 그냥 치면 되는 것이지."

"치더라도 명분을 확실히 만든 후에 공격하자는 것이옵니다. 뻔한 답을 할 것이 분명하니, 그야말로 우리 범씨족이 군사를 일으킬 완전한 명분을 얻는 게 아니고 무엇이겠사옵니까? 그러면 우리에게는 더는 거칠 것이 없지 않겠사옵니까?"

모사모의 말에 따라, 호한은 먼저 천신족에 사신을 파견했다.

천신족의 풍백은 올 것이 왔다며 아연 긴장했다. 이미 아사달 지역으로부터 받은 대답은, 천신제를 연 것이 아니라 풍작의 기쁨을 노래하기 위해 그냥 축제를 벌였을 뿐이고, 또 혼례를 치르는 과정 중에 하늘에 서약한 것이 그러한 오해를 불러일으켰을 뿐이라는 것이었다. 하지만 그거야 단군의 생각일 뿐이고, 문제는 호한이 그 사실을 얘기해도 곧이듣지 않을 것이라는 점이었다. 그는 무거운 마음으로 운사, 우사를 비롯해 오가들을 불러들여 회의를 소집하였다.

"어쩌다가 왕자님께서는 호한에게 그런 빌미를 주셔서는 이리 상황을 복잡하게 만드시는 것인지……."

"그게 왕자님 탓입니까? 호한이 그걸 문제 삼은 게 나쁜 것이지."

"그러니까 아예 처음부터 그런 문제가 발생하지 않게 했어야지요. 그러면 일이 이렇게 되지는 않았을 것 아닙니까?"

풍백이 언쟁을 제지하며 입을 열었다.

"지금 누구를 탓하기 위해서 이 자리를 마련한 게 아닙니다. 지금 범씨족에서는 우리가 왜 천신제를 그쪽에서 열게 했냐고 따져 묻고 있는데, 이것을 어떻게 처리하면 좋겠습니까? 그 대책을 얘기해보시지요."

"그야 당연히 얘기하나 마나지요. 우리가 그렇게 한 것이 아니지 않습니까? 그리고 아사달 지역에서도 천신제를 지냈다고 하지도 않는데, 그거야 뻔한 대답이 아닙니까? 더욱이 천신제라면 당연히 우리 천신족에서 열어야지요. 그렇지 않습니까?"

"이 사람! 그런 얘기가 아니지 않소? 호한이 지금 이리 나오는 것은 전쟁을 일으킬 명분을 만들고자 하는 것인데, 만약 우리가 그렇게 대답하면 그는 얼씨구나 하면서 군사를 일으킬 것이 아니오? 그러면 그 뒷감당을 어찌하려고 그러는 겁니까? 그럼, 그때 가서 당신은 그걸 모른 척하겠다는 것입니까?"

"그러면 우리가 지원이라도 해야 한다는 말인가요? 하지만 천신제를 지냈다고 해서 아사달을 응징하자는데, 도대체 우리가 무슨 명분으로 도와줄 수 있단 말입니까?"

"그럼, 어떻게 되든지 상관없이 우리는 지켜만 보고 있자는 것입니까? 이건 아사달 지역 문제로만 끝나는 것이 아닙니다. 곧바로 나라들 간의 전쟁으로 비화될 거라는 말입니다. 그리고 단군은 누가 뭐라고 해도 우리 천신족의 왕자여요. 이런 사실을 모르고 지금 그런 말씀을 하시는 것은 아니겠지요?"

운사와 우사를 비롯해 오가들이 서로 옥신각신 다투는 것을 보자, 풍백은 한숨만 내쉬었다. 이런 사람들을 불러놓고 대책이라는 것을 세우려고 하고 있으니 도리어 자신이 한심스럽게 느껴졌다.

"지금 우리가 서로 힘을 합쳐도 될까 말까 하는 상황이거늘, 어찌 이리 싸우려 들려고만 하십니까? 어쨌든 지금 상황으로선 파국으로 치닫지 않게 하기 위해서 최선을 다해야 할 것입니다. 허나 만약 그것이 되지 않는다면 우리 또한 본의 아니게 전란의 소용돌이에 휘말리게 될 것입니다. 그러니 앞으로 만반의 준비를 다해놓도록 하십시오."

그러고는 풍백은 범씨족의 사신을 불러들였다.

"범씨족에서 거불단 환웅의 유지를 받들려 하는 충심을 충분히 알아들었소. 허나 우리가 아사달 지역에 알아본 바에 의하면 그건 몇몇 사람들이 그냥 지껄인 유언비어에 불과하다는 것을 확인하였소이다. 그러니 범씨족에서 걱정한 것처럼 크게 우려할 문제가 아닌 것 같소이다."

"이게 우려할 문제가 아니라면 도대체 뭐가 우려할 상황이라는 것입니까? 그럼 우리 범씨족이 천신제를 지내도 천신족에서는 아무런 이의를 제기하지 않겠다는 것입니까? 그것을 확답한다면 우리는 더는 문제 삼지 않겠습니다."

"어찌 그런 말을 함부로 내뱉는단 말이오?"

"그러니까 천신족에서는 다른 말을 할 것 없이 아사달 지역에서 천신제를 지내도록 했느냐, 안 했느냐 그것만 대답하면 되는 것입니다. 두루뭉술하게 넘어가지 마시고 분명하게 얘기해주면 나머지는 우리가 다 알아서 할 테니까요."

190

"내 분명하게 말하리다. 우리가 확인한 바에 의하면 그쪽에서 그런 사실이 없다고 하였소이다. 허나 범씨족에서 그것이 문제라고 한다면 우리가 알아서 조치를 취하도록 하겠소. 다시는 그런 문제가 불거지지 않도록 확답을 받아내겠다는 말이오. 물론 범씨족에게도 그런 확답을 받을 수 있도록 하겠소이다."

"그거야 하나 마나 하는 소리 아닙니까? 그런 말이야 누군들 못하겠습니까? 그리해서는 안 되지요. 그러고 보니 천신족에서 계속 단군을 감싸고도는 건 혹시 여기서 정말로 그리했기 때문이 아닙니까? 그렇지 않다면야 그런 적이 없다고 말하면 될 것을 가지고 왜 그러십니까? 게다가 이것이 어디 말로 넘어갈 문제입니까? 천부인도 열지 못한 자가 새 세상의 주인인 것처럼 행세하고 있으니, 이건 아무리 못해도 목을 내놓아야 마땅할 일이지요."

"천신제의 문제에 관한 한 어떻게 처리할 것인가는 먼저 우리 천신족에서 해결할 사항이오. 범씨족에서 먼저 나설 일이 아니란 것이지요. 그러니 우리의 조치를 먼저 기다리도록 하시오."

"그러니까 천신족에서는 그런 사실이 없으니, 알아서 응당한 책임을 묻겠다는 것이지요? 이거야말로 반가운 소리입니다. 허나 분명히 알아두셔야 합니다. 이것은 결코 천신족만의 문제가 아니니 어영부영 말 몇 마디로 그냥 넘어가서는 아니 된다는 점 말입니다. 만약 우리가 바라는 대로 응당한 조치가 취해지지 않는다면 우리는 그에 상응한 조치를 취할 수밖에 없을 것입니다. 그때는 천신족도 우리의 행동에 동참해야 할 것입니다."

한편 범씨족의 사신과 천신족의 풍백이 서로 옥신각신하고 있을 때, 아사달 지역에서는 이와 전혀 다른 문제를 논의하고 있었다. 신지가 고시와 팽우, 그리고 성조 등과 함께 천신제를 지낸 이후의 상황을 어떻게 풀어갈지를 놓고 숙의하고 있었던 것이다.

"그러니까 지금 사람들의 고무된 분위기에 맞춰 나라를 세우자고 단군께 주청하자는 것입니까?"

성조의 물음에 신지가 분명한 어조로 대답했다.

"그렇지요. 여기 아사달 지역에서도 나라를 세워야 하지 않겠습니까? 어차피 이대로 갈 수는 없으니까요."

"하긴 이렇게 많은 사람들이 모였으니 이대로는 안 되겠지요. 어차피 나라를 세워야겠지요. 헌데 말입니다……."

고시가 끼어들며 얘기하다가 말꼬리를 흐리자, 신지가 다시 되물었다.

"왜 그러십니까? 무슨 문제가 있어서 그러시는 겁니까? 말씀해보시구려."

"다름이 아니라 나라를 세우면, 물론 단군께서야 그러시지 않겠지만, 그게 또 백성들을 못살게 하는 굴레가 되는 것은 아닌지, 그게 걱정되기만 해서요. 우리가 여기에 오게 된 게 다 나라의 수장이라는 사람이 백성들을 위하지는 않고 제 욕심만 채우려고 해서 그리된 게 아닙니까? 그러니 우리가 과연 나라를 세우고도 그들처럼 되지 않을 수 있을지……. 그걸 확신할 수 있을지 알고 싶어서요?"

이것은 단군을 믿느냐 못 믿느냐 하는 문제가 아니었다. 그거라면 이미 궁궐을 짓거나 천신제를 지내는 과정에서 이들이 보여준 행동을 통해서도 얼마든지 증명할 수 있는 문제였다. 하지만 이들에게는 나라를 세우게 되면 그 수장이 권력을 독점하게 되고, 그때부터 그들의 지배를 받게 되면서 모든 것을 빼앗기고 말 거라는 두려움이 머릿속에 깊숙이 남아 있었던 것이다. 이것은 이미 이곳에 오기 전에 자신들이 애써 지은 양곡을 빼앗기는 서러움을 질리도록 경험했기 때문이었다. 그러니 차라리 그럴 바에는 누구에게도 권력을 독점시키지 않고 그저 자기네들끼리 오손도손 살았으면 하는 것이 이들의 소망이었던 것이다.

고시의 물음에 팽우, 성조도 같은 뜻을 내보이며 대답을 기다리는 가운데 신지가 입을 열었다.

"글쎄요. 앞으로의 세상일을 어떻게 확신할 수 있겠습니까? 단지 우리가 어떻게 하느냐에 달려 있는 것이겠지요."

신지라면 뭔가 많은 것을 알고 있기에 분명한 확답을 할 줄 알았는데, 뜻밖에 미적미적한 대답을 하자 고시가 실망스럽다는 듯 다시 반문했다.

"그렇다면 앞으로 어떻게 될지 아무것도 모르겠다는 말이십니까? 그럼 구태여 나라를 세우지 않더라도 모두가 행복하게 살고 있는데, 그런 확신이 없이도 그 길로 가야 한다는 것입니까? 그거야말로 도통 이해할 수가 없습니다."

"하지만 새 세상의 주인이 나타난다면 그것은 달라지겠지요.

그때는 그야말로 새로운 인간 세상이 실현될 때이니까요. 하늘의 뜻이 땅에서도 이뤄지는 그런 세상 말입니다."

다시 성조가 눈빛을 빛내며 물었다.

"그건 단군께서 하신 말씀이 아닙니까? 어쨌든 새 세상의 주인이 나타난다고요. 그럼 태고의 전설이 정말로 실현될 때가 되었다고 보시는 겁니까? 그리고 그분이 바로 우리 단군님이라는 말씀이시고요."

"그거야 아직까지 그 주인이 누구인지 밝혀진 바가 없으니 알 수 없지요. 하지만 분명한 것은 거불단 환웅께서 태고의 전설이 실현될 때가 되었다고 천명하셨다는 겁니다. 천부인이자 하늘의 경을 여는 자가 새 세상의 주인이라고요. 그래서 세상의 많은 사람들이 그것을 차지하려고 그렇게 소란을 떠는 것이 아닙니까?"

"하긴 천부인이 열리지 않았으니……. 그 주인이 누구인지 간에 빨리 나타나기만 한다면야 우리로선 걱정거리가 없어질 테데. 아니지. 그분이 등장하기 전까지 얼마나 또 티격태격하며 싸울 것인지……. 빨리 나오셔야 할 텐데……. 그런데 정말 그분이 누구신지 모르시는 겁니까?"

"그거야……. 그럼 여러분은 누구시라고 생각하십니까?"

"저희들이 그걸 어떻게……. 하지만 지금 사람들이 하는 소리를 들으면 분명 단군님이 맞을 겁니다. 실상 이 세상에서 그 주인이 될 만한 분이 단군님을 빼고 어디 있겠습니까? 그거야 아마 삼척동자도 다 그리 생각할 겁니다."

팽우가 확신하듯 하는 말에 고시가 다시 입을 열었다.

"그리고 보니 이제야 이해가 됩니다. 지금까지 나라를 세우려고 했으면 진작 그리하고도 남았을 텐데, 왜 단군께서 그리하지 않고 있으셨는지 말이오. 그게 다 지금의 나라들과 같이 백성들을 짓밟은 그런 형태가 아니라, 그것과는 완전히 단절된 새로운 인간 세상을 만들자고 해서 그런 것 아니었겠습니까?"

"바로 그렇습니다. 허나 문제가 되는 것은 그런 새로운 인간 세상이란 게 저절로 실현되는 게 아니라는 것입니다. 그 근본 토대를 확고하게 구축해야지요. 그러자면 단군께서 이리하시도록 우리가 적극 보좌해나가야 한다는 것입니다. 솔직히 말해서 단군께서 그리하자고 할 수야 없는 일 아니겠습니까?"

"그러니까 우리더러 나서자고 하는 거로군요. 그거라면 걱정하지 마십시오. 우리가 아니더라도 백성들이 그리할 것이니까요."

이후 아사달 궁전 앞에서는 사람들이 몰려와 단군께 주청하는 소리가 들려왔다. 그것은 새 세상의 주인으로 단군을 모시고 새로운 인간 세상을 만들어가자는 것이었다.

단군은 이 모든 것들 뒤에서 신지가 적극 움직이고 있다는 것을 벌써 알아차렸다. 그래서 그는 물리치기보다는 적극 받아들이기로 했다. 어차피 중요한 것은 진정으로 이들의 소망을 들어주는 것이라고 여겼던 것이다. 아니, 그보다는 어차피 백성들 사이에서 천신제의 얘기가 퍼져나간 상황에서 범씨족이나 웅씨족이 이에 대응해 나올 것이 분명한 이상, 하루빨리 나라의 대오를 정비해 그들의 움직임에 대비하는 것이 급선무였기 때문이다.

결국 단군은 그들 앞에 나섰다.

"내 비록 가지고 있는 재주가 모자란다고 하더라도 새로운 인간 세상을 맞이하고자 하는 여러분의 숙원을 어찌 외면할 수 있겠습니까? 내 기꺼이 받아들일 것입니다. 그래서 나는 선포하고자 합니다. 홍익인간의 이념을 들고 내려오신 환웅님의 뜻을 받들어 하늘의 뜻이 이 땅에서 이뤄지도록 여러분과 함께 이 길에 매진하겠다고 말입니다."

단군의 선언에 사람들이 함성으로 화답하였다. 다시 단군이 말을 이었다.

"허나 우리가 오늘 새로운 세상을 맞이하자고 그 기치를 높이 치켜들 수 있었던 것은 바로 마고성麻姑城 이래로 황궁씨, 유인씨, 환인, 환웅 등으로 복본複本의 길을 면면히 수행해 온 과정이 있었기 때문입니다. 그 고달픈 수행의 과정이 없었다면 어찌 오늘의 이 자리가 있었겠습니까? 우리는 그것을 결코 잊어서는 아니 됩니다. 그래서 우리는 이곳 아사달 지역만이 아니라 바로 모든 천신족의 백성들이 모두 평화롭고 복된 삶을 누리도록 해 나가야 합니다. 이것이 바로 하늘의 뜻입니다. 자, 나와 함께 이런 새로운 길로 나아갈 수 있겠습니까?"

"물론이옵니다. 우리를 이끌어주신다면 그 어떠한 길도 마다하지 않고 나아갈 것입니다."

사람들은 이리 화답하면서 소리 높여 함성을 질렀다. 거기에는 새 세상의 주인이 단군이라는 무한한 자긍심이 깔려 있었다. 분명 아직 천부인이자 하늘의 경을 열지 못했지만 황궁씨, 유인씨, 환인, 환웅으로 이어진 그 정통의 위업을 계승하겠다는 단군의 의지로부터 그것을 확인했던 것이다. 그럴 수밖에 없는 게 그들은 그저 아사달 지역에서 나라를 세운 것을 단순히 선포하는 정도로만 생각하고 있었다. 그런데 단군의 말은 그것을 뛰어넘고 있었다. 그래서 그들은, 그가 새 세상의 주인이 아니라면 감히 이만한 배짱과 포부를 가질 수 없을 것이라고 마음속 깊은 곳에서 단정 짓고 있었던 것이다.

사람들의 환호 속에서 단군은 나라의 기틀은 모든 천신족의 백성들을 하나로 했을 때 가능하기에 주요 책임자들의 임명은 보류할 것이나, 당장 일을 풀어나가야 할 문제 또한 존재하니 그 골간만을 마련하도록 하겠다면서, 기본적으로 가장 절실하다고 하는 직책의 관리만을 임명하였다. 여기에는 농업 생산을 책임지고 주관하는 관리로 고시를, 궁궐과 함께 백성들의 살림터를 주관하는 관리로 성조를, 또 백성들의 삶을 안착시키기 위해 땅의 개척을 주관하는 관리로 팽우를, 그리고 무엇보다 신료들의 좌장 격이면서도 왕명을 제때에 전달하고 각 관청으로부터 올라오는 소식을 보고하는 책임자로 신지를 임명하였다. 물론 군사 관리와 단군의 경호 대장으로는 발구루를 그대로 등용하였다.

이들이야 신지를 빼고는 이미 아사달 지역에서 그 일을 맡아오고 있는 사람들인지라 뭐 크게 달라질 것이 없는 것으로 보였다.

하지만 그건 잘못 이해한 것이었다. 도리어 사람들로부터 신망을 받고 있는 이들이 임용되었기에 그만큼 국가적 관리 체계가 단시일 내에 깊숙이 뿌리내릴 수 있는 기반이 형성될 수 있었다. 더욱이 새로운 세상을 맞이하자고 하는 그런 고양된 분위기 속에서 진행되었기에 더욱 철저할 수밖에 없었다.

　사람들의 환영 속에서 임명식이 끝난 이후, 아사달 지역에서는 새로운 나라 기틀을 세우기 위한 작업이 힘 있게 진행되었다. 상부의 책임자는 임명되었으나 그 아래에서 일할 사람들을 임명하는 절차를 마무리하고자 하였던 것이다. 이를 위해 부산하게 움직이는 가운데 사람들은 사이에서는 단군의 관리가 되는 것에 응당한 자부심을 갖게 되었고, 그러다 보니 어떤 계기를 통해 그들 속에서는 단군에 대한 호칭 문제를 놓고 의견이 분분하게 되었다. 지금까지 부르는 것처럼 단군이라고 해야 한다고 하기도 하고, 나라의 으뜸이 되었으니 수장이라고 불러야 한다고 하기도 하였다. 그렇지 않으면 아예 새로운 것을 만들어 단군과 선인의 합성어로 단인이라고 해야 한다고 하기도 하고, 환웅과 단군을 연결시켜 환군이라고 해야 한다고 하기도 하였다. 이것은 그들이 모시는 단군을 어떻게 부르는가 하는 것이 그들의 자긍심과 목표를 분명하게 나타내는 문제와 관련되어 있었기 때문이었다.

　이에 대해 신지는 명쾌하게 해석을 내렸다. 지금까지 복본複本의 길을 걸어온 황궁씨, 유인씨, 환인, 환웅의 뒤를 계승하면서도 하늘의 뜻이 땅에 이루어지는 그런 새로운 세상을 맞이하는 것이기에 환웅과 다른 차별적인 것을 사용해야 한다고 했다. 그런데 단군의 존함이 단군檀君 왕검王儉이니 앞으로 그것을 살려 단군의 나라가 되어야 한다는 것, 하지만 그분께서 말씀하시기를 그 나라는 천신족이 모두 하나가 되었을 때 선포되는 것이라고 하였기에 바로 그때가 단군 왕검께서 나라를 개국하고 그 첫 시조가 될 것이라고 하였다. 그리고 비록 그때가 되지 않았다고 하더라도 우리는 그것을 지향해야 하는 바, 단군 폐하라고 부르도록 하는 것이 합당하다고 정리했다. 이에 사람들도 고개를 끄덕이고 그 작업을 위해 박차를 가하려고 하였다.

하지만 그것이 채 끝나기도 전에 천신족의 사신을 받아들이면서 조정은 긴장에 휩싸이게 되었다. 분명 처음에 왔을 때 그 사정을 얘기해 주었음에도 다시 사신이 오게 된 것은 범씨족의 압박 때문이었다. 겉으로야 범씨족이 침략할 명분을 주지 않으면 좋겠다는 것이었으나, 그 내용을 따지고 보면 천신제나 새 세상의 주인이라는 말이 나온 것에 대해 단군이 책임지고 범씨족의 호한에게 머리 숙여 사죄하라는 것이었다. 이것은 나라의 골간을 세운 이래 나라의 안위와 관련돼 처음으로 맞이하는 중대한 문제였다.

마음 같아서는 호한이라는 자가 누군데 감히 이런 것에 시비를 거냐며 단숨에 박살을 내버리고 싶었다. 더욱이 단군을 새 세상의 주인이라고 치켜세우고 분위기가 고양되고 있는 이 즈음에 더더욱 자존심을 세우고 싶은 마음이 굴뚝같았다. 허나 범씨족이 어떤 나라인가? 그 막강한 군사적 위력을 모르는 사람은 아무도 없었다. 아무리 단군이 뛰어나다 하더라도 얼마 되지도 않는 군사로 그들을 상대한다는 것은 섶을 지고 불에 뛰어드는 격이었다. 아무리 봐도 지금의 상황으로서는 고개를 숙일 수밖에 없는 처지였다. 그런데 그걸 어떻게 단군에게 알린단 말인가? 그러니 애만 탈 뿐 어떻게 고할지 난감해 입을 열 수가 없었다.

조정 대신들이 모여 어떤 결론을 내리지 못하는 가운데, 마침내 단군이 발구루와 함께 등장하였다.

"어떻게 조정의 공론이 모여졌습니까?"

단군의 물음에 아무도 대답하지 못했다.

"뭐 그런 것을 가지고 그리 고심합니까?"

"무슨 좋은 계책이라도 있으시옵니까?"

단군이 너무도 쉽게 하는 말에 고시가 되물었다.

"그야 천신족의 풍백 대신이 하라는 대로 하면 될 것 아니겠습니까? 그까짓 고개 숙이는 일이 뭐 대수겠습니까?"

"네에? 어찌 그런 말씀을 하시옵니까?"

"그러면 우리의 역량으로는 도저히 막아낼 수도 없는데, 그들과 한판 붙자는 겁니까?"

"단군 폐하! 조정의 공론을 모으려 하오니 잠깐 자리를 피해주시옵소서."

신지가 여쭈는 말에 단군이 화답했다.

"아니, 왜 그러십니까? 그저 간단하게 결정 지으면 될 것을 가지고 말입니다."

"아니옵니다. 그리하시옵소서."

고시, 성조, 팽우, 그리고 하백녀가 함께 청하는 말에 단군은 그 요청을 받아들였다. 단군이 자리를 떠난 이후 신지가 입을 열었다.

"단군 폐하께서 왜 그리 말씀하시는지를 아시겠습니까? 조정 대신인 우리가 너무 안일하게 대처하고 있어서 질책하고 계시는 겁니다."

"그거야 나도 알겠지만 마땅한 계책이 떠오르지 않는지라……."

"계책이라니요? 죽기 아니면 살기로 싸우는 것 말고 무슨 대응책이 있다고 생각하십니까?"

신지의 신랄한 반문이었다. 신지는 천신제를 지내자고 할 때부터 이를 예측하고 있었다. 비록 그때가 빨리 앞당겨진 측면은 있다고 하더라도 언젠가 꼭 한 번은 부딪칠 수밖에 없는 필연적 수순이라고 보았던 것이다.

"그럼 그들과 전쟁을 벌이자는 것인데, 과연 이길 수 있다고 보시는 겁니까?"

"피하려고 해도 피할 수 없는 상황이거늘 어찌 이것을 외면하려고만 하시는 겁니까? 자, 보십시오. 범씨족 주변에 있었던 녹씨족과 마씨족이 어떻게 해서 복속되었습니까? 아무리 싸움을 피하려고 했지만 결국엔 당했지 않습니까? 하지만 우씨족을 보십시오. 웅씨족과 손을 잡고 일전을 불사하니 오히려 전쟁을 피하게

201

되었지 않습니까? 이게 바로 지금의 현실이라는 겁니다."

모두들 더 이상 반문하지 못했다. 그들이 두려워하고 있는 문제의 본질이 거기에 있었다. 한번 범씨족이 목표로 삼은 이상, 어떤 요구 조건을 들어주더라도 그건 아무 소용이 없었던 것이다.

"그럼, 우리에게 남은 건 결단밖에 없다는 말씀인데……. 상황이 그렇다면 그리할 수밖에 없을 것인데, 만약 우리가 그리하면 이길 방안은 있는 거요?"

"그거야 알 수 없는 일이지요. 여러분께서도 다 아시겠지만 모든 면에서 우리가 불리하지 않습니까? 단 하나 우리가 위안 삼을 것이 있다면 단군 폐하께서 이 싸움을 이끌 것이라는 사실이고, 만약 그분이 새 세상의 주인이라면 하늘은 결코 우리를 저버리지 않을 것이라는 거지요. 이게 우리 앞에 놓여 있는 분명한 현실이라는 겁니다. 여러분 어떻게 하시겠습니까? 세상의 운명을 놓고 한판 승부를 벌여보시겠습니까? 아니면 비굴하게 피하려 들다가 결국에는 우리가 이룩한 모든 것을 빼앗기고 가족들까지 무참하게 도륙당하겠습니까?"

"이런 상황이라면 우리가 무슨 결정을 하겠습니까? 이미 결정이 다 난 것 아닙니까? 오히려 어떤 측면에서는 속이 시원하기도 합니다. 적어도 우리의 대의를 내걸고 싸울 수 있을 테니까요. 아니 그렇습니까?"

"맞아요. 우리가 너무 겁을 먹고 안일하게 상황을 보았습니다. 넋 놓고 당할 바에는 차라리 한 번 싸워보기나 해야지요."

이것은 지금까지 범씨족이 보여왔던 행로를 통해 필히 나올 수밖에 없었던 결론이었다. 만약 범씨족이 다른 소국의 항복을 그대로 받아들였다면 이렇게 쉽게 합의될 수 없었을 것이다. 어쨌든 이렇게 합의가 되자 위축되었던 분위기가 다시 살아나게 되었다.

"어차피 싸울 바에야 우리가 그들의 공격을 막아내려고만 할 필요가 뭐가 있습니까? 오히려 우리가 그들에게 역공을 가할 수도 있는 거지요. 차라리 우리의 대의를 알리고 다른 나라에도 우리와 함께하도록 요청하는 편이 더 낫지 않겠습니까?"

"맞아요. 우리가 싸우더라도 좀 더 유리한 조건을 가지기 위해서는 다른 나라의 도움을 받는 것도 한 방법이지 않겠습니까? 천신족이나 웅씨족의 군사적 지원 같은 거 말입니다. 물론 그들이 도와주지 않더라도 그게 대수이겠습니까만, 그래도 범씨족 편에 서지 않는다는 것 자체가 우리에게 큰 명분을 가져다주는 거 아니겠습니까?"

"어차피 기본은 바로 범씨족과 우리의 싸움에서 결정되겠지요. 자, 그럼 우리 서둘러 군사를 모집하도록 합시다. 온 백성이 하나가 되어 싸운다면 어찌 그들을 이기지 못하겠습니까? 그들이 아무리 무서운 군사라고 할지라도 그들도 엄연히 사람일진대, 우리하고 뭐가 다르겠습니까?"

"맞아요. 우리가 얼마나 준비를 철저히 했는가에 따라 싸움의 승패가 결정 날 것입니다. 이번 기회에 그야말로 무법자처럼 행

세하던 범씨족의 호한이라는 놈의 그 기고만장한 코를 바로 우리
가 납작하게 깨버립시다.”

“그렇다면 더더욱 우리가 이러고 있을 상황이 아닙니다. 자,
자! 빨리빨리 움직여 만반의 준비를 다 하도록 합시다.”

이리하여 그들은 곧장 그 자리를 나섰다. 나라의 골간이 될 기
본 체계를 세우기 위해 노력하던 그들은, 이제 모든 것을 범씨족
과 일전을 치르기 위한 준비로 방향 전환을 하였다.

여기서 고시와 성조, 그리고 팽우 등은 우선적으로 사람들을
모집하는 역할을 주로 담당하였고, 발구루는 그들이 뽑은 사람들
을 군사적 대오로 편재하기로 하였다. 그리고 하백녀는 군대의
물자 지원을 담당하기로 하였다. 또한 신지는 여러 가지 사항들을
단군께 보고하는 한편 대외 관계에 관한 문제를 맡기로 하였다.

신지는 단군을 찾아 이런 대신들의 뜻을 아뢰었다. 어차피 일
은 이렇게 될 수밖에 없었다. 그것은 신지와 천신제를 지내자고
결정할 때부터 이미 각오한 바였다. 단군은 묵묵히 고개를 끄덕
이다가 다른 것은 다 그대로 진행하라고 한 뒤에 다음 말을 덧붙
였다.

“지금 대신들과 발구루 장군은 군사를 모집하기 위해 움직이고
있겠군요. 그런데 무엇보다 중요한 것은 싸우려고 하는 의지일
것이오. 그렇다고 한다면 대신께서는 왜 우리가 범씨족과 일전을
겨룰 수밖에 없는 이유를 백성들에게 소상하게 알리도록 조치해
주시오. 그리고 또 은밀하게 화살촉을 많이 만들도록 하십시오.”

"명을 받들겠사옵니다."

신지는 단군의 지시를 좇아 먼저 그 내용의 가닥을 잡아나갔다.

"범씨족은 지금까지 제국의 모든 나라들이 거불단 환웅을 중심으로 서로 협력하면서도 독립을 이루어 평화롭게 살아왔던 전통을 파괴하였다. 그들은 다른 나라를 침략하고 약탈을 일삼더니 급기야 이곳 아사달 지역에까지 그 야욕을 드러내기에 이르렀다.

그들은 우리 단군께서 새 세상의 주인이며 이곳 아사달에서 천신제를 지냈다는 소문만 듣고서, 어찌 천부인을 열지도 않고서 주인 행세를 할 수 있느냐며 이를 침공의 명분으로 삼는 바, 이것이야말로 적반하장 격이다. 사실 지금까지 관례로 되어왔던 천신제를 지내지 못하고 상황이 이렇게 된 원인은, 전적으로 범씨족의 호전적인 군사적 침략 때문이 아니었던가? 그렇다면 범씨족은 천신제를 운운하기 전에 먼저 이에 대해 책임을 통감하고 반성부터 하여야 할 것이다. 그런데 이들은 이에 대해서는 일언반구도 없다. 그래 놓고는 우리의 성의를 모아 축제를 한 것과 혼례식에 즈음하여 하늘에 서약한 것 등을 기화로 트집을 잡기에 이르렀다.

그들이 백성들의 몇 마디 바람을 가지고 문제 삼는다고 하는데, 도대체 그런 것이 뭐가 문제겠는가? 자기 나라의 백성들로부터 추앙을 받는 것이야 모든 수장들이 바라는 것이거늘 그것은 하등 문제될 것이 없다. 도리어 백성들로부터 지탄을 받는 것이 더 큰 문제일 것이다. 더욱이 단군이 환웅의 아들이라는 사실은 천하가 다 아는 일이거늘 무엇이 문제라고 할 수 있겠는가?

어쨌든 그것을 문제 삼는다고 한다면 이 세상에서 시빗거리가 생기지 않을 것이 어디 있겠는가? 오히려 범찌족의 호한이야말로 자신의 야욕에 불타 제 아비마저 몰라본 불한당이라고 할 수 있을 것이다. 그렇다면 바로 그가 만인의 지탄을 받고 물러나야 할 자가 아닌가? 이에 우리는 먼저 남의 허물이나 들춰내려고 할 것이 아니라, 자신의 처신부터 잘하는 것이 급선무라 여기는 바이다.

어쨌든 우리는 이런 말도 되지 않는 것을 더 이상 언급하고 싶지도 않다. 단 우리는 그들에게 분명하게 묻는다. 범찌족이 천부인을 언급한 이상 지금까지 내려온 태고의 전설을 믿고 따를 용의가 있는가? 만약 다른 속셈이 없고 그럴 의사가 있다면 남의 트집이나 잡으려 하지 말고 그 분위기를 조성하기 위해 노력하는 것이 옳을 것이다. 지금까지의 침략을 일삼은 행위를 즉각 중지하고 다음에 있을 천신제 때 정정당당하게 대결을 벌이는 것이 옳지 않느냔 말이다. 만약 그대가 열 자신이 있다면 그것을 마다할 이유가 없을 것이며, 그리고 그대가 그것을 열어 보인다면 어느 누구도 그것을 부정하지 못할 터, 그때에 그대가 새 세상의 주인이 되는 것을 우리는 진심으로 환영하고 축하할 것이다.

진심으로 바라건대 호한, 그대는 우리의 제안에 따르라. 이것이야말로 두 나라 간에 파국을 막는 유일한 길일 것이다. 만약 그렇지 않고 우리를 침략하기 위한 빌미로 삼고자 한다면 우리 또한 그것을 원하지 않지만 결단코 피하지도 않을 것이다. 거듭 경고하건대 만약 아사달에서 한 치의 땅과 한 포기의 풀이라도 건

드린다면 온 백성이 일어나 용서하지 않고 그에 마땅히 응징하고야 말 것이다. 나아가 다시는 지금까지 다른 약소국을 침략하며 약탈하는 짓거리를 더는 하지 못하도록 그 버릇을 완전히 고쳐주고야 말 것이다. 이것이 우리의 분명한 의사임을 이 자리에서 강력하게 밝힌다.

자, 백성들이여! 범씨족의 침략에 맞서 하나같이 일어나 그들을 준엄하게 응징하자!"

그러고는 신지는 이런 내용을 수하들에게 외우게 하고는 곧바로 아사달 곳곳으로 보내 널리 알리도록 하였다. 그 결과 백성들의 반응은 상상을 초월했다. 어느 누가 감히 범씨족의 호한에게 이런 배짱 있는 태도를 내보일 수 있었단 말인가? 아무리 단군이 뛰어나다고 하더라도 상황이 불리한 조건에서 그저 넘어갈 것이라고 생각했는데, 과감히 맞선 그 모습에 모두들 가슴 벅차올라서는, 바로 단군이야말로 새로운 세상의 주인임이 틀림없다면서 여기저기서 자원하기에 이르렀다. 그러니 아사달 곳곳에서 일전을 불사할 각오로 모여든 사람들로 인해 모든 부분에서 군사적 대비에 박차를 가할 수 있었다.

이런 상황에서 신지는 대외적 조건을 마련하기 위해 각국에 아사달의 입장을 전달하는 동시에 군사적 지원을 받기 위한 목적으로 사신을 급파하였다. 특히 웅씨족에 대해서는 신경을 곤두세웠다. 그들의 입장이야말로 실질적인 지원을 받느냐, 그렇지 못하느냐의 관건이 되기 때문이었다. 웅씨족이 움직이지 않는 상황에서는 천신족의 풍백 또한 군사를 내어주기가 쉽지 않을 터였다.

한편 단군의 사신을 맞은 웅씨족의 웅갈은 이상야릇한 감정을 느꼈다. 그는 벌써 천신족의 풍백이 보낸 사신을 받아들인 상태였다. 그때 풍백은 단군에게 범씨족의 호한을 달래는 안을 제시하도록 하겠지만 호한의 속셈은 침공의 명분을 만들려고 하는 것이기에, 한편으론 전란을 예견하며 웅씨족 측에 군사적 지원을 해달라고 요청하였던 것이다. 이때만 해도 웅갈은 기분이 좋았다. 무엇보다 자신의 적수라고 여기던 단군이 호한에게 고개를 숙인다고 하니 여간 고소하지 않을 수가 없었다. 더욱이 그런 상황에서는 자신이 호한에게 별 문제도 아닌 것을 가지고 아사달을 침공한다는 것은 옳지 않다고 하면서 그의 행동을 제어할 명분을 주는 것이었다. 만에 하나 그래도 호한이 이를 어기고 침략을 자행한다면 그들이 서로 상처를 입고 지쳤을 때, 군사를 몰고 가면 최후의 승자는 바로 자기 자신일 것이라고 여기며 회심의 미소를 짓고 있었던 것이다. 헌데 그의 예측은 완전히 빗나가고 말았다.

아사달 지역에서 보낸 보고에 의하면 그들은 범씨족과의 일전을 불사할 각오로 준비를 하고 있다는 것이었다. 그런데다 범씨족의 호한을 훈계하고 꾸짖기까지 하면서 이제 자신들에게도 사신을 파견해 지원을 요청하니 여간 기분이 상하는 게 아니었다.

'허허! 내 꼴이 뭐란 말인가? 내가 단군 고놈의 손바닥 안에서 놀게 생겼으니…….'

역시 단군은 만만찮은 상대였다. 그런 자가 이제야 자신의 야심을 드러냈다고 생각하니 웅갈로서는 경계하지 않을 수 없었다. 아무리 생각해도 이번 기회에 단군이 범씨족에게 아예 박살나도록 내버려두는 게 낫지 않은가 싶었다. 어차피 군사적 지원을 하지 않으면 지금 상황에서 그들이 무슨 힘으로 호한을 당해낼 수 있겠는가? 가만히 놔두면 호한이 처리해 줄 것인데, 그러면 손 안 대고 코 푸는 격이 아닌가? 그러나 이런 생각을 그의 측근 구무리가 반대했다.

"아니 되옵니다. 지금 우리에게 가장 큰 적은 호한이옵니다. 만약 호한만 제압한다면 수장님 앞을 막을 자, 그 누가 있겠사옵니까?"

"하긴 그것도 맞는 말이지! 하지만 말이야, 내가 단군의 꼼수에 움직이게 되었으니 그게 싫단 게야. 내가 중심이 되어 제국의 모든 나라를 이끌고 호한을 혼내야 하건만, 그놈이 무슨 힘이라도 있는 것처럼 나서서 설쳐대는 통에 내 꼴이 영 우습게 되었어. 이게 도대체 말이나 되는가?"

"어찌 그런 사사로운 것에 연연하시어 큰 것을 놓치시려 하옵니까? 수장님께서 먼저 생각해야 할 문제는, 천부인을 열어 제국의 주인이 되는 것이옵니다. 그것을 위한 것이라면 그런 게 뭐가 그리 대수겠사옵니까? 도리어 우리를 대신해 싸워주고 있는 것이 얼마나 잘된 일이옵니까?"

"그래도 단군이란 놈은 맘을 놓아서는 안 돼. 그놈의 속은 너무나 깊어 그 음흉함을 쉽게 알 수가 없단 말이야. 조금만 방심해도

209

그놈은 안 된단 말이야."

"그자가 아무리 날고뛴다고 하더라도 천부인을 열 만만의 준비를 다해온 수장님을 당해낼 재간이 있겠사옵니까? 그런데 호한은 바로 그런 것을 무시하고 힘으로 밀어붙이려는 것이옵니다. 그렇게 되면 골치 아파질 겁니다. 사실 단군이 이리 나오고 있는 것도 그가 무슨 꿍꿍이속이 있어서 그런 것이겠사옵니까? 어차피 호한이라는 놈이 무지막지하게 달려들 것이 분명하고……. 전쟁을 피할 수 없으니 그리 나오는 것이지요."

"하긴 자기가 무슨 수가 있겠어? 그리고 보면 단군이란 놈은 고지식하기 짝이 없어. 아, 이런 상황에서 맞붙자고 나오는 걸 보면 말이야. 좀 물러설 수도 있을 텐데 말이야."

어쨌든 단군이 범씨족과 일전 불사의 입장을 견지하고 있는 상황에서, 이제 전쟁은 더 이상 피할 수 없는 명제가 되어 버렸다. 그러니 웅씨족 또한 이런 상황에서 어디 편에 설 것인가를 강요받을 수밖에 없었다. 그들의 입장에서 썩 내키지는 않았지만 단군의 편에 설 수밖에 없었다. 그만큼 웅씨족 또한 범씨족의 군사력을 두려워했고, 궁극적으로 그들 또한 범씨족과 일전을 겨뤄야 하는 상황이었으니, 범씨족의 힘을 약화시키는 방향으로 나갈 수밖에 없었던 것이다.

마침내 웅씨족에서도 군사 징집령이 내려지면서 부산하게 움직이기 시작했다. 그리고 언제든지 출동할 수 있는 만반의 대비태세를 갖춰가기 시작했다. 범씨족이 아사달 지역에 시비를 걸면서 단군 진영도 군사적 준비를 하게 되고, 나아가 천신족과 웅씨족도 그 길에 합류함으로써 제국에서 나라들 간의 전쟁은 피할 수 없는 상황으로 치달아갔다.

6

무법전사들과의 한판승부

범씨족의 호한은 아사달 지역의 소식을 전해 듣고는 노발대발
했다. 피라미 같은 아사달이 자신의 말에 고분고분 해도 봐줄까
말까 할 텐데, 감히 맞서겠다고 준비하고 있다는 것이었다. 그들
이 자신의 위엄에 도전해온다는 사실에 그는 자존심에 상처를 입
고 화가 나 있었다. 그런데 이제는 그런 아사달이 사신까지 보내
와 도리어 자신을 훈계하고 나오자 참았던 화를 터뜨리고 말았
다. 그는 아사달 사신의 목을 그 자리에서 베어버렸다. 이건 유례
가 없는 일이었다. 그만큼 그의 분노는 하늘을 찌를 듯했다. 그러
고도 분이 풀리지 않자, 그는 곧바로 군사를 출동시켜 단숨에 아
사달을 제압하려고 하였다. 하지만 그의 참모 모사모가 한사코
말렸다.

　"수장님, 이제 모든 명분이 우리에게 있사옵니다. 이제 주워 담
기만 하면 되는 것이온데, 왜 그리 서두르시옵니까?"

"그럼, 내가 저 단군 놈의 눈꼴사나운 모양새를 그냥 지켜보란 말이냐? 당장 저놈을 쳐 죽여도 시원찮은 판국에 말이야."

자기 분을 못 이기는 듯 호한이 씩씩거렸다.

"아직 머리에 피도 채 마르지 않은 어린애가 어찌 수장님의 적수가 되겠사옵니까? 저들이야 단숨에 해치울 수 있을 것이옵니다. 하오나 문제는 저들이 아니라 바로 천신족과 웅씨족이옵니다. 저들은 우리가 무작정 아사달을 공격하면 그것을 핑계로 삼아 이 일에 개입하려 들 것이옵니다. 그것을 미리 차단해야 하옵니다. 그런데 아직 세상 물정을 모르는 단군이 자충수를 두었으니 이것이야말로 절호의 기회가 아니겠사옵니까? 빌어도 궁지에서 빠져나올 수 있을까 말까 하는 마당에 도리어 큰소리치는 격이니, 이제 풍백도 더는 어찌할 수 없을 것이며 웅갈마저도 우리의 대의에 따를 수밖에 없지 않겠사옵니까? 이제 바로 거기에 마지막 쐐기를 박아야 하옵니다. 우리의 군사적 조치에 모든 나라들의 동참을 권유하기만 하면 되는 것이옵니다. 그동안 잠시 기다리시면 되는 것이옵니다."

"좋아, 좋아! 하지만 많이 기다릴 수 없으니 빨리 처리하도록 해라. 내 저 단군 놈의 꼬락서니를 보고 있자니 밸이 꼬여서 더는 못 보겠단 말이다."

이리하여 범씨족은 즉각 각 나라에 사신을 파견했다. 단군이 천부인도 열지 못해놓고는 감히 세상의 주인이라도 되는 양 행세하면서 그걸 반성하기는커녕 도리어 적반하장 격으로 날뛰고 있으니, 거불단 환웅의 유지를 받드는 제국의 모든 나라와 군사들은 이를 징계하고자 일어선 의로운 범씨족의 군사 행동에 동참하기를 권유한다는 내용을 사신을 통해 전달했다. 그러고는 이에 호응하기를 기다렸다. 명분상 아무도 거역할 수 없을 것이기에 군사적 지원은 하지 않더라도 지지할 것이라고 내심 기대하고 있었다.

이윽고 웅씨족의 사신이 도착하였는데, 그자가 전한 웅갈의 말에, 호한은 어찌나 분통이 터지는지 손이 부들부들 떨리기까지 했다. 웅갈의 말은 한마디로 경고였다. 자신들이 알아본 바에 의하면 아무것도 모르는 몇몇 사람들이 하는 유언비어에 불과하니 그것을 가지고 뭐라 할 수 있는 게 아니라는 것이었다. 그래도 일정하게 단군에게 책임이 없다고는 할 수 없는데, 그것 또한 앞으로 단속하겠다고 하니 범씨족의 우려도 씻길 것이라고 했다. 그리고 범씨족이 거불단 환웅의 유지를 받아들인다고 하였으니 앞으로 이에 호응하기 위해 다른 나라를 침략하는 행위를 중지하고 누가 천부인을 열 수 있는지를 정정당당하게 겨뤄보기 바란다는 것이었다. 만약 그렇지 않고 계속 침략 행위를 일삼는다면 자신들 웅씨족은 불가피하게 거불단 환웅의 유지를 받들어 제국의 평화와 안녕을 위해 용맹스러운 그들의 군사를 동원할 수밖에 없다는 것을 분명히 밝혔다.

"단군이라는 피라미가 달려드니 이제 웅갈이라는 놈마저……."

그러고는 호한은 모사모 참모를 불러 큰소리로 꾸짖었다.

"내 네놈의 말을 들었다가 이 꼴이 뭐가 되었느냐 말이다! 기다릴 것 없이 바로 쳤어야 하는 건데, 오히려 시간을 주었더니 지금 이들이 나에게 하는 꼴을 봐라. 개나 돼지나 다 내게 달려들고 있지 않느냐?"

"소신이 잘못 보필한 죄 죽어 마땅하옵니다. 하오나 지금 분명한 사실은 모두들 호한 수장님을 두려워하고 있음이옵니다. 그러니 저들은 모두 우리를 경계하고 있는 것이옵니다. 그 점을 미처 생각해두지 못했사옵니다."

"그런 잡소리는 집어치워라. 이제 너의 말은 필요 없다. 저놈들한테 필요한 것은 무조건 내 무서움을 직접 보여주는 것이야. 닥치는 대로 죽여야 정신을 차릴 것이야. 그래 누구부터 해줄까? 아무래도 지금 제일 기고만장한 놈은 웅갈이겠지. 그놈을 잡아 족치면 아마 누구도 감히 나한테 대들지 못할 것이야. 아니지, 피라미 같은 단군 놈이 나한테 훈계하는 것을 보면 그놈부터 처리해야 할 텐데. 그놈이 이 모든 발단을 만들어놓은 거야. 아니야, 그 두 놈을 한꺼번에 해치워야 해."

호한은 자기 분에 못 이겨 누구부터 처리해야 할지를 두고 발을 동동 굴렀다. 눈앞에 있기만 하면 당장 두 놈을 해치워버리고 싶은 마음만 굴뚝같았다. 그만큼 그는 흥분하고 있었다. 참모 모사모는 행여 잘못 말했다가 무슨 변을 당할지 몰라 잠자코 있었다. 하지만 하도 호한이 우왕좌왕하며 갈피를 잡지 못하자 다시 입을 열었다.

"수장님, 지금 모든 제국들이 우리를 두려워하며 연합전선을 펴고 있사옵니다. 이런 상황에서는 손쉬운 적부터 처리해야 할 것이옵니다. 그런 다음 여세를 몰아 웅씨족과 천신족을 처리하시옵소서."

"그래, 그게 좋겠어. 그리고 이번에야말로 우리 범씨족이 얼마나 무서운지를 똑똑히 보여주도록 하겠어."

그러고는 모든 군사들에게 곧바로 출격할 수 있는 준비를 갖추라고 지시하고는 마타리, 기사마, 수리도, 그리고 부거 등을 불러들였다. 이들은 그야말로 살인적인 범씨족의 훈련 속에서 살아남았을 뿐만 아니라 그중에서도 무예 대련을 통해 직접 뽑혀 호한의 눈에 들었던 자들이었다. 이들은 지금껏 개별적으로 출동한 적은 있었으나 이렇게 한꺼번에 나간 적은 없었다. 그만큼 범씨족의 군사력이 강력하였기에 그들의 개별적인 출격에도 어느 누구도 막지 못했던 것이다. 이번에 호한이 어찌나 화가 치밀었는지 단단히 마음먹고는 그들 모두를 호출하고 있었다.

"수장님, 부르셨사옵니까? 명만 내리시옵소서."

"역시 너희들이야말로 내 믿음직한 용장들이야. 너희들은 즉시 동서남북의 네 선봉부대를 맡아 먼저 단군의 영지로 출발하라. 나도 곧장 뒤따라갈 것이다. 어쨌든 내 분명히 명하건대 이번 전투에서는 그곳에 살아 있는 모든 것들을 다 죽여버리도록 하라. 심지어는 풀 한 포기조차 살아남지 못하도록 완전히 짓밟아라. 알겠느냐?"

"명을 받들겠사옵니다."

네 사람이 각기 다른 선봉부대를 이끌고 떠나자, 호한도 곧장 본대의 군사 앞에 나섰다. 어차피 단군은 상대가 되지 않을 것이기에 더 이상 시간을 줄 필요가 없었다. 그러나 이번에야말로 범씨족의 진면목을 보여주기 위해 자신이 직접 군사를 이끌기로 하였다.

"용맹스러운 군사들이여! 아직 젖비린내 나는 단군이라는 작자가 하늘의 뜻을 몰라보고 감히 우리 범씨족에 도전해왔다. 내 이를 응징하고자 의롭게 일어섰으니 병사들은 범씨족의 전사로서 용맹스러운 기상을 맘껏 시위하도록 하라! 우리의 대의에 따르지 않는 자는 그 말로가 어떻게 되는지, 그들의 두 눈으로 똑똑히 보여주도록 하라! 자, 출정하라!"

이미 진격 명령만 기다리고 있던 범씨족의 군사는 호한의 명이 떨어지기가 무섭게 아사달 지역으로 향해 나갔다. 이들은 이미 소국을 점령하는 과정 중에 한 번도 진 적이 없던 무적의 군사였던지라 거칠 것이 없었다. 그들이 달려 나가는 무서운 기세 앞에 모든 것은 벌벌 떨었다. 그만큼 그들의 사기는 드높았고, 군사 한 사람마다 범처럼 무시무시하게 단련된 고수들이었던 것이다. 더욱이 이미 화가 날대로 난 호한은, 단군의 지역 사람들을 모조리 몰살시켜버리라는 명을 여러 번 내린 뒤였다. 이미 살인과 약탈을 밥 먹듯이 해온 군사들인지라 그들은 하나같이 피를 빨아먹는 악귀처럼 흉물스런 인상을 하고는 달려 나갔다. 그들의 얼굴만 보더라도 누구도 감히 고개를 들 수 없을 정도였다. 그러니 한번 그들의 침략을 당해본 사람들이라면 그들을 그 어떤 악귀보다도 더 무서워했다.

단군의 영지에 이르니 이미 마타리, 기사마, 수리도, 그리고 부거 등이 언제든지 명만 내리면 출격할 태세를 갖추며 대기하고 있었다. 단군 진영에서도 그들이 공격하려고 온 것을 알았는지 벌써 그들에 맞서 싸우려고 대비하고 있었다. 지금까지의 소국들과는 달리 그들은 이미 방책까지 두르고 있었는데, 일전을 각오한 듯 그 기세도 사뭇 사나워 보였다.

하지만 단군 진영을 바라본 호한은 코웃음을 치지 않을 수가 없었다. 무슨 나뭇가지와 같은 저런 방책으로 자신들을 막으려고 하다니 가소로울 수밖에 없었다. 더욱이 그들이 무장하는 꼴을 보니 기마병이나 보병의 구분도 없고, 단지 허름한 농사꾼 같은 옷차림에 무기인지 농기구인지 구분이 안 갈 정도의 것들을 손에 들고 있었다. 반면에 범씨족의 군사들은 기마병이고 보병이고 간에 다 한결같이 무예가 고강한 정예 군사였을 뿐만이 아니라, 무장에 있어서도 검이나 창 등은 기본이고 심지어 삼지창이나 철추 같은 무시무시한 무기들을 갖추고 있었다. 그런 데다 여러 가죽이나 쇳조각으로 몸을 가리기 위한 방어용 의류도 제작하여 착용하고 있었다. 한눈에 봐도 전력상의 차이가 크게 난다는 것을 확인할 수 있었다.

호한이 나서서 우렁차게 호령했다.

"저런 무지렁이를 데려다 우리의 용맹스러운 군사를 막으려 하다니 가소롭기 짝이 없구나. 범씨족의 전사들이여! 저들을 단숨에 공격하라. 단군을 사로잡거나 죽이는 자 큰 포상을 내리리라. 자, 무적의 군사, 무법 전사 호랑이는 당장 저들을 짓밟아라! 한 놈도 살려두지 마라."

호한은 이미 어떤 계책도 필요 없이 곧바로 명령을 내렸고, 그 호령에 범씨족의 군사는 범처럼 으르릉 포효하며 달려들었다. 그 기세가 어찌나 날카로운지 산천초목도 덜덜 떠는 듯했다.

하지만 단군 진영의 군사 또한 만만치 않았다. 다름 아닌 단군의 군사 무관이자 경호대장인 발구루가 그들을 이끌고 있었던 것이다. 어쩌면 단군 진영에서 군사적 책임을 지고 수행할 수 있는 사람 가운데 가장 믿을 만한 자였다. 그래서 단군은 그를 국경의 수비를 맡아 제일 먼저 범씨족을 맞아 싸우도록 명했던 것이다.

서로 피를 튀기듯 전투가 시작되었다. 하지만 너무나 큰 전력상의 차이는 아무리 군사 지휘관의 능력이 뛰어나다고 하더라도 어찌 해볼 수는 없는 것이었다. 각기 군사들의 무예는 물론이고 무장의 정도까지 현격하게 차이가 나니 벌써 발구루의 군사 대오는 쓰러지고 있었다. 발구루가 이끌고 있는 군사들 중 소수를 제외하고는 대다수가 지원병에 의해 급조된 병사들이었으니 당연한 결과였다. 그러니 범이 날카로운 발톱을 앞세워 순식간에 할퀴고 지나가며 적을 쓰러뜨리듯 발구루의 군사들은 범씨족 군사들의 예리한 무기들에 하나둘 쓰러졌다.

그런데도 발구루의 군사들은 쉬이 무너지지 않았다. 도리어 일진일퇴의 양상까지 벌어졌다. 도무지 있을 수 없는 일이 벌어지고 있었던 것이다. 이것은 단군 진영의 사람들이 죽음을 각오하고 싸우려는 강인한 의지 때문이었다. 지금껏 다른 소국의 군사들은 범씨족의 칼날에 맥없이 쓰러지거나 대부분 전의를 상실하고 줄행랑을 놓기에 바빴다. 그러다 보니 범씨족은 처음 몇 번의 칼날만 휘두르고 난 다음에는 거의 일방적으로 살육하며 전쟁을 치렀다. 하지만 단군 진영의 군사들은 칼을 맞고서도 번번이 일어나 싸웠다. 전투에 졌을 때 범씨족에게 당하는 말로가 어떤 것인지를 너무도 잘 알았기에 자신과 가족들의 생명을 지키기 위해 그들은 안간힘을 쓰고 있었던 것이다. 그러니 싸움은 처절할 수밖에 없었다. 하지만 범씨족의 정예 군사와 직접적인 대결은 애초부터 승산이 없었다. 칼과 철추에 머리가 깨져가면서 범씨족의 군사들을 막았지만 인정사정없이 거대한 살인기계처럼 살육해오는 그들의 공격을 막아낼 수는 없었다.

마침내 도저히 안 되겠다 싶었는지 단군의 군사들은 후퇴하기 시작했다. 범씨족의 군사들은 참으로 끈질긴 놈들이라고 혀를 내두르면서도 그들을 한 사람이라도 더 죽이기 위해 뒤쫓으며 추격하였다. 그러나 이쪽의 지형에 익숙한 단군의 군사들이 그것을 이용하여 빠르게 도주했기 때문에 따라잡을 수는 없었다.

호한은 잠시 군사들을 멈춰 세웠다. 아무래도 단군이 정면 승부로 승산이 없다고 판단하여 기습전을 전개할지도 모른다는 생각이 들었던 것이다. 그러고는 정탐꾼에게 단군 진영의 움직임을 파악해올 것을 명하고는 나머지 군사들에게는 그것이 가옥이든 뭐든 눈에 보이는 모든 것들을 불태워 없애버리도록 하였다. 자신이 천명한 대로 풀 한포기 나지 못하도록 철저하게 짓밟으라고 재차 지시했다. 단군의 진영을 초토화시키면서 점차 전진한다면 그가 더 이상 도망가지 못하고 결국 나타나리라고 보았던 것이다.

이런 가운데 정탐꾼들이 돌아와 보고하였는데, 아사달의 도성에 해자 같은 것을 파놓고 성책을 높이 쌓은 것으로 보아 그쪽으로 퇴각할 것이 명확해 보인다는 것이었다. 그렇다면 그들의 기습전을 염려할 이유는 없었다. 오히려 기습한다고 해도 얼마든지 상대할 수 있을 것 같았다. 도리어 그 정도 군사력으로 자신들을 상대하려 하다니 비웃음만이 나올 뿐이었다.

그는 즉각 단군을 사로잡을 때까지 계속 추격하고자 했다. 단군을 사로잡아 직접 자신의 손으로 죽이는 것은, 자신의 명을 거역했을 때 어찌 되는지 세상 사람들에게 명확히 보여주고자 함이었다.

바로 그때 범씨족의 지역으로부터 긴급한 파발이 당도했다. 그것은 단군의 군사들이 범씨족 지역을 급습하여 공격하고 있다는 것이었다. 호한은 갑자기 뒤통수를 맞는 기분이었다. 자신들의 지역이 공격받으리라고는 지금껏 한 번도 생각하지 못했던 것이다. 그 누구도 범씨족의 영토를 감히 넘본 세력은 없었다. 그만큼 범씨족은 강력했고, 그런 자부심이 있었기에 영토 방어에 대해서는 크게 걱정하지 않았던 것이다. 그런데 단군의 세력들이 공략해 왔다고 하니 내부 사정이 더욱 걱정되었다. 그럴수록 그는 자신의 위엄에 상처를 입는 것 같아 분노를 토했다.

"내 단군 이놈을 꼭 잡아 죽이고 말 것이다. 그래, 그 수는 얼마나 된다고 하더냐?"

"그 수는 많지 않사오나 워낙 신출귀몰하게 움직인지라 상대하기에 여간 까다롭지가 않사옵니다."

"이놈이 우리의 공격을 정면으로 막을 수 없으니까 그것을 멈추게 하려고 그런 얄팍한 술수를 쓰는 모양인데, 어림도 없다. 내 너를 기필코 끝까지 추격해서라도 죽이고 말 것이다."

그러고는 부거로 하여금 시급히 해결하도록 일부 군사만 딸려 범씨족 영토로 보냈다. 아무리 그 수가 적다고 하더라도 내부가 유린당한 꼴을 보일 수는 없었기에 최소한 부거 정도의 사람을 보내야 안심되었던 것이다. 더욱이 이런 정도의 단군의 군사라면 부거가 없이도 능히 상대할 수 있었던 것이다.

더욱 독기를 품으며 호한은 단군에 대한 추격 명령을 내리려 하였다. 그런데 이번에는 또 다른 급보가 전달되었다. 천신족의 풍백이 이끌고 온 군사가 범씨족의 국경 근처에 집결하고 있다는 것이었다.

"이놈들이 아예 작당을 하고 사방에서 나를 공격해오는구나. 끝장을 보자고 하는 모양인데, 내 그렇게 해줄 것이다. 내 너희들 군사가 온다고 해서 무서워할 것 같으냐? 어림도 없다. 우리 범 씨족이 그렇게 호락호락 당할 줄 아는 모양인데, 그건 오산이다."

이번에는 기사마에게 군사를 보내 풍백을 막도록 했다. 아무리 천신족이 이빨 빠진 호랑이라도 해도 아직은 만만히 볼 수 있는 상대가 아니었던 것이다. 그렇다고 해서 그 자신이 되돌아갈 생각은 하지 않았다. 지금 풍백이 아사달 지역에 군사를 보내지 않는 것은 바로 범씨족의 군사를 되돌리려는 의도라고 보았던 것이다. 더욱이 한번 빼든 칼은 호박이라도 찔러야지 여기서 후퇴한다는 것은 그의 자존심이 허용하지 않았다.

호한은 직접 단군의 추격을 선두에서 지휘하며 외쳤다.

"내 이미 단군을 잡으려고 작정한 이상 이대로 멈출 수는 없다. 단군을 사로잡거나 그를 죽이는 자에게는 큰 포상을 내릴 것이다. 자, 용맹스러운 전사여! 전진하라!"

풍백의 군사가 달려온 이상 시간을 지체할 수 없었으니 최대한 빨리 전투를 끝내야 했다. 그래서 그는 한시라도 빨리 끝장을 보려는 심산으로 달려들었다. 그러나 단군의 군사는 일전의 쓰디쓴 패배를 맛보았기 때문인지 그들이 나타나기만 하며 계속 줄행랑을 놓기만 하였다. 이에 호한은 크게 소리치며 계속 추격해왔다.

"그렇게 배짱 좋게 굴더니 도망치며 숨기만 하는 것이냐? 이제 보니 단군 네놈은 비겁자인 게 분명하구나. 네가 정말 사내대장부라면 이리 나와 정정당당하게 겨뤄야 할 것이 아니냐?"

한편 호한의 끈질긴 추격에 단군의 진영은 거의 기진맥진했다. 그들보다 더 많이 뛰고 더 많이 움직여야 하니 추격이 계속될수록 지칠 수밖에 없었다. 더욱이 범씨족의 내부 기습이 이루어지거나 천신족의 군사가 범씨족의 국경에 집결하게 되면 그 공세의 수위가 수그러질 줄 알았는데, 도리어 그 반대가 되고 있었으니 이러다간 결국 도망치다가 죽는 게 아닌가 하는 생각이 고개를 들기 시작했다. 치고 빠지는 전술도 아니고 그저 그들을 보기만 하면 줄행랑부터 놓게 되니, 그것은 차차 범씨족 군사에 대한 두려움을 불러일으키기 시작했다. 실상 자신들의 초라한 무기에 비해 범씨족의 으리으리한 무장과 뻔득이는 칼날을 보면 도저히 이길 수 있을 것 같지가 않았던 것이다.

이렇게 두려움이 한번 들기 시작하니 점차 통제가 어렵게 되고 혼란스러운 조짐마저 나타났다. 어쩌면 이것은 당연한 결과이기도 했다. 지금 단군의 군사는 사실상 훈련을 정식으로 거친 군사가 많지 않았고, 단지 단군이 지금껏 보여왔던 신통력을 믿으며 이길 것이라는 막연한 생각으로 참여한 지원군이 많았던 것이다. 아니, 어쩔 수 없이 자신과 가족의 생명을 지키기 위해 싸울 수밖에 없는 상황에서 일어섰던 것이다. 하지만 전쟁이라는 것이 단순히 의지만 가지고 되는 것이 아니지 않는가? 그런데다 처음 전투에서 무참히 깨지고 난 다음 계속 도주만 하게 되니 단군의 신통력이라는 것도 불현듯 의심이 들기 시작했던 것이다.

점차 군사들 사이에서는 천신족의 군사도 별 도움이 되지 못한 상황에서 이제 기댈 만한 것은 웅씨족의 군사뿐이라고 생각했다. 그런데 어찌된 영문인지 웅씨족의 지원군 소식은 전혀 들리지 않았다. 그러니 도성으로 아예 퇴각하여 방어하자는 생각을 은연중에 드러내고 있었다. 그곳은 해자까지 파놓은 데다 성책까지 높이 쌓은 난공불락의 요새라고 생각되었기에 그곳이 가장 안전하다고 판단한 것이다. 허나 그것은 완전히 수세에 몰리는 작전이었으니 섣불리 사용할 수가 없었다.

이런 상황에서 분위기가 심상치 않게 돌아감을 간파한 발구루가 단군을 찾아와 청을 올렸다.

"단군 폐하! 소신이 저들을 맞아 싸우겠사오니, 그리하게 해주시옵소서."

"장군께서는 싸우지 못해 몸이 근질근질 하는가 봅니다. 이런 상황 속에서도 그런 소리가 나오니 말입니다."

"그게 아니오라 지금 형편에서 더 이상 이대로 피하기만 하면 범씨족의 군사 때문이 아니라 우리 내부 자체가 허물어질 것 같기에 그리 말씀드리는 것이옵니다. 모두들 지금 겁을 집어먹고 있사옵니다."

"하긴 저 무법 전사와 같은 범씨족의 군사 대오를 보고 두려움을 느끼지 않는다면 어찌 그게 사람이겠소?"

단군이 너무도 태연하게 인정하는 말에 발구루는 의아하기만 했다. 사실 그는 단군이, 호랑이를 잡을 때 그 사나운 기질 때문에 직접 맞대응하면 많은 상처를 입을 수도 있어서 그들이 방심하도록 깊숙이 끌어들인 뒤에 포위하여 잡으려는 의도로 이해하고 있었다. 그래서 지금껏 계속 끌어들이고 있었던 것이다. 하지만 지금의 상황은 원래 예측한 것과 완전히 달라지고 있었다. 범씨족은 그들 내부의 기습 공격이나 천신족의 군사 집결에도 전혀 아랑곳하지 않고 도리어 기세를 높이며 추격해오고 있었고, 반면에 이쪽의 군사는 피로에 지친 데다 잔뜩 겁마저 집어먹고 있었다. 이러다간 전투다운 전투 한번 해보지 못하고 쓰러질 판이었다. 이런 상황에서 어느 누구도 단군을 위해 싸워줄 수 있는 사람이 없으니 자신이라도 나서야만 한다고 생각한 것이다.

"단군 폐하, 범씨족과 일전을 겨루기 위해서는 지금 군사의 사기를 진작시켜야 하옵니다. 그러자면 저들과 한번은 부딪혀야 할 것이옵니다."

"알겠소이다. 장군 말처럼 어찌 피하기만 해서야 전쟁에서 이길 수 있겠소이까? 이제 장군의 말대로 몸을 풀 때가 된 것 같소이다."

단군이 더 이상 물러설 수 없다고 판단했는지 주위의 형세를 훑어보았다. 실상 단군이 격전지로 상정해놓고 있었던 곳까지는 범씨족을 더 끌어들여야만 했다.

"이곳은 원래 예정한 곳이 아니지 않사옵니까? 소신이 저들을 유인해 올 것이오니 출정을 윤허하여 주시옵소서."

"그건 아군의 피해만 줄 뿐 어떤 사기 진작에도 도움이 되지 않을 것입니다. 되려 잘못하면 자멸할 수도 있습니다. 그리고 결국 전쟁이란 건 사람이 하는 것인데, 이제 더 이상 물러설 수가 없다는 거야 장군도 잘 아시지 않습니까? 피할 수 없는 일전이라면 과감하게 부딪쳐야지요. 아무튼 이곳이 우리에게 모든 면에서 불리하지만은 않은 모양입니다. 양쪽에 협곡이 있는 것으로 보아 그런 대로 적군을 포위하여 공격할 수 있는 주변 산세는 갖춰진 셈이니까요."

"그러면 여기서 정말로, 이 불리한 곳에서 결전을 치르시려는 것이옵니까?"

"아마도 이번 전쟁은 이곳의 전투가 승부를 결정짓게 되지 않겠습니까? 이것이 운명이라면 모든 걸 걸고 싸워야지요. 어쨌든 군사들에게 활 쏘는 훈련은 대비시켰겠지요. 또 1-3-9 부대 체계에 대해서도 말입니다."

단군은 범씨족과의 대결을 염두에 두고 원거리 살상 능력을 높이기 위해 특별히 단궁檀弓을 고안하여 제작하도록 하였던 것이다. 또한 근거리 접전을 위해 1-3-9 부대 체계를 이용하도록 하였다. 1-3-9 부대 체계는 한 사람을 세 사람이 상대하게 하거나, 그것도 아니 되면 아홉 사람이 상대하게 하여 수적인 면에서 적을 순식간에 제압하는 전술이었다. 이것은 범씨족의 군사들이 하나같이 무예가 뛰어난 고수들인지라 이들을 상대하기 위해 단군이 머리를 짜내며 비밀 전략으로 준비시켰던 것이다. 그러나 아직까지 범씨족에 그 무기를 숨기며 사용하지 않고 있었다. 그리고 그 성과를 실험하기 위해 발구루로 하여금 직접 국경에서 부딫쳐 그 전력을 탐색토록 하였던 것이다. 하지만 예상외로 범씨족의 전력이 막강했던 것이다.

"물론이옵니다. 모두들 고강한 무예로 단련되지는 못했사오나 그건 만큼은 걱정하지 않으셔도 될 것이옵니다."

"좋습니다. 그럼, 한번 움직여 볼까요."

그러고는 단군은 우왕좌왕하고 있는 군사들 앞에 나서서 큰소리로 외쳤다.

"자랑스러운 아사달의 군사들이여! 이제 결전의 때가 다가왔습니다. 드디어 사나운 호랑이를 포획할 때가 되었습니다."

단군의 말에 군사들은 어리둥절했다. 아무리 봐도 지금 자신들이 불리한 상황임에도 오히려 유리한 것처럼 말하니 도무지 이해할 수가 없었던 것이다. 단군은 사나운 호랑이를 사로잡으려면 그놈을 그물망에 몰아넣어야 하는데, 그러자면 호랑이를 방심하게 하면서 유인해야 한다고 말했다. 그래서 지금까지 자신들이 계속 후퇴를 거듭하였으며, 범씨족의 호한은 그게 속임수인지도 모르고 물불 가리지 않고 자신들을 쫓아오는 것에 혈안이 되어 있으니, 이미 승부는 난 것이나 다름없다고 얘기해 주었다. 그러고는 다시 말을 이었다.

"자, 이제 나는 사나운 호랑이를 포획하기 위해 선봉에 설 것입니다. 그러면 여러분은 나를 믿고 따를 수 있겠습니까?"

그때서야 사람들은 지금껏 단군이 일부러 그래왔다는 것을 알고는 함성으로 화답했다. 그렇지 않고서야 자신이 선봉에 선다고 감히 말할 수 없을 것이라고 보았던 것이다.

"좋습니다. 하늘의 뜻은 분명 우리 아사달에 있을 것입니다. 자, 의로운 아사달의 군사들이여! 우리의 운명과 아사달의 운명과 새 세상의 운명과 하늘의 운명을 승리로써 맞이합시다."

다시 한번 기세 높은 함성이 이어졌고, 단군은 그것을 이어받아 신속하게 명을 내렸다.

"자, 그러면 지금껏 훈련해온 대로 1-3-9 부대 체계를 유지하고 단궁을 철저하게 준비하면서 각자 위치로 신속하게 움직이시기 바랍니다."

그의 말이 떨어짐과 동시에 1-3-9 부대 체계로 정비된 대오는 각 지휘관의 지시에 따라 순식간에 움직이기 시작했다. 도무지 지금껏 패잔병처럼 움직였다는 것이 믿기지 않을 지경이었다. 벌써 두 부대는 범씨족을 끌어들여 협공할 계획에 따라 즉시 이동하였다. 그것을 본 단군은 후미에도 군사를 매복하게 하고는 나머지 부대만을 직접 이끌고 범씨족이 사나운 기세로 밀고 나오는 정면으로 돌진했다.

호한이 단군이 직접 나섰음을 알고는 큰소리로 외쳤다.

"이제야 나타났구나! 지금껏 쥐새끼처럼 요리조리 도망을 잘도 치더니, 이제 더 이상 갈 데가 없는 모양인 걸 보니 이제 너의 운명이 다한 게로구나."

"어찌하여 너는 네 한 치 앞의 운명도 내다보지 못하면서 남의 운명을 걱정하고 있느냐? 네 운명을 알았다면, 지금이라도 늦지 않았다. 내가 네 살길을 열어줄 터이니 순순히 돌아가도록 하라!"

"아니, 이놈이? 아무리 입이 비뚤어졌어도 말은 바로 하랬다고 했거늘, 네가 나의 살길을 열어줘? 네가 내 공격을 받고도 그리 말할 수 있는지 어디 한번 보자구나. 여봐라. 저놈을 당장 잡아오 너라."

호한의 호령에 범씨족의 군사들은 이제야 싸울 맛이 난다는 듯 악마의 정령처럼 무자비하게 달려들었고, 이에 맞서 단군의 군사 들도 그에 지지 않는다는 듯 맞받아쳐 나갔다. 실로 기세와 기세 의 대결이라 할 만했다. 그럴 수밖에 없는 게 호한의 군사들이야 이미 그 전력이 어느 정도인지 말할 필요도 없었지만, 이에 대적 한 단군의 군사 또한 지금까지의 군사와는 확연히 달랐던 것이 다. 그들은 바로 웅씨족의 비왕일 때부터 같이해 온 정예 군사들 이었으니 결코 범씨족의 군사에 뒤지지 않았던 것이다.

서로 간에 군사들은 곰과 범이 날카로운 송곳니와 억센 발톱으 로 물어뜯고 할퀴듯 그들 또한 적수를 단칼에 제압하기 위한 살 수를 가차 없이 던지며 생사를 건 혈투를 벌였다. 어느새 곳곳은 난자당한 피로 물들고 있었다. 하지만 역시 범씨족의 군사들은 무시무시했다. 단군의 정예 군사라 하는 병사들마저 점차 밀리고 있었던 것이다.

이에 단군은 좀 더 시간을 끌었다간 더 많은 사상자가 날 것이라 여기고는 후퇴명령을 내렸다. 이를 본 호한이 목소리를 높였다.

"어디를 도망가려 하느냐? 여기서 끝장을 봐야지. 여봐라! 단군이 도주한다. 저놈을 잡아라!"

단군의 정예 군사들마저 자기들 앞에서는 아무것도 아니라는 것을 자랑스럽게 여긴 듯 범씨족의 군사들은 계속 추격해왔다. 그 거리는 실로 얼마 되지 않았다.

마침내 단군은 범씨족의 군사들이 유인하고자 한 곳으로 이르자, 그때를 놓치지 않고 돌연 반격명령을 내렸다. 그와 동시에 후미와 양옆의 협곡에서 매복해 있던 군사들이 단궁을 날리며 협공해 들어왔다. 그러자 그토록 강력했던 범씨족의 군사가 하나둘씩 쓰러지기 시작하면서 그 예봉이 무디어지며 꺾이기 시작했다. 아무리 강력한 군사라고 하더라도 탄력이 강한 단궁을 삼면에서 빗발처럼 쏘아대니 어찌 해볼 수가 없었던 것이다.

마침내 강력하게 마지막 일격을 가하듯 삼면에서 우우 함성을 지르며 그들을 포위하고는 일제히 공격해 들어갔다. 한 사람을 상대로 세 사람이, 아니 아홉 사람이 달라붙으면서 제압해 들어가기 시작했던 것이다. 그 모습은 꼭 호랑이가 완전히 그물망에 걸려 옴짝달싹 못 하는 형국처럼 보였다.

이것으로 모든 승부가 끝나는 것처럼 보였다. 하지만 이것은 착각이었다. 도저히 있을 수 없는 일이 벌어지고 있었던 것이다. 처음엔 기습적인 포위 공격에 그들은 주춤하였으나 다시 살아나고 있었던 것이다. 마치 두툼한 가죽과 발톱으로 무장한 범이 아무리 찌르고 때려도 도통 꼼짝하지 않는 것과도 같았다. 결국 그물망에 걸려 맥을 못 출 때 제때에 제압하지 못하자 그 범이 마지막 발악을 하며 그물망을 찢어버리는 것이나 다름이 없었다. 그만큼 범씨족의 군사들은 하나같이 사나웠던 것이다. 아니, 이것은 피 맛을 본 악귀가 제 세상 만난 것인 양 미쳐 날뛰었다고 보는 편이 나았다.

드디어 범씨족의 군사는 서서히 기지개를 켜듯 반격하기 시작했고, 그 모든 세력은 단군으로 집중되었다. 단군은 그들을 맞아 칼을 휘두르며 막아내기에 여념이 없었다. 단군도 아무리 범씨족의 군사적 역량이 강하다고 하더라도 이 정도일 것이라고는 상상도 하지 못했다. 이런 저력이 있었기에 지금 범씨족은, 천신족의 군사들이 위협하거나 단군의 군사들이 자기 영내로 기습을 감행해도 여기까지 물밀 듯이 밀고 올라올 수 있었던 것이다. 그리 무서웠기에 다른 나라들이 그토록 범씨족을 무서워하며 덜덜 떨었던 것이었다.

단군이 사면초가에 빠진 것을 안 발구루는 혈로를 뚫으려고 몸부림치며 소리쳤다.

"단군 폐하! 내일을 기약하시고, 어서 이곳을 빠져나가시옵소서."

하지만 단군은 도리어 소리 높여 외치며 적진으로 뛰어들었다.

"하늘의 뜻은 우리 아사달에 있다. 자, 나를 따르라."

단군의 행동에 아사달의 군사들도 몸을 사리지 않고 미쳐 날뛰는 악귀와 부딪쳐나갔다. 하지만 그 힘은 얼마를 가지 못하고 범씨족의 반격에 완전히 내몰리게 되었다. 이제는 단군의 생사마저 장담할 수 없는 상황에 이르렀다. 바로 그때 말을 탄 일단의 무리가 먼지를 일으키며 나타나더니 얼마 되지도 않는 수로 범씨족의 군사들을 도륙하기 시작했다. 그리고 그중의 한 사나이는 곧장 호한을 향해 덤벼들고 있었다.

"호한 수장을 보위하라."

그 외침에 범씨족의 군사들은 호한 쪽으로 몸을 돌렸다. 무엇보다 자기들 수장의 안전이 중요했던 것이다. 그 덕분에 단군는 위험에서 빠져나왔고, 다시 역공을 지시하였다. 실로 처절한 싸움이었다.

그런데 바람처럼 홀연히 나타난 그 사나이는 범씨족의 군사들이 몰려들고 있음에도 계속 그들을 몰아치고 있었다. 실로 괴력의 소유자라고 아니할 수 없었다. 하나같이 만만치 않아서 아무리 공격해도 꿈쩍 않았던 범씨족의 군사들도 뇌성벽력이 치듯 휘두르는 검에 푹푹 나가떨어지고 있었다.

마침내 어느 누구도 그를 상대할 수 없었는지, 범씨족의 천하무적의 군사로 자자한 마타리와 수리도가 협동해서 그를 간신히 막아내고 있었다. 그의 몸이 전광석화같이 빠르기도 했지만 그 힘이 어찌나 센지 간단하게 움직이는 것 같았는데도 그의 주위로 몰려드는 자는 볏단 넘어지듯 고꾸라지는 것이었다. 그런데다가 그가 사용하는 검이 도대체 어떤 보검인지는 몰라도 그것과 부딪치기만 하면 모조리 부러지거나 박살이 나버렸다. 협공하여 공격하던 마타리와 수리도도 벌써 힘에 부치는지 몸에 상처를 입고 쓰려져가고 있었다.

세상에 범씨족보다 더 강한 군사가 있었단 말인가? 그리고 저 토록 강력한 보검이 세상에 있었단 것인가? 그런 것은 지금까지 듣고 보지도 못한 일이었다. 갑자기 이렇게 변해버린 상황 앞에 단군의 군사들은 잠시 넋 놓고 바라보다가 다시 정신을 차리고는 범씨족의 군사를 향해 공격해나갔다.

파상적으로 공격해오는 단군의 군사들 앞에, 호한은 자신의 군 사들을 독려하였다. 하지만 거센 바다의 파도처럼 연거푸 밀려오 는 단군의 군사들에 의해 범씨족의 군사들은 하나 둘씩 쓰려져 갔고, 결코 후퇴를 몰랐던 그들이었지만 더 이상 버틸 재간이 없 었다. 이미 호한은, 자신이 그토록 믿었던 마타리와 수리도마저 정체를 알 수 없는 그 괴력의 인물 앞에 피를 흘리며 쓰려졌으니, 자신을 막아줄 사람마저 없는 처지였다.

호한이 어쩔 수 없이 후퇴명령을 내리며 도망치자 단군의 군사 들은 그를 사로잡기 위해 추격해 나섰다. 이제는 완전히 전세가 역전되어 버렸다.

단군도 호한을 추격하며 나섰다. 그런데 바로 그때 어느새 나 타났는지 그 미지의 인물이 그 앞에 무릎을 꿇고 인사를 올렸다.

"단군 폐하! 어디 다치신 데는 없사옵니까?"

"그렇소만……."

단군은 붉은 기운이 감돈 얼굴에 몸매가 강단져 보이는 그 인 물을 찬찬히 훑어보다가 홀연 그의 손에 들려 있는 검 한 자루가 눈에 띄었다. 그건 바로 웅씨족의 비왕으로 있을 당시 도적이 창궐한다고 하여 그들을 퇴치하기 위해 출정하였을 때, 그 도적 떼의 우두머리가 가지고 있던 검이었다. 단군이 놀라워하며 다시 말을 이었다.

"아니, 그대는 바로 우尤? 그래 우가 맞구면."

"그렇사옵니다. 이제 저를 알아보시겠사옵니까? 소인, 범씨족이 이곳을 침공한다는 소식을 듣고서 저와 의기투합한 형제들과 함께 이렇게 불철주야 달려왔사옵니다."

사실 우는 농토를 마련해 줄 테니 같이 가자고 요청하였을 때, 자기 때문에 단군이 곤경에 처할까 봐 따라나서지는 않았다. 대신에 그 호의를 받아들여 언젠가 단군이 필요로 할 때 도와주겠다고 약속했던 것이다. 어쨌든 단군은 그 사건이 계기가 되어 이곳 아사달에 백성들을 데리고 오게 되었다. 그리고 우는 세상을 떠돌다가 어느 도적의 무리들을 만나 의기투합하였는데, 그들로부터 단군의 모든 상황을 전해 듣게 되었던 것이다. 단군이 자신들로 인해 이런 과정을 겪게 되었는데도, 자신들과 한 약속을 지켜 기꺼이 비왕의 자리까지 포기하며 아사달 지역으로 와 새로운 세상을 만들고 있는 것에 큰 감명을 받았던 거였다.

"이리 만나다니 반갑네. 아니지, 자네가 우리 아사달을 구한 것이나 다름없으니 내 감사의 마음부터 표해야 하겠구면."

"아니옵니다. 이거야 다 단군 폐하의 공덕이 아니겠사옵니까? 어쨌든 단군 폐하! 지금은 호한 수장을 잡아야 하지 않겠사옵니까? 못 다한 얘기는 그 이후에 올리도록 하겠사옵니다."

그리하여 그들은 곧장 다시 호한을 추격해나갔다.

한편 범씨족의 군사들은 그들의 대오가 무너지자 단군의 군사들에게 각개 격파당하면서 대거 제압당하기 시작했다. 이제 살아날 길은 도망치는 것밖에 없었다. 호한 또한 분루를 삼키며 자기 목숨 하나 건지기 위해 뒤도 돌아보지 않고 도망치기에 급급하였다. 그렇게 얼마를 달린 후, 호한은 이제 빠져나왔거니 생각하며 멈추고서 자기 군사들을 돌아보았다. 그런데 자신의 눈이 믿기지 않을 정도로 그의 주위에는 수십의 군사만이 따르고 있었다. 그는 어찌해서 이런 일이 생겼는가 한탄하면서 울분을 삭혔다.

그러나 그것도 잠시, 그가 도망치는 앞길에는 또 다른 군사가 대기하고 있었다. 그들은 웅씨족의 웅갈이 이끌고 온 군사들이었다. 웅갈은 두 세력이 큰 혈전을 치르기 전혀 모습을 드러내지 않고 있다가, 드디어 큰 싸움이 벌어지게 되자 양쪽이 모두 지치기를 기다려 이제야 군사를 이끌고 온 것이었다.

호한은 앞으로도 나아갈 수 없고 뒤에서도 추격해 오고 있는지라 더 이상 달아날 수도 없다는 것을 알고는 그 자리에 우뚝 섰다. 그리고는 불타는 듯 이글거리는 눈초리로 웅갈 일행을 쏘아보았다. 그 눈초리가 어찌나 매서운지 추격해온 군사들조차 두려움에 떨며 감히 눈을 마주치지 못할 정도였다. 그러면서도 그들은 호한의 군사들의 길을 막았다. 마침내 호한을 추격하여 온 단군까지 그 자리에 도착하자, 호한은 웅씨족과 단군의 군사들에 의해 완전 포위되기에 이르렀다.

호한이 대뜸 입을 열었다.

"웅갈 이놈! 참으로 약아빠졌구나. 이제야 나타나는 것을 보니……."

"뭐야, 이놈이! 전쟁에 진 패장 주제에 뭐가 그리 할 말이 많다고 생떼를 부리느냐?"

"하긴 네놈과 싸우지 않았으니 너에게 할 말은 없다. 대신 내 단군에 요구하는 바이다. 내가 네게 싸움에 진 것은 인정한다. 허나 그것은 너의 잔꾀에 속아 넘어가서 그리된 것이지 정정당당하게 싸워서 진 게 아니다. 결코 우리가 약해서 진 것이 아니라는 것이다. 만약 네가 나와 대결해서 이긴다면 깨끗이 너에게 승복할 것이다."

"그런 말도 안 되는 소리 지껄이지 말라. 어찌 전쟁에 진자가 감히 요구 조건을 들고나올 수 있단 말이냐? 네가 그러고도 감히 범씨족의 수장이라고 행세할 수 있겠느냐? 단군 폐하! 어서 이자의 목을 베도록 하시옵소서."

단군의 군사들이 말도 안 되는 소리라며 일축했다.

"네가 만약 새 세상의 주인이 될 자격이 있다면 제법 무예를 할 줄 알 것이고, 그렇다면 나와 겨루는 것을 겁낼 필요가 없지 않겠느냐? 나와 한판 붙는 것을 피하는 것을 보면 너는 겁쟁이에 불과하다."

"네가 그렇게 싸움이 자신이 있다면 내가 상대해주마. 그리할 생각은 있느냐?"

감히 호한에게 맞붙자고 하는 소리에 놀라, 사람들은 일제히 그 사람을 쳐다보았다. 아무리 사내다운 호기가 좋다손 치더라도 자기 목숨을 내걸고 나서는 것은 무모하기 짝이 없는 행동으로 보였던 것이다. 그런데 사람들은 그를 보는 순간 놀라고 말았다. 그는 바로 그 괴력의 사나이였던 것이다. 호한도 벌써 그자를 알아보았다.

"제법 호기가 있구나. 내 너의 사나이다운 기개는 인정해주마. 아니지. 네가 바로 내가 아끼던 믿음직한 군사를 도륙을 냈으니 나에게 원수가 되겠구나. 너의 무술 실력은 인정해주겠다만, 여기 이 대결 자리는 너희 같은 피라미가 낄 자리가 아니다. 그러니 물러섰거나. 자, 단군 어찌할 것이냐? 나의 대결 요청을 받아들일 것이냐? 아니면 겁쟁이처럼 피할 것이냐?"

"아니, 이놈이 입만 살아가지고 못하는 말이 없구나."

우가 참을 수 없다는 듯 당장 칼을 빼들어 호한에게 달려들려고 하자, 단군이 제지하며 입을 열었다.

"정말 너의 말이 사실이냐? 나에게 진다면 깨끗이 승복하겠다는 그 약속을 믿어도 되겠느냔 말이다. 만약 네가 그리 약조한다면 내 너를 직접 상대해주도록 하겠다. 물론 나는 새로운 세상을 만들자고 했지, 새 세상의 주인이 되겠다는 마음을 품은 적은 없지만 말이다."

단군의 말이 떨어지기가 무섭게 모두들 말렸다.

"어찌 저런 자와 거래를 하려고 하시옵니까? 귀담아듣지 마시옵소서."

모두들 호한의 무술 실력이라면 아무리 신통력 있는 단군이라고 할지라도 결코 이길 수 없다고 생각했던 것이다. 하지만 단군은 그 의견을 물리쳤고, 호한 또한 그리하겠다고 약조한바 둘은 진검 승부를 벌이게 되었다.

두 사람은 일정한 거리를 재며 섰다가 순식간에 몸을 날려 몇 합을 겨루었다. 그게 어찌나 빠른지 눈에 보이지 않을 정도였다. 대신 그 검들이 부딪칠 때마다 불꽃이 튀겼다. 특히 호한이 한 번씩 검을 내리칠 때마다 그 위력이 어찌나 센지 대지가 파르르 갈라지고 하늘이 울릴 정도였다. 그 기세 때문인지 단군은 번번이 맞서지도 못하고 계속 피하기만 하는 형국이었다. 참으로 아슬아슬하기 짝이 없는 광경이었다. 물론 호한의 공격을 피하는 것을 보면 단군의 무술 실력 또한 대단한 것만은 확실했다. 그렇지만 피하기만 해서는 결코 이길 수 없는 것이 검술의 대결이었다. 아무리 봐도 두 사람의 대결에서 호한이 확실히 우세해 보였다. 사람들이 이렇게 생각하며 걱정을 하고 있을 때, 단군이 갑자기 동작을 멈추더니 입을 열었다.

"그대의 무술 실력이 참으로 대단하다. 내 지금껏 그대의 공격을 계속 받아주었지만, 이제는 그대의 실력을 충분히 보았으니 이제 내 공격을 막아보라."

"요리조리 잘도 도망 다니기만 하더니, 이제 할 말이 없으니 궁색한 변명을 다하는군. 어쨌든 좋다. 내 바라는 바이니 한번 해보거라.”

두 사람의 검은 정식으로 부딪치기 시작했다. 그런데 어쩐 일인지 호한의 검이 밀리고 있었다. 힘으로는 호한의 상대가 되지 못할 것이라고 생각했는데, 단군의 힘이 더 센 것이었다. 이것은 호한이 신체적 힘만을 사용하고 있었다고 한다면, 단군은 내공의 진기를 끌어 모아 검을 사용하고 있었던 것에 연유했다.

사실 단군은 어린 시절부터 무술을 닦아왔을 뿐만 아니라, 이미 대재앙을 예견할 만큼 하늘과 소통하는 경지에 이르렀다는 사실만으로 그리 이상하게 여길 일도 아니었다. 하지만 그동안 단군은 그런 자신의 고강한 무술 실력을 함부로 드러내지 않았다. 이런 줄도 모른 호한은 도대체 믿을 수 없다는 얼굴로 다시 한번 정면 대결을 펼쳤다. 그러나 역시 이번에도 그의 검은 밀리고 있었다. 하지만 호한은 자신보다 더 강한 자가 있다는 사실에 도저히 승복할 수 없는지라, 무술의 기법만은 더 앞설 것이라고 여기며 필살의 범 검법을 전개했다. 그러나 단군의 검법은 더 고강한 경지에 도달해 있었다. 그것은 대지에 가득 차 있는 태양빛의 검법이었다. 그러니 속도와 예술의 경지에서 현격한 차이가 존재하였다. 그런데도 호한은 그만둘 생각은 아니하고 계속 검기를 펼쳤다. 이에 단군은 마침내 더 이상 지속할 필요성을 느끼지 못하고 끝내려는 생각에, 단순하면서도 거기에 모든 것이 들어가 있는 검법을 전개했다. 그러자 호한은 자신의 목을 겨냥해오는 검을 도저히 막아내지 못했다. 호한은 고개를 떨굴 수밖에 없었다.

단군의 엄청난 무공에 사람들은 환호성을 질렀고, 마침내 단군은 호한에게 명을 내렸다.

"지금까지 그대가 저지른 죄가 너무나 엄청난바, 내 그대를 용서하고자 해도 당장 그리할 수가 없다. 그러니 그대는 지금부터 금계를 행하며 수행하도록 하라. 만약 정말로 뉘우친다면 내 때를 보아 그대를 다시 기용하겠다고 약속하는 바이다."

이로부터 그토록 악명을 떨쳤던 호한은 금계 수행을 행하는 징계에 처하게 되었다. 그리고 단군의 군사들은 승리의 함성을 질렀다. 그들은 새로운 세상의 주인은 바로 단군이라는 것을 소리 높여 외쳤다. 이것은 지금까지 단군의 행적에서만이 아니라 군사적으로도 그것을 증명하였는바, 누구도 의심할 수 없는 상황이 되었다.

이런 가운데 단군은 웅씨족의 수장 웅갈을 맞아 자신들을 도와주기 위해 지원군을 파견해준 것에 사의를 표했다. 웅갈은 마땅히 해야 할 일을 한 것뿐이라면서도 다행히 웅씨족 군사가 호한의 퇴로를 막아 그를 사로잡을 수 있게 된 것이 무엇보다 기쁘다며 은근히 자신의 공을 내세웠다. 하지만 단군은 웅갈과 모처럼 만난 자리에서 서로 알력을 내보이는 것이 결코 좋지 않을 것 같아 그의 공치사에 기꺼이 응해 주었다. 어쨌든 웅갈이 도움을 준 것만은 사실이었기 때문이다.

"이번 범씨족과의 전쟁에서 우리가 승리하게 된 데에는 특히 천신족과 웅씨족의 도움이 컸습니다. 만약 두 나라에서 도와주지 않았다면 우리는 결코 이기지 못했을 것입니다. 그런 의미에서 감사의 마음으로 아사달에서 연회를 베풀고자 하는데, 참석해주시겠습니까?"

"이리 부탁하시는데, 어찌 거절을 하겠습니까? 당연히 참석해 전쟁의 승리를 자축해야지요."

"이리 흔쾌히 허락해주시니 감사합니다. 그럼 천신족의 풍백께도 당장 이 소식을 알려야겠습니다."

단군은 즉시 명을 내려 천신족의 풍백에게 이 사실을 알리도록 전령을 보냈다.

"자, 그럼 우리는 아사달 도성으로 가도록 하지요."

그리하여 승리의 기쁨에 들뜬 웅씨족과 아사달의 군사사들은 단군과 웅갈을 앞세우면서 보무도 당당하게 아사달 지역으로 행진해나갔다. 언뜻 보아서는 그야말로 형제 나라의 군사들처럼 보일 정도였다. 하기야 단군이 웅씨족의 비왕으로 있었던 것이 불과 얼마 전이었으니 그렇게 느끼는 게 당연한지도 몰랐다. 하지만 그 두 사람이 웅씨족에 같이 있을 때 사사건건 갈등을 겪었다는 것을 아는 사람이라면, 그 이면을 떠올리지 않을 수 없을 것이었다. 그런데 바로 그 사람들이 다름 아닌 바로 아사달 지역 사람들이었으니, 참으로 세상일은 알다가도 모를 일이었다.

7

비밀을 푸는 열쇠

웅갈은 아사달의 궁성으로 오면서 깜짝 놀랐다. 천부인을 놓고
자웅을 겨룰 수 있는 가장 큰 적수를 단군이라고 여겨왔는지라,
항상 그의 주변에 신경을 곤두세워왔다. 하지만 그는 단군의 군
사들의 움직임을 보면서 놀라움을 뛰어넘어 경악하지 않을 수 없
었다.

　실상 그는 단군이 범씨족을 이겼다고 하는데 아무도 상대해내
지 못한 무시무시한 호한의 군사를 어떻게 제압했는지 그 자체가
풀리지 않은 의문이었다. 호한과 대결한 단군의 무술 실력을 직
접 눈으로 본 것은 사실이지만, 전쟁이라는 것은 혼자 하는 것이
아니었다. 바로 적과 아방을 상대로 한 군사들 간의 싸움이었다.
그런데 그 짧은 기간에 어떻게 그토록 강력한 군대를 만들어낼
수 있단 말인가? 아무리 생각해도 그건 불가능한 일이었다. 그럼
그가 무슨 도술이라도 부렸다는 것인가? 그럴 리는 없을 거였다.

그렇다면 어쩌다 우연히 이겼을 게 틀림없었다. 어차피 호한을 처리해야 했는데, 이리 해결되었으니 웅갈에게는 좋은 일인 셈이었다. 웅갈은 이렇게 자위하며 단군과 함께 도성으로 왔던 것이다.

그런데 궁성으로 오는 과정에서 단군의 군사들을 보니 자신의 생각이 틀렸다는 것을 인정하지 않을 수 없었다. 비록 무기는 보잘것없었지만 군사들은 어떤 관리를 받아왔는지 그 규율과 움직임에 절도가 있었다. 특히 그들이 가지고 있는 단궁檀弓이라는 활은 아주 강력해 보였다. 이것은 호한을 상대해 승리한 게 결코 우연히 아니라는 것을 말해주는 것이었다.

그로서는 도무지 이런 상황을 이해할 수가 없었다. 그래서 그는 도성에 도착하자마자 수하에게 아사달 지역을 은밀하게 염탐해 오라는 지시를 내렸고, 그들이 알아온 소식을 듣고는 벌려진 입을 다물 수가 없었다. 그것은 다른 무엇보다도 단군을 새로운 세상의 주인이자 하늘에서 내리신 분이라고 백성들이 굳게 믿고 있다는 사실이었다. 누구도 당해내지 못한 호한을 이긴 것이라든가, 수재라는 하늘의 재앙을 피하게 해주면서 자신들을 이렇게 잘살 게 해준 것도 다 그 때문이라는 거였다. 물론 그들의 생활은 대단히 풍족하기 그지없었다. 가옥만 보더라도 토굴과 같은 그런 것이 아니었다. 집에는 번듯하게 온돌까지 놓은 데다가, 농기계를 비롯한 여러 도구들이 상당 수준으로 개량되어 있었다. 그런 데다가 농사를 제때에 짓기 위한 관개사업은 정말 누가 봐도 감탄을 자아낼 정도였다. 이토록 짧은 기간에 이 정도까지 성과를 이룩하였다니, 자신이 여기 와서 직접 보지 않았다면 도저히 믿지 못했을 것이었다.

하지만 이건 아무리 봐도 단군이 겉으로는 천부인에 관심이 없는 것처럼 행동하지만, 실상은 혹세무민하며 천부인을 차지하려는 속셈을 가지고 있는 것으로밖에는 볼 수 없었다. 그렇지 않고서야 어떻게 천부인도 열지 못했는데, 감히 사람들의 입에서 새 세상의 주인이라는 말이 나오게 하느냐는 거였다. 그러고 보면 호한이 지적하는 것도 틀린 것이 아니었다. 말로야 단속한다고 하지만 전혀 그렇지 않고 있지 않는가? 이렇게 다른 나라 사람들을 세 치 혀로 속이고 있다니……. 단군은 참으로 무서운 놈이었다. 하기야 백성들에게 잘해주니 그들이 속아 넘어가지 않을 리 없을 것이었다.

웅갈은 자신의 머릿속에서 단군을 경계해야 한다는 생각을 떨쳐버릴 수 없었다. 더욱이 범씨족 군사들마저 힘으로 격파하였고, 무술 또한 가장 고강하다는 호한을 직접 상대해 거꾸러뜨렸으니 그에 대적할 자가 없을 것이었다. 정말 자신은 바보 같았다. 이렇게 될 바에는 차라리 호한을 사로잡지 않고 도망치도록 놓아줄 것인데. 한 치 앞을 내다보지 못한 거였다. 지금까지 호한을 가장 위험한 적수로 여기며 겁냈는데, 진짜 경계할 인물은 따로 있었다. 그자는 바로 단군이라는 놈이었다. 이런 생각이 들수록 웅갈은 몸이 오들오들 떨려왔다. 마치 천부인을 단군에게 뺏기는 것처럼 생각되었던 것이다.

바로 이때 단군의 수하로부터 연회에 참석해달라는 소식을 전해 받았다. 벌써 천신족의 풍백도 아사달의 도성에 도착한 상태였던 것이다. 웅갈은 몸을 일으키면서 마음을 다잡았다. 자신이 흔들리는 모습을 단군에게 보인다면 그건 싸우기도 전에 벌써 진 것이나 마찬가지였다.

'단군은 지금 얼마나 기세등등할까? 하지만 어림없다. 어차피 새 세상의 주인은 천부인을 여는 자가 되는 것 아닌가? 그거라면 누가 뭐래도 자신이 있다. 바위조차도 잘라버릴 수 있는 강력한 보검을 가지고 있으니, 그것으로 천부인을 끄집어내기만 하면 되는 것인데. 걱정할 필요가 없다.'

웅갈이 내심 걱정하는 문제는 단군이 백성들을 현혹하는 것처럼 다른 나라들에게도 그리할 수 있다는 점이었다. 그것부터 막아야 했다. 어떻게 해서든지 천신족의 풍백으로 하여금 그런 일이 일어나서는 안 된다는 확답을 받아내야 했다. 한편으로 안심이 되는 것은, 아직은 단군이 천부인을 차지하려는 음흉한 속셈을 드러낼 수 있는 상황이 아니라는 점이었다. 어떻게 해서든지 천신제가 열릴 때까지 지금의 현 상황을 유지시키면 되는 것이었다.

웅갈은 이런 생각들을 하며 궁궐로 향했다. 그곳에서는 벌써부터 승리를 자축하는 행사가 시작되었는지, 사람들의 얼굴엔 웃음꽃이 피고 흥에 겨운 목소리가 여기저기서 새어나왔다. 하지만 웅갈은 오히려 초조해졌다. 마침내 궁궐 앞에 이르렀을 때, 그는 어마어마한 규모에 위압감을 느끼지 않을 수 없었다. 지금껏 가장 큰 궁전이라면 천신족의 것이었고, 웅씨족의 것 또한 그에 못지않았다. 그래서 웅씨족 사람들은 일정한 자부심을 가지고 있었다. 하지만 그건 아무것도 아니었다. 아사달의 궁전과 비교하면 초라한 초가집에 불과할 정도였다. 밖에서만 보더라도 석성으로 둘러싸인 단단한 벽에 수천 년 묵은 아름드리나무를 사용해 만든 웅장한 문루가 높이 솟아 있었던 것이다. 마치 그것은 아사달이 세상의 중심이라고 선언하는 것만 같았다.

안으로 들어서자마자 벌써 소식을 받고 나왔는지, 단군의 수하가 나와 정중하게 예를 갖추고는 웅갈을 안으로 안내하였다. 주위를 둘러보자 여러 채의 건물들이 웅장하게 들어서 있는 것이 눈에 띄었다. 이것은 꼭 제국의 여러 나라들의 수장들을 여기에다 데려와 놓고 다스리겠다는 뜻으로 보였다. 참으로 야심만만한 놈으로 보지 않을 수 없었다. 이걸 백성들이 지어주었다고? 도대체 이자는 어떻게 백성들을 이리 만들 수 있었단 말인가? 아니야. 이것은 그가 지시하지 않고서야 이렇게 만들 수 없는 일이었다. 그렇다면 이건 결코 그냥 넘어갈 수 있는 일이 아니었다.

그가 연회장 안으로 들어서자 거기에는 벌써 풍백과 단군이 자리에 앉아 있었다. 물론 이들의 군사들 또한 별도로 먹을거리를 내주어 풍족한 축제가 벌어지고 있었다.

단군이 먼저 자신들을 도와주기 위해 군사적 지원을 보낸 것에 감사의 말을 올렸다. 그러자 풍백이 말을 받았다.

"그렇게 말씀해주시니 고맙소이다. 허나 우리가 딱히 한 것도 없는데……. 실질적인 싸움의 승리야 단군께서 모두 이룩한 것이지요. 아마 황후 마마께서도 이 사실에 매우 기뻐하실 겁니다."

"이거야 우리 모두가 기뻐할 일이 아닙니까? 특히 이번 전투로 호한을 사로잡는 게 가장 큰 승리 아니겠습니까? 만약 그가 도주했다면 또 얼마나 기를 쓰고 달려들었겠습니까? 우리 웅씨족의 군사가 그의 퇴로를 막은 게 여간 다행한 일이 아니었습니다. 만약 그리하지 못했다면 얼마나 큰 우환거리를 남겨놓게 되었겠습니까?"

풍백이 단군을 추켜세우는 말에 웅갈은 자신의 공이 크다는 것을 은근히 강조했다. 이에 대해서도 단군은 거듭 감사의 말을 올렸다. 그러자 풍백이 다시 입을 열었다.

"이곳에 오면서 보니 정말 새 세상을 본 것 같습니다. 그렇게 짧은 기간에 어떻게 이리 만들어놓을 수 있었는지 감탄스럽기만 합니다. 내 이걸 알았다면 범씨족이 침략한다고 했을 때, 그렇게 걱정하지만은 않았을 텐데 말입니다. 이번 전쟁에서 이긴 것도 내 보기엔 결코 우연히 아닌 것 같습니다."

"그리 말씀해주시니 부끄럽기만 합니다. 아직 나라꼴이 정비되지 못한 것도 많이 있는데……."

"그런데 다른 것은 다 좋은데, 한 가지 우려되는 점이 보이더군요."

웅갈이 낯빛을 바꾸고 제기하는 말에 단군이 되물었다.

"우려라니, 무엇을 두고 말씀하시는 건지……."

"내 여기 와서 들으니 사람들이 새 세상의 주인은 바로 단군이라고 말들을 하더이다. 그거야 우리 모두가 잘 알듯이 천부인이자 하늘의 경을 열어야 하는 것 아닙니까? 그런데 백성들이 너도나도 그런 말들을 하고 있으니, 그게 어찌 된 영문인지를 모르겠소이다. 호한이 그 문제를 제기할 때 그저 침공하기 위한 명분 삼기 용으로만 알았는데 그게 사실이 아닌 것 같아서 드리는 말씀입니다."

"아, 그거야 이미 밝혔듯이 단지 백성들이 하는 소리에 불과합니다. 그러면 백성들의 입을 단속해야 하겠습니까? 그저 허무맹랑한 소리라고 여기시고 넓은 아량으로 넘어가주시지요."

"글쎄요. 내 그것뿐이라면 그리 생각할 수도 있겠는데, 꼭 그렇지가 않아서 얘기하는 겁니다. 이곳 궁궐만 해도 그렇지 않습니까? 어떻게 천신족의 궁궐보다 더 커서야 되겠습니까? 이건 아무래도 다른 속셈이 있어서 그런 것이 아니겠습니까?"

"다른 속셈이라니요……. 그런 것은 없습니다. 사실 나는 그럴 위인도 되지 못합니다. 저를 그렇게 보신다면 그건 저를 너무 높게 평가하시는 겁니다. 이 궁궐만 해도 그렇습니다. 제가 이렇게 지으려고 한 것이 아니라, 단지 백성들이 혼례를 기념해 살 집을 마련해주는 뜻에서 건축해준 것뿐입니다."

"모든 것을 백성들이 알아서 그리했다고 말씀하시니, 참으로 뭐라고 말할 수도 없겠습니다. 하지만 제게는 달리만 보이니 그게 어찌 된 영문인지 모르겠습니다. 글쎄, 저만 그렇게 생각하는 건가요? 그럼, 이 점에 대해서 풍백께서는 어찌 생각하시는 겁니까?"

웅갈이 계속해서 단군을 경계하는 뜻을 노골적으로 드러내보이자, 분위기는 순식간에 긴장감이 돌았다. 그래서인지 풍백이 난처한 얼굴을 하며 주춤거렸고, 이를 본 단군이 다시 입을 열었다.

"풍백께서 허심탄회하게 말씀해주십시오. 저는 그렇지 않다고 하는데, 그렇게 보인다고 하시니 제가 어떻게 해야 할지 모르겠습니다. 풍백께서 이 몸이 어찌해야 하는지 얘기하시면 그에 따르도록 하겠습니다."

"글쎄요. 백성들이 하는 말을 가지고 일일이 대꾸할 수도 없는 노릇이고, 또 그렇다고 지은 궁궐을 허물 수도 없는 것이고……. 결국 이 모든 문제는 천부인을 열어 그 주인이 나타나면 해결되는 것이 아니겠습니까?"

"그야 당연한 말씀이지요. 그럼, 내년에는 천신제를 열겠다는 말씀입니까?"

"그래야지요. 올해야 범씨족의 호한 때문에 그리된 것 아닙니까? 그것은 웅씨족도 잘 알지 않습니까?"

"좋습니다. 풍백께서 천신제를 열어 풀겠다고 말씀하시니 더는 얘기하지 않겠습니다. 그러면 호한과 범씨족의 문제는 어찌 처리할 생각이십니까?"

"이 문제는 먼저 단군 왕자님의 말씀을 들어야 하지 않겠습니까? 아무래도 호한을 잡은 사람의 의견이 가장 중요할 터이니까요?"

"글쎄요. 이게 어찌 아사달 지역만의 문제이겠습니까? 제국의 모든 나라와 관련된 일이지요. 범씨족의 호한 때문에 얼마나 많은 나라들이 두려움에 떨었습니까? 그러니 앞으로는 그렇지 않을 방책을 세워야지요. 그렇지 못하면 큰 우환거리를 여전히 남겨두는 것이 아니겠습니까? 당연히 이 모든 처리는 천부인의 주인이 나서서 해결하는 것이 마땅하겠지만 아직은 그리되지 못했으니, 여기서 그 방도를 찾아 결정해야 하지 않겠습니까?"

웅갈이 또다시 핏대를 세우며 의견을 밝혔다. 그것은 단군의 뜻대로는 하지 못하게 하겠다는 의중을 은연중에 내비친 것이었다. 이에 단군은 웅갈과 불협화음을 만들 필요가 없다고 생각하며 입을 열었다.

"천부인의 주인이 나서서 해결해야 한다는 웅갈 수장의 말씀이 지당하다고 생각합니다. 단지 그분이 나오기 전까지 어찌해야 하는가에 대해 내 의견을 밝힌다면 호한은 엄히 감금하여 그가 개과천선할 길을 열어두고, 범씨족은 그들의 오가회의에 의해서 다스려나가도록 하며, 그들이 복속한 녹씨족과 마씨족도 다시 수복시키는 것이 옳다고 봅니다. 물론 나는 죽이지 않고 개과천선할 기회를 주겠다고 호한 수장에게 약속했고요. 만약 호한 수장을 죽인다면 범씨족 측에서 앙심을 품고 더 달려들 수도 있지 않겠습니까? 그것은 또 다른 분란을 야기할 수도 있는 일입니다. 그러니 그를 붙잡아두고 있다면 오가회의에 의해서 다스리도록 해도 범씨족이 지난날과 같은 행위를 하지는 못할 것입니다."

풍백이 단군의 뜻에 찬성의 입장을 밝혔다.

"맞는 말씀입니다. 더구나 호한 수장에게 약속했다고 하니 그리하도록 하는 것이 좋겠습니다. 사람에게는 신의가 중요한 것 아니겠습니까? 그런데 살려두되 그를 엄히 감시할 수 있어야 하는데, 그 일을 어디서 감당하면 될지……. 아무래도 전쟁을 승리로 이끈 이곳 아사달 지역이 적합할 것 같은데, 어떻게 생각하십니까?"

"천부인을 열기 전까지라고 한다면 찬성합니다. 당연히 그 주인이 나타난다면 그분께 모두 맡겨야 하겠지요."

웅갈도 동의함으로써 이 문제는 일단락되었다. 서로 합의하여 결정했기에 모두는 흡족해하는 표정을 지으며 그제야 연회를 즐겼다.

이리하여 풍백과 웅갈이 단군과 합의한 이후, 이제 세상은 평화로운 분위기로 바뀌게 되었다. 범씨족의 침략과 약탈 같은 것을 더 이상 걱정하지 않아도 되었으니 그런 부담 같은 것도 없어졌던 것이다. 범씨족이 앞으로 자신들의 나라를 이끌고 간다고 하더라도 호전적인 강성파는 자연스레 제거되고, 제국의 평화를 도모하는 세력이 주도권을 잡을 수밖에 없게 되었던 것이다. 하지만 그럴수록 천부인을 차지하려고 하는 경쟁은 더욱 치열해질 수밖에 없었다.

벌써 웅갈은 아사달의 영지를 떠날 때부터 단군이 호한을 데리고 있는 이상 마음을 놓을 수 없으니, 하루빨리 자신이 천부인을 열어 세상의 주인으로 나서야 한다는 결심을 굳히고 있었다. 이럴 수밖에 없는 게 모든 얘기의 요점을 실상 따지고 보면 천부인의 주인이 나타나는 이후로 다 미뤄졌기 때문이었다. 서로 합의한 상황이니 겉으로야 만족스러운 모습을 보일 수밖에 없었으나, 내심으론 그 누구도 믿을 수 없는 경쟁자가 되었던 것이다. 서로 천부인을 차지할 야심에 가득 차 긴장관계를 형성하는 지경으로 변화해갔다. 이에 따라 각국의 백성들도 누가 천부인을 차지하게 될지 촉각을 곤두세우게 되었다.

일단 단군은 풍백과 웅갈이 돌아가자 조정 대신들을 모아놓고 새로운 관리로 우尤를 등용하였다. 이번 전쟁에서 공이 높고 그의 무술 기량이 고강하니 군사를 담당하는 벼슬자리의 책임자로 임명하였던 것이다. 그리고 발구루는 단지 자신의 경호대장 겸 궁궐의 수비대장으로 변동시켰다. 발구루가 맡고 있는 하중을 경감시켜주려는 차원도 있었지만, 사람들이 우의 공적을 높이 사 그를 발탁하라고 천거했기 때문이었다.

모두들 잘된 일이라고 흡족해하는 가운데 팽우가 단군에게 주청하였다.

"단군 폐하! 이번에 웅갈 수장을 보니 천부인을 노리고 있는 뜻이 역력했사옵니다. 소신이 보기에는 아무리 봐도 그런 인재가 아닌 것으로 보였지만, 뭔가 믿는 구석이 있는 것처럼 비춰졌사옵니다. 무슨 비책을 가지고 있는 줄은 정확히 알 수 없으나, 그런 사람이 천부인을 연다면 그건 우리 모두의 불행이 될 것이옵니다. 어쨌든 모두들 천부인을 차지하려고 나서는데, 우리라고 가만히 있을 수는 없는 일이라고 사료되옵니다. 우리도 뭔가 대책을 세워야 할 것이옵니다."

"맞사옵니다. 그리하시옵소서."

다른 대신들도 이구동성으로 맞장구쳤다. 이를 본 단군이 어이없는 얼굴로 대신들을 한참동안이나 내려다보았다.

"참으로 답답하십니다. 그것은 하늘의 뜻인데, 어찌 인위적으로 차지하려고 하시는 겁니까? 도대체 그렇게 해서 천부인을 얻을 수 있을 것 같습니까?"

"단군 폐하! 그리만 생각하실 일이 아닌 줄로 아뢰옵니다. 사람이 자기의 일에 최선을 다하고 나서야 하늘의 도움을 바라야 하는 것이 아니옵니까? 그런 의미에서 보더라도 천부인을 열기 위해 노력하는 것이 결코 틀린 행동은 아닐 것이옵니다. 더욱이 지금껏 태고의 전설이 내려온 것도 따지고 보면 그리하라고 하는 것이 아니겠사옵니까?"

"태고의 전설이 왜 지금껏 실현되지 못하고 있는 줄 아십니까? 그것은 그 때가 되지 않았기 때문인 것입니다. 때가 되면 그것은 저절로 이루어지는 것입니다. 그런데 그것을 자연스런 순리에 따르지 않고 억지로 추구하려고 한다면 그게 옳은 것이겠습니까?

그것은 하늘의 의지에 반할 뿐더러 세상의 도에도 어긋납니다. 지금 이 세상이 왜 이렇게 혼탁하게 된 줄 아십니까? 이렇게 자기 분수를 지키지 못하고 과욕을 부리니까 그리된 것입니다. 내 분명히 말하는 건데, 세상의 참뜻은 백성에게 있는 것이고, 또 여러분이 해야 할 도리도 백성들을 더 복되게 살도록 하는 것이니, 여러분은 바로 그런 것을 고민해야 합니다. 천부인을 찾는다고 하면서 시간 낭비하고 있을 때가 아니라는 것입니다. 내 말을 알아들으시겠습니까?"

단군의 엄한 질책에 대신들은 더 이상 말을 꺼내지 못했다. 잘못 말했다가는 백성들을 이끌어나가야 할 관리들이 백성은 안중에도 없고 어디 자리 하나 차지하려는 것에나 관심을 가지고 있다는 비판이 쏟아질 판이었던 것이다. 이런 가운데 단군은 범씨족과의 전쟁으로 백성들의 생활이 많이 피폐해졌을 것이니 그것을 하루빨리 복구하여 백성들의 생활이 안정되도록 하는 동시에 내년의 파종을 위해서도 빈틈없이 준비하라는 명까지 내리면서, 천부인에 관한 얘기는 아예 꺼내지 못하도록 쐐기까지 박아버렸다.

단군의 영이 내려짐으로 하여 대신들은 더 이상 단군 앞에서는 그 얘기를 하지 못하고 백성들의 생활을 정상화하기 위한 활동에 힘을 쏟게 되었다. 하지만 그렇더라도 마음속에서 그 생각을 완전히 버린 것이 아니었다. 단군의 마음이야 충분히 이해할 수 있는 일이지만, 그렇다고 아무런 대책도 세우지 않고 그저 무방비 상태로 천신제를 맞이한다는 게 그들로서는 아무래도 마음에 걸렸던 것이다. 그 때문에 그들은 한자리에 모여 자연스럽게 속마음을 털어놓기에 이르렀다.

"단군 폐하께서 그리 말씀하셨다고 해도 우리가 이렇게 처신하는 것은 아무래도 아닌 것 같소이다. 그렇게 생각하지 않으십니까?"

"나도 그런 생각이 들었소이다. 아무래도 우리가 너무 안일한 것 같습니다. 솔직히 천부인의 주인감이야 우리 단군 폐하를 놔두고 어느 누가 있겠습니까? 아마도 그리되지 못한다면 우리가 보좌를 잘못해서 그런다고밖에 생각할 수 없을 겁니다."

"맞아요, 맞아! 우리가 알아서 준비해나가야 할 것입니다. 단군께 여쭐 필요가 없는 게지요. 자, 그러면 우리가 어떻게 준비하면 될까요? 이에 대해 아시는 분이 있으시면 말씀을 해보시지요."

막상 마음만 앞섰지 무엇을 어떻게 준비해야 할지 몰라 아무도 입을 열지 못했다. 사람들은 자연스럽게 신지神誌의 얼굴을 주목했다. 지금껏 가타부타 아무 말도 하지 않고 지켜보기만 하고 있었으나, 천기를 꿰뚫어 보는 그는 분명 알고 있을 것이라고 판단했던 것이다. 그들의 눈길에 강요받은 듯 그가 입을 열었다.

"글쎄요. 단군 폐하의 말씀대로 그것이 인위적으로 될 수 있을 것인지……. 허나 여러분의 마음이 모두 그러하고, 또 실상 어찌 보면 이렇게 노력하는 우리들의 마음이 하늘을 감동시킬 수도 있는 일이니, 한번 해보기로 하지요. 그런데 솔직히 말해 저도 그것

262

에 대해서는 아는 바가 없소. 단지 좀 짐작 가는 게 있다면……. 그런데 그게 도움이 될지는 모르겠소이다."

"아, 뭔데 그러십니까? 지금 상황에서야 우리가 할 수 있는 것은 다 해봐야지요. 어서 말씀해보세요."

"글쎄요, 어쨌든 천부인이라는 게 태곳적부터 복본複本을 이룩하기 위한 열쇠로 내려온 것이고, 그것이 환인까지 이어져 보관되었다가 다시 환웅께 내려주신 것인데……. 그게 천부삼인天符三印으로 청동검과 동경, 방울(북)과 비슷하게 생겼다고 하지 않습니까? 그렇다면 이와 유사한 것을 이용하면 그게 반응할지도 모르는 일이지요. 물론 그렇지 않을 수도 있고요."

"듣고 보니 일리가 있는 것 같습니다. 그러면 그와 비슷한 것을 하나 만들면 되지 않을까요?"

"글쎄요, 만에 하나 우리가 잘못 만들었다가 하늘이 노하거나 하면 어떻게 되는 겁니까?"

"아, 우리의 정성인데 그럴 리가 있겠습니까? 더욱이 우리는 폐하를 잘 받들어 모실 책무가 있는 사람들입니다. 지금 백성들 사이에서 다른 나라는 천신제 준비로 수장까지 적극 나서는 마당에 대신이라는 사람들이 아무것도 하지 않고 있다고 얼마나 말이 많은 줄 아십니까? 내 그런 소리를 들을 때마다 꼭 바늘방석에 앉은 기분입니다. 차라리 하늘의 노여움을 받는 한이 있더라도 뭔가를 해야 할 겁니다."

"좋습니다. 그럼, 우리 그리합시다. 그렇다면 장인들을 불러 모아야 할 텐데, 과연 그만한 장인이 있을 것인지…….”

“아참, 그러고 보니 우 장군! 그 보검이 예사롭지 않아 보이던데, 그것을 단군 폐하께 좀 빌려드린다면 어떻겠습니까? 그럼, 보검 문제는 해결될 수 있을 것 같기도 한데…….”

“이게 도움이 된다면야 빌려드리는 것이 아니라 바치지 못할 이유가 어디 있겠습니까? 허나 이것을 단군께서 받으시겠습니까?”

“하긴 단군께서 받으실 리가 없겠지요. 그리했다간 도리어 우리에게 불똥만 튀고 말 겁니다. 그렇다면 그것을 만든 사람이 있지 않겠습니까? 그 장인을 찾아낸다면 다시 하나 만들 수 있을 것입니다. 그럼, 그 장인을 찾을 수는 있겠지요?”

“노력은 해보겠습니다만 아마 어려울 겁니다. 저도 이것을 우연히 얻었으니까요. 그러니까 제가 도적질에 나서기 전에 하도 무지막지하게 백성들에게 행패를 부린 관리가 있었는데, 사람들이 그놈만 보면 벌벌 떨고, 그 원성이 얼마나 대단한지……. 내 참다못해 결국 그놈을 어장 내버렸거든요. 물론 이게 계기가 되어 쫓기는 몸이 되었고, 결국 도적질을 하게 된 것이지만요. 어쨌든 그때 제 행동을 유심히 보았는지 어떤 한 노인네가 저의 기골과 얼굴을 한참 뚫어지게 쳐다보더니, 이 검을 저에게 준 것이었으니까요. 왜 이걸 저에게 주느냐고 물었더니, 이것은 자신이 필생의 혼을 담아 만든 보검인데 보아하니 앞으로 이 검이 크게 쓰일 날이 있을 것 같다면서, 그리 사용된다면 자기에게도 큰 보람이 될 것이라고 말하고는 홀연히 사라져버렸으니까요."

"그럼, 그 사람이 어디 사는지도, 누구인지도 전혀 모르겠네요. 어허, 이런 난감할 데가 있나……."

이들은 긴 대화 끝에 장인들을 모집해 보검 등을 만드는 수밖에 없다고 결론을 내렸다. 그리하여 이들은 뛰어난 기술을 가진 장인을 수소문하기에 이르렀다. 물론 이것은 단군 몰래 은밀하게 진행된 것이었다.

어쨌든 전쟁도 끝나고 정상적인 생업이 시작되면서 백성들의 생활도 점차 활기를 띠어갔다. 이윽고 파종기에 이르자 흥겨운 노랫가락이 들녘에서 연일 울려나왔다. 고된 노동의 힘겨움을 조금이나마 덜면서 흥겹게 일하기 위해 농군들이 자연스럽게 발견해낸 지혜였다. 그런데 참으로 신기한 일이 벌어지고 있었다. 농군들이 흥을 돋우기 위한 여러 도구들을 만들어내는 거야 자연스러운 일인데, 그중의 어떤 북소리는 다른 것과 유독 확연하게 다른 점이 있었던 것이다. 어찌 된 것인지, 그 소리만 들으면 사람들이 덩실덩실 춤을 추듯 흥겹게 일하게 되어 그 성과는 물론이고 그 기쁨까지도 배가된 것이었다. 그래서 사람들은 이것을 천상의 소리라고 불렀고, 여러 사람들의 입을 통해 그것에 관한 이야기가 퍼져 나갔다.

단군의 부인 비서갑의 하백녀도 이 소식을 전해 듣게 되었다. 그래서 정말 그런 것인지 확인하기 위해 그녀는 시종과 함께 길을 나섰다. 그런 중에 멀리서 몇몇 무리가 모여서 신명 나게 춤을 추듯 일하는 모습이 눈에 띄었다. 누가 북을 치는지는 보이지 않았지만 가까이 다가가면서 그 소리가 들려오자, 하백녀는 그 자신도 모르게 몸이 덩실덩실 움직여지는 것을 느꼈다.

그녀는 신비스럽게 흘러나오는 북소리에 걸음을 멈추었다. 문득 바로 그거라는 생각이 뇌리를 스치고 지나갔다. 저게 사람들이 말하는 천상의 소리라고 한다면 분명 천부인을 여는 데에 도움이 될 거라는 생각이 들었던 것이다. 하늘을 감동시키는 소리가 울리는데, 어찌 하늘이 그에 응답하지 않겠는가? 실상 하백녀는 청동검과 동경, 방울(北)을 제조한다고 하는데, 그게 소용이 될 것이라고 확신하지 못했다. 그녀는 대신들과 마찬가지로 장인들을 모아 그와 유사한 것을 만든다는 일을 단군의 신하로서 그저 최선을 다한다는 뜻으로 받아들였을 뿐이었다. 그럴수록 가슴만 답답하고 어찌할 수가 없었다. 그저 다 함께 하기로 했으니까 하는 것뿐이었다. 그런데 여기서 그 비밀의 열쇠를 찾을 수 있을지도 모른다는 판단이 들자 벌써 가슴이 사뭇 떨려오기까지 했다.

하백녀는 저 소리가 분명 그 비밀을 푸는 열쇠가 될 것이라는 생각에, 곧바로 그 북을 두드리고 있는 사람을 찾았다. 그러고는 그 사람에게 사실을 물으려 하였다. 그런데 그 사람은 아무런 반응을 보이지 않고 신명 나게 북만 두드렸고, 그에 맞춰 사람들은 기쁨에 들떠 흥얼거리며 춤추듯 일하고 있었다. 그녀는 그들의 노동을 방해하는 것 같아 그 동작이 끝나기를 기다렸다.

한참 후 잠시 휴식 시간이 되어서야 북소리는 멈췄고, 그 사람이 하백녀에게 물었다.

"뉘시오? 사람들이 웬 귀부인이 나를 보자고 한다는데, 제게 무슨 볼 일이라도 있으시오?"

말하는 품새로 보아 맹인이라는 것을 알아본 하백녀는 깜짝 놀랐다. 어쩌면 앞이 보이지 않기 때문에 더욱 그런 소리를 낼 수 있는지도 모르겠다는 생각이 퍼뜩 스치고 지나갔다. 하지만 봉사든 귀머거리든 그런 게 중요한 것은 아니었다.

"참으로 장단을 잘 맞추시던데, 당신이 바로 이 북을 만들었습니까?"

"저 같은 장님이 어찌 이런 것을 만들 수 있겠소이까? 어림없는 일이지요. 헌데 그런 것은 어찌 물어보시오?"

"이걸 만든 분을 한번 만나 뵙고 싶어서 그러는데, 그분이 어디 사시는 누구인지 가르쳐주시겠습니까?"

"글쎄올시다. 그거야 어렵지 않은 일이지만, 그 노인네는 세상에 나오기를 싫어하는데……. 아마 만나주지도 않을 것이니 미리 포기하는 게 좋을 겁니다."

그가 이렇게 말하는데도 하백녀가 계속 조르자, 장님은 마지못한 듯 누에자라는 노인이 기거한다는 산밭 골을 가르쳐주었다.

하백녀는 즉시 시종과 함께 그곳을 찾아갔다. 그곳은 인가와 꽤 떨어진 외딴 곳이었는데, 특이하게도 한쪽에는 뽕나무가 많이 심어져 있었고, 또 다른 쪽에는 나무도 아닌 무슨 풀 같은 것이 무성했는데, 거기서 솜처럼 뽀송뽀송한 게 꼭 버들개지와 같은

꽃이 피어오르고 있었다. 참으로 이상한 일이었다. 북을 만들려면 가죽을 다뤄야 하는데, 전혀 상관없는 기이한 나무나 풀을 다루고 있었던 것이다.

그녀는 고개를 갸웃거리며 그 노인을 찾았다. 집 안채의 널따란 뜰에서 무슨 바쁜 일을 하고 있었는지 한참이 지나서야 모습을 드러냈다. 순박한 얼굴에 맑은 눈동자를 가진 노인이었다. 바로 장님이 일러준 사람이 틀림없다고 생각한 하백녀가 물었다.

"혹시 누에자라는 분이 맞는지요?"

"그렇소만, 이 산골엔 웬일로……."

자기를 찾는 것을 이해할 수 없다는 듯, 그는 멀뚱하니 하백녀와 시종을 번갈아 쳐다보았다. 한눈에 봐도 시골 아낙네가 아닌 권세 높은 부인이 자신을 찾아왔다는 사실을 이해할 수 없다는 반응이었다.

"다행스럽게도 제가 잘 찾아온 모양입니다. 다름이 아니라 부탁을 하고자 해서 이리 찾아왔습니다."

"저 같은 시골 노인네에게 무슨 부탁을 할 게 있다고 그러시는지, 어디 말씀해보시지요."

"노인장께서 북을 잘 만드신다고 해서 찾아왔습니다. 그래서 북을 하나 부탁하려고 말입니다. 사례는 두둑이 해드리도록 하겠습니다."

"북이라면? 그건 제 소관이 아닌데요. 보시지요. 이곳은 가죽을 다루는 곳이 아니지 않습니까? 그러니 그만 돌아가시고 다른 데를 찾아보시지요."

"아니, 왜 그러십니까? 천상의 소리가 나는 듯한 북소리를 내 직접 들었는데, 정말 감탄했습니다. 그렇게 훌륭한 북을 만드시고도 왜 이렇게 피하시려고 하시는 겁니까? 제게는 정말 꼭 필요하고 중요한 것이니 이렇게 부탁드립니다. 사례라면 얼마든지 해드리겠습니다."

"내가 뭐 사례를 받자고 이러는 줄 아시오? 내 지금 그 일을 할 수 없다 말입니다."

"아니, 지금 이분이 누구신지 알고……."

시종이 너무나 완고하게 나오는 것에 화가 났는지 중간에 끼어들어 나서려 했다. 그러자 시종을 제지하며 하백녀가 다시 사정했다.

"지금 당장 못 하시더라도 나중에 해주면 되지 않겠습니까?"

"아니요. 나중에도 하지 않을 겁니다. 그럴 생각이 없으니까요. 그러니 이렇게 시간 낭비하지 마시고 그냥 돌아가시지요."

이렇게 말하고 누에자는, 지금 자신은 바쁘다는 듯 안으로 그냥 들어가버렸다. 그것을 본 시종은 노인의 행동을 못마땅하게 생각한 듯 입을 삐죽 내밀고 있었다. 하백녀가 이런 수모를 당한 적은 지금껏 없었던 것이다.

하백녀는 단번에 얻어질 일이 아니라는 것을 직감하고는 시종에게 돌아가라고 명했다. 그리고 자신이 어떻게 해야 할지 곰곰이 생각했다. 하지만 막무가내로 거절하는 사람 앞에서 어떻게 해볼 도리가 없었다. 그렇다고 여기서 그냥 물러날 수도 없는 일이었다. 결국 그녀는 만들어주지 못하겠다면 그 방법이라도 가르쳐달라고 사정하며 기다릴 수밖에 없었다.

얼마의 시간이 지난 후 다시 누에자가 밖으로 나왔다. 그런데 그는 그녀에게는 눈길도 주지 않고 뽕나무밭으로 가더니 연한 잎들을 바구니에 따서 담기 시작했다. 그런 누에자를 따라다니며 하백녀는 계속 사정했다. 그런데도 그는 대꾸도 없이 다시 안으로 들어가버리는 것이었다. 그러고는 다시 밖으로 나와 이번에는 웬 풀줄기에서 버들개지의 꽃과 같이 생긴 것들을 따며 자기 일만을 봤다.

하백녀는 도무지 그런 노인네의 행동을 이해할 수 없었다. 자신을 이리 대할 분명한 이유가 있어야 하는데, 이 누에자는 그저 자신을 배척하는 태도만 보이고 있었다. 아니, 아예 상대조차 하지 않고 있었다. 그 소경이 포기하라고 한 것이 이것 때문이었는가? 아무리 그렇다고 해도 하백녀는 포기할 수 없었다. 바로 단군을 새로운 세상의 주인으로 만드는 일이었다. 만약 하백녀 자신의 일이었다면 이만한 사람에게 자존심을 굽히지 않았을 것이었다.

여전히 누에자는 하백녀가 안중에 없다는 듯 부지런히 몸을 놀리며 자기 일만 했고, 그렇게 하루가 지나갔다. 그리고 나서야 그는 아직까지 하백녀가 떠나지 않았다는 것을 알고 진지하게 물었다.

"행색으로 보아하니 직접 북을 만들 수 있을 것 같지는 않고, 도대체 북이 무엇 때문에 필요한 겁니까?"

"말씀드리지 않습니까? 그 북소리를 듣고 제가 감동했다고요. 사람들도 천상의 소리라고 하더라고요. 그래서 그 북을 직접 갖고 싶어서 그런 겁니다."

"참으로 잘못 아신 겁니다. 그건 북이 좋아서가 아니라 그 장님이 장단을 잘 추어서 그런 겁니다. 그 북은 별반 다른 게 없습니다. 그저 소가죽으로 만든 것에 불과해요. 그런 소리를 듣고 싶다면 차라리 그 장님한테 가서 장단이나 배우는 게 맞겠네요. 그렇지 않다면야 다른 악기도 많이 있을 것이니 뛰어난 장인들을 찾아 더 좋은 악기를 만들어달라고 하던가요. 이제 아셨으면 그만 물러가세요."

순간 하백녀는 당황했다. 누에자의 말처럼 소리를 듣고자 한다면 다른 것도 많이 있을 터인데, 꼭 북을 만들어달라고 하는 필연적인 이유는 아니었던 것이다. 그렇다고 천부인을 거론할 수는 없는 노릇이었다. 그래서 그녀는 되는 대로 둘러댔다.

"내 실은 가죽을 이용해 옷감을 하나 만들려고 하는 겁니다. 가죽을 이용해 그런 소리를 만들 정도라면 그 기술이 보통이 아닐 것이고……. 그 기술을 배워두면 많은 사람들에게 알려주어 손쉽게 짐승의 가죽을 이용해 질기고 따뜻하면서도 아름답게 옷을 만들어 입을 수 있지 않겠습니까? 그러면 많은 사람들의 삶도 보다 더 윤택해질 것이고요."

"허허! 정말 그런가요? 참으로 마음이 고우시군요. 그런데 그럴 의향이 정말 있으시다면 제 일을 좀 도와주면 좋을 것 같은데요. 짐승 가죽이야 그렇게 많이 없지 않습니까? 많은 사람들이 고운 옷을 입으려면 그만큼 많은 옷감이 있어야 하는데, 내 지금 그것을 마련하고자 정신이 없어요. 어떻습니까? 일손도 많이 딸리는데……."

하백녀는 더 이상 대꾸하지 못했다. 그런 그녀를 보고 누에자가 다시 말을 이었다.

"아, 하기 싫으면 그만두고요."

이제 와서 그렇지 않다고 말하기도 난감한 상황이었다. 제 꾀에 자기가 넘어간 꼴이었다. 하백녀는 이리된 상황에서 한번 부딪쳐보는 수밖에 없다고 판단하고 조심스럽게 입을 열었다.

"도대체 어떤 일이신데, 그러십니까?"

"옷감을 만드는 방법이야 여러 가지가 있지 않습니까? 허나 내가 지금 하려는 것은 두 가지 방법을 이용한 것인데, 아주 부드럽고 고와 사람이 입기엔 더 없이 좋은 옷이 될 겁니다. 배워두시면 결코 후회하지는 않을 겁니다. 따라와 보세요."

그러고는 누에자는 하백녀를 데리고 가 상자 같이 생긴 것의 뚜껑을 열어 보여주었는데, 거기에는 무슨 조그만 벌레 같은 것이 수많이 꿈틀거리고 있었다. 누에자는 그것을 자신의 자식이나 된 것처럼 아주 소중히 다뤘는데, 이것이 바로 산누에인 석잠누에라고 말하면서 우선 이것부터 잘 키워야 한다고 주지시켰다.

그러고는 뽕나무 잎을 따오라고 하기도 하고 그 석잠누에에게 먹이를 주라고 시키기도 하였다. 또 뽕나무 옆에 풀이 무성한 곳으로 데리고 가서는 버들개지처럼 생긴 풀꽃 솜을 보고는 이것이 바로 초면草綿인 백첩자白疊子라고 가르쳐주었다. 그 속에는 누에고치 같은 가느다란 실이 들어 있었다. 이것을 뽑아 흰색의 부드러운 포布를 짜야 한다는 것이었다.

이로부터 하백녀는 누에자의 심부름을 하며 그 일을 돕게 되었다. 뽕나무 기르는 것은 물론이고 석잠누에를 치는 일도 점차 배우게 되었는데, 그것은 자고 깨고 먹고를 몇 번 반복하더니 점차 그 크기가 커져갔다. 급기야 장구형의 형태에다가 누르께한 황견의 색깔을 띠더니 그게 고치실을 만드는 것이었다. 그런 와중에도 틈틈이 백첩자를 따와야 했기에 그녀는 잠시도 허리를 펼 새가 없었다. 이제 석잠누에도 고치실을 다 지었고, 백첩자도 다 따왔으니 일을 마쳤다고 하자, 이번에는 뜨거운 물에 그 고치를 잠시 넣었다가 꺼내면 신기하게도 실이 나오는데 그 고치실을 감으라고 하는 것이었다. 한 개의 고치실만 해도 그 길이가 대략 3리 정도가 되는 것이었다. 그것만이 아니라 지금껏 따 모아왔던 백첩자에 들어 있는 가느다란 실로 포布를 짜야 했으니 그야말로 눈코 뜰 새가 없었다. 하백녀는 누에자가 자기를 상대하지 않으려 했던 이유를 알 것 같았다.

하백녀는 너무도 힘들었지만 이 과정을 묵묵히 수행해내면 누에자가 분명 북을 만들어줄 것이라고 여겼기에 묵묵히 참았다.

273

그런데 이제 누에자는 생전 보지도 못한 무슨 베틀 같은 것을 하백녀에게 주고는 아예 베를 짜라고 하는 것이었다. 이러다간 천신제까지 북을 만들 수 없을 것 같았다. 시종이 이곳을 오가며 소식을 전한 지도 여러 번 되었고, 벌써 수확의 계절이 가까워지고 있었다. 하백녀는 하루빨리 이 일을 성사시켜야 했기에 더욱 생사를 걸고 달려들었다.

　사실 마음 같아서야 옷 만드는 것을 배워서 뭐 하겠냐 하는 생각이 여러 번 들었으나, 이제 와서 지금까지의 고생을 수포로 만들 수는 없었다. 더욱이 그가 옷 만드는 것을 가르쳐준다고 했지, 무슨 북을 만들어주겠다고 약속한 바는 아니었다. 순전히 그의 자선 행위에 맡길 수밖에 없었다. 결국 그녀는 베까지 짜기에 이르렀다. 누에고치에서 나온 명주실로 짠 베는 참으로 광택이 뛰어나고 가벼우며 빛깔까지 우아했다. 정말이지 비단결처럼 곱다는 말을 실감케 했다. 백첩자白疊子로 짠 백첩포白疊布 또한 명주실처럼 가늘게 나와 부드러웠고 고왔다. 갖은 고생을 해서 얻은 것이어서 그런지 하백녀는 참으로 이것이 귀중해 보이고 자신의 일에 보람을 느꼈다. 처음에 가졌던 생각과 달리 그 일을 하고 나서 달라진 느낌이었다. 그런 그녀의 모습을 보았음인지 누에자가 하백녀에게 옷을 지어줄 사람의 치수를 물었다. 그리고 얼마 후 지금까지 고생한 선물이라고 하면서 의복 한 벌을 하백녀에 던져 주었다. 옷을 펼쳐보니 옷감이 고와서인지, 아니면 누에자의 솜씨가 탁월해서인지 마치 선인이 하늘을 날아갈 듯 아름다웠다.

그리고는 말을 덧붙이는 것이었다.

"참으로 옷이 아름답지 않습니까? 그게 다 이렇게 고생한 보람으로 얻은 것들이지요. 지금껏 아무런 불평도 없이 누에치기로 명주실을 얻는 방법이라든가 초면으로 실을 뽑아 옷감을 만드는 방법을 배우느라 수고가 많았소이다. 나는 중도에 그만둘 줄 알았는데……. 어쨌든 이것을 백성들에게 보급한다면 더욱 그들의 생활이 나아질 것입니다. 이제 제가 가르칠 것은 다 전수해준 것 같으니 그만 가보시구려."

하백녀는 잘 가르쳐주어 고맙다고 대꾸하고 나서도 그 자리를 뜨지 못하고 계속 멈칫거렸다. 누에자가 다시 입을 열었다.

"글쎄, 북이라면 내 특별한 것이 없고, 단지 그 장님에게 부탁하는 게 좋을 것이라고 이미 말씀드렸을 텐데요. 거기에 대해서는 더 이상 할 말이 없습니다."

그가 단호하게 잘라 말하는 바람에, 하백녀는 어쩔 수 없이 한 벌의 의복만을 가지고 돌아올 수밖에 없었다. 하지만 아무리 이 옷이 귀하게 보인다 한들 애초에 자신이 상정했던 목적에 비하면 아무것도 아니었다. 이깟 의복 하나 얻으려고 몇 달 동안에 걸친 고생을 사서 했단 말인가? 그동안의 모든 고생이 완전히 수포로 끝나버린 것 같아 허탈하기만 하였다.

하백녀가 아사달로 돌아오니 벌써 수확도 끝난 상태였고, 천신제를 지낼 날이 가까워지면서 모두들 떠날 준비로 한창 바쁘게 돌아가고 있었다. 그녀는 곧 신지를 찾았다.

"준비하기로 한 것은 어떻게 마련은 되었습니까?"

"제조하기는 하였사오나 그게 도움이 될지는 장담하지 못하겠사옵니다. 더욱이 그것을 단군께 드리면 어찌 나오실지 참으로 그게 걱정이 되옵니다. 그건 그렇고 황후 마마께서는 지금껏 어디에 계셨사옵니까?"

"대신께서도 천상의 소리로 들린다는 그 북에 관한 소문을 들어보셨지요?"

"그런 소리가 있다는 말은 들었사온데, 그게 황후 마마와 무슨 관련이 있는지……."

"아, 말도 마십시오."

하백녀는 그렇게 말하면서 그 북이 천부인을 열 열쇠가 될 것 같아 그걸 얻으려고 하다가 겪었던 얘기를 하소연하듯 말했다. 그러고는 덧붙였다.

"달랑 이 옷 한 벌 얻었지 뭡니까? 하긴 이거라도 건졌으니 그게 어딥니까?"

"글쎄, 그런데 그 누에자라는 노인이 소경에게 부탁하라고 했사옵니까? 아무래도 그 말이 맞는 것 같기도 하고……."

"아니, 왜 그러십니까? 그래도 북을 구하지 못했는데……."

"북이 좋으면 뭘 하겠사옵니까? 그걸 제대로 쓸 수 있는 사람이 있어야지요. 아무튼 그 일은 신이 알아보겠사옵니다."

그로부터 며칠 뒤 신지와 하백녀는 단군을 찾아뵈었다. 조정 신료들이 모인 자리에서 전달하기보다는 그들을 대표해 드리는 것이 옳다고 판단해서였다.

"단군 폐하! 받으시옵소서."

단군은 그들이 바친 것을 보고는 눈을 동그랗게 뜨며 두 사람을 번갈아 쳐다보았다. 그것은 여러 금속을 제조하여 만든 보검과 동경, 그리고 방울 등과 함께 하백녀가 누에자로부터 얻은 의복 한 벌이었던 것이다. 이것은 곧 천부인을 어떻게든지 열도록 하기 위해 자신 몰래 준비를 해왔다는 것을 의미했다.

"이게 뭡니까? 내 분명 얘기했을 터인데, 그런데 이걸……. 내 다른 사람은 몰라도 대신께서 이리 나오실 줄은 꿈에도 상상하지 못했습니다."

"어찌 소신이라고 백성들의 마음을 거역할 수 있겠사옵니까? 이건 백성들의 한결같은 마음을 우리 대신들이 받아드린 것뿐이옵니다. 단군 폐하께서도 말씀하시지 않으셨사옵니까? 바로 백성들의 뜻이 하늘의 뜻이라고요. 그러하오니 대신들을 책망하지 마시옵소서."

"백성들의 마음은 참가슴으로 받아들이는 것이지, 이런 허례와 형식으로 받아들이는 것이 아닙니다. 하늘의 도 또한 참가슴으로 느끼고 받아들였을 때 옳게 세워지는 것이지 제례와 허울로써 세워지는 것이 아닙니다. 그런데 어찌 그런 속박에서 벗어나지 못해 이런 쓸데없는 짓을 한단 말입니까? 이거야말로 하늘의 뜻을 어지럽히는 행위입니다. 다 소용없으니 가져가도록 하세요."

단군이 단호하게 거절하자 하백녀가 나섰다.

"이게 아무리 보잘것없는 것이라고 하더라도 여기에는 신들의 정성이 담겨져 있사옵니다. 그러하오니 이를 외면만 하지 마시옵소서. 부디 한번 살펴보기라도 하시옵소서."

"하긴 이것을 얻기 위해 얼마나 많은 사람들이 땀을 흘렸겠습니까? 내 그것을 생각하면 더더욱 마음이 언짢아집니다."

"하오나 이미 만든 것을 어찌하겠사옵니까?"

단군은 마지못해 하나하나 살펴보았다. 그런데 그의 눈은 놀라움에 점점 커지고 있었다. 비록 이것은 천부인을 여는 데에는 소용이 없다고 하더라도 보검이나, 동경, 그리고 방울 등을 만든 재질이나 공예 솜씨가 아주 뛰어나 보였던 것이다. 그럴 수밖에 없는 게 지금까지 위엄을 내세우기 위해 사용해왔던 것들은 그 재질이 청동이어서 보기에는 그럴 듯해도 강도가 약해 실제 사용하기에는 부적합했던 것이다. 하지만 이것들은 강도와 탄력을 고려하여 여러 금속들의 합금비율을 맞추고 있었던 것이다. 게다가 하백녀가 얻어왔던 옷은 그 촉감이 보드랍고 고와 입으면 꼭 날아갈 것 같은 기분마저 들었던 것이다. 지금까지 입었던 짐승의 가죽이나 거칠고 성긴 천으로 만든 옷과는 질적으로 달랐다.

"참으로 잘 만들었는데, 도대체 누가 이걸 만들었습니까?"

"무슨 좋은 징조가 있을 것 같사옵니까?"

"그런 생각은 그만들 두시고요. 자, 봐보세요. 이것을 온 백성들이 사용할 수 있게 하면 얼마나 좋겠습니까? 이것들을 만든 기술로 농사짓는 도구를 만들어 쓴다면 얼마나 유용하겠습니까? 또

이 옷은 어떻습니까? 이걸 만백성이 입으면 얼마나 즐거운 일이겠으며, 입는 사람들의 모습은 또 얼마나 곱고 아름답겠습니까?"

그러면서 단군은 이것들을 만들고 얻은 내력을 물었고, 그에 대해 신지와 하백녀는 그에게 그 과정을 소상하게 설명해주었다.

마침내 단군은 장인의 책임자인 수자고를 불러 여러 도구들을 만들기 위해 국가적 차원의 기구를 설치하여 이를 담당하도록 하였다. 그리고 하백녀가 말한 누에자에게 곧바로 사람을 파견하여 그를 불러오도록 했다. 누에치기와 더불어 백첩자라는 풀을 심어 백성들의 복식 문제를 획기적으로 해결할 참이었던 것이다. 그런데 누에자가 한사코 궁에 오기를 거부한다는 것이었다.

사람을 파견해 불러도 오지 않자 단군은 직접 그곳에 가보기로 하였다. 하지만 대신들이 말렸다.

"단군 폐하! 그곳은 나중에 다녀오시도록 하시옵소서. 그 누에자라는 시골 노인네는 언제든지 찾아갈 수 있는 일이지만 천신제는 그렇지가 않사옵니다. 그 일정에 맞추려면 지금은 아니 되옵니다."

사실 대신들은 초조할 수밖에 없었다. 들리는 소문에 의하면 벌써 웅씨족의 수장 웅갈은 천부인을 열 비밀 열쇠를 마련했다는 것이다. 그런데 단군은 어느 것 하나 준비도 하지 않았던 데다가 그들이 애써 마련한 것마저 아무 소용이 없다고 받아들이지도 않고 있었다. 물론 의복이야 단군을 상정하고 지은 옷이니 고맙게 받아들이긴 했지만 그것마저 자신만이 아니라 온 백성이 누리기 위한 것으로 돌려세우고 있었다. 그런 모습이 더더욱 단군에 대한 믿음을 갖게 한 것은 사실이나, 지금 그들에게 무엇보다 중요한 건 단군이 천부인을 손에 쥐어 새 세상의 주인으로 등극하는 것이었다.

"맞사옵니다. 지금은 몸과 마음을 정갈하게 해야 할 때이옵니다. 단군 폐하! 새로운 세상을 열어주시기를 한결같이 백성들이 염원하고 있음을 먼저 유념하여 주시옵소서."

"잘 알고 있으니 그 점은 염려하지 않으셔도 됩니다. 허나 이 문제를 빨리 해결하면 그만큼 백성들의 생활이 더 빠르게 나아질 것 또한 사실이지 않습니까? 할 수 있는 것을 구태여 하지 않을 필요는 없겠지요."

대신들은 이러다간 제대로 준비도 하지 못하고 천신제에 참여하게 될 것이라는 걱정에 계속 만류를 했지만, 단군은 일정을 서두르면 될 것이니 문제없을 거라며 길을 떠났다.

그렇게 해서 단군이 누에자가 거처한 곳에 이르렀으나 그곳에는 아무도 없었다. 대신 북 하나만이 달랑 놓여 있었다. 그토록 하백녀가 만들어달라고 졸랐는데도 꿈쩍도 하지 않았던 누에자가 왜 그것을 만들어놓았는지 알 수 없었다. 단군은 그 북만 가지고 되돌아올 수밖에 없었다.

단군은 누에자를 찾지 못한 것에 안타까워했다. 그러면서도 그가 없다고 하더라도 그가 시험에 성공한 누에치기와 초면을 이용해 옷감을 만드는 방법을 어떻게 보급할 것인가를 두고 고민하고 있었다.

"단군 폐하! 이제는 출발하셔야 하옵니다. 더 이상 지체할 시간이 없사옵니다."

아무런 마음의 준비도 못한 상황에서 이제 빨리 출발하는 것만이 대신들의 바람이 되고 있었다. 이렇게 미적대고 있다가는 천신제에 늦을 수밖에 없었던 것이다.

단군도 마지못해 그들의 의견을 따를 수밖에 없었지만 그의 생각은 계속 한 곳에 머물고 있었다. 실상 하백녀가 얻어온 옷을 자기만 입는다는 게 마음에 걸렸던 것이다. 이런 모습을 본 하백녀가 단군에게 주청하기에 이르렀다.

"단군 폐하! 마음을 놓으시고 천신제에 다녀오시옵소서. 신첩이 그 일을 책임지고 처리하겠사옵니다. 이미 신첩은 누에라는 노인으로부터 많은 것을 배웠사옵니다. 부족한 것은 채우면 될 것이오니 걱정하지 마시옵소서."

"아닙니다. 내가 황후께 너무 마음고생을 시킨 모양입니다. 대신들의 말처럼 갔다 와서 하면 되겠지요. 그러니 황후께서도 그런 생각 마시고 같이 떠나도록 합시다."

단군은 하백녀에게 그 일을 맡기고 싶었지만, 이번에 어머니 웅녀에게 며느리인 하백녀를 인사시키는 것 또한 자신의 도리였던 것이다. 그것마저 못 해준다면 하백녀에게 너무 미안할 수밖에 없었다.

"신첩이 그냥 따라가면 단군 폐하께서 마음이 편치 않으실 것인데, 그러면 어찌 신첩의 마음이 편하겠사옵니까? 조금이나마 단군 폐하의 마음을 덜어드리는 것이 신첩의 소망이자 바람이었사온데, 오히려 이리 신첩이 할 일을 찾게 되었사오니 더할 나위 없이 기쁘기만 하옵니다. 그러니 너무 괘념치 마시옵소서."

이리하여 단군은 하백녀를 누에치기와 길쌈을 주관하는 관리로 임명하게 되었다. 하백녀는 이 문제를 해결하기 위해 남기로 하였다.

이런 복잡한 과정 끝에 단군 일행은 드디어 천신제에 참석하기 위해 천신족으로 향하게 되었다. 여기에는 대신들은 물론이고 단군이 천부인을 분명히 열 것이라고 확신한 수많은 사람들이 따라 나섰다. 새로운 세상의 주인이 나타나는 그런 구경거리를 결코 놓칠 수 없다는 거였다. 그중에는 북소리의 장단으로 천상의 소리를 낸다고 하는 그 맹인도 들어 있었다. 예정대로 출발하지 못하고 지체되었기에 그들은 그 일정을 재촉할 수밖에 없었다.

8

天符印

천부인을 얻다

웅갈은 수많은 장인들을 동원하여 만들어낸 천하기물 보검을 가지고 폐관에 들어가면서 수하들에게 자기 주위에 개미 한 마리 얼씬하지 못하도록 철저히 경계를 설 것을 명했다. 최후의 준비로 곰의 정령께 빌며 힘을 얻기 위해 마지막 수행에 들어가고자 함이었다.

그간 그는 범씨족의 호한이 단군에게 패한 이래, 천신제가 열릴 날만을 손꼽아 기다려왔다. 가장 경계할 인물은 단군이었으나 그는 지금껏 별다른 움직임을 보이지 않았고, 도리어 관리들은 백성들을 위해 사는 것이 올바른 자세라는 등 이상한 헛소리만 늘어놓고 있었다. 그것은 천부인을 여는 것과 아무런 관련이 없었다. 어차피 백성들은 다스리고 통치해야 할 대상이 아닌가? 어쩌면 그가 이런 이치를 모르지는 않을 것인데, 또 다른 술수를 부린 것인지도 알 수 없는 일이었다. 만약 그거라면 그 얄팍한 술수에 비웃음만이 터져 나올 뿐이었다. 이번엔 속임수가 통하지 않을 것이고, 자기 발에 제 스스로 족쇄를 채우는 격이 될 것이기 때문이었다.

사실 그는 단군을 대단한 야심을 가진 인물로 여기고 있었다. 그것도 간덩이가 부었다고 여길 정도로. 지난번 백성들에게 새 세상의 주인이라고 소문내게 만들어놓고도 전혀 그렇지 않은 것처럼 세상을 향해 속임수를 벌이고 있는 것을 보면 충분히 알 수 있는 일이었다. 그런 그가 준비하지 못했다면 천부인은 당연 자기 차지가 될 수밖에 없었다. 감히 다른 누가 자신의 적수가 된다는 건 생각하지 못한 바였다. 그러다 보니 결국 천신제를 얼마 남겨두지 않은 상황에서 이 모든 게 자신의 등극을 위한 안배로까지 여겨졌다. 그만큼 그는 그동안 오직 새 제국의 통치자가 되는 하나의 관문을 열기 위해 모든 열정을 바치며 만전을 기해왔던 것이다. 이제 그의 앞에 걸림돌이 될 만한 것은 아무것도 없었다.

이렇게 웅갈이 천부인을 열 보검을 가졌다고 확신하면서도 폐관까지 하며 수행에 들어가기로 결심하게 된 것은, 천부인과 관련된 유래에 대해 치밀한 연구를 해왔기 때문이었다. 분명히 환웅은 환인으로부터 천부인을 부여받고 처음 신시神市 개천開天을 할 때, 사람이 되고자 하는 곰과 호랑이에게 쑥과 마늘을 주며 100일간 햇빛을 보지 않고 금계를 행하라고 권고했던 것이다. 이것은 아무리 봐도 그냥 넘어갈 문제가 아니었다. 여기엔 뭔가 수수께끼 같은 비밀이 숨겨져 있을 것 같았다.

그도 알았다시피 천부인은 힘만으로 얻을 수 있는 것이 아니었다. 아마 그것으로 가능했다면 벌써 지난날 호한이 차지하고도 남았을 것이었다. 그 이상의 뭔가가 있어야 했다. 얼마나 천부인을 얻기가 힘들었으면 하늘이 점지한 자만이 가능하다는 말이 나왔겠는가? 그런 점에서 보면 호한은 우악스럽기는 해도 미련한 편은 아니었던 모양이었다. 천부인이자 하늘의 경과 부딪친 이후, 결코 그것을 힘으로 열어 차지하려고 하지는 않고 자기의 성질답게 오직 무력으로 제국을 통치하려고 했으니 말이다.

웅갈은 몇 날 며칠 머리를 싸매며 찾으려 했으나 쉬이 알 수가 없었다. 그러다 문득 금계라는 말이 퍼뜩 뇌리를 스치고 지나갔다. 뭔가 어렴풋이 보이는 것만 같았다. 그건 분명 깨달음을 얻으라는 것이었다. 깨달음! 그런데 뭘 깨달아야 하는지 더 이상 짚이는 바가 없었다. 하지만 아무래도 그렇게 하면 도움이 될 것 같았다. 다름 아닌 그건 신시神市 개천開天한 1대 거발한 환웅이 밝히신 바였다. 더욱이 그에게는 웅씨족을 돌보아주는 곰의 정령이 있었다. 분명 곰의 정령은 그에게 뭔가를 가르쳐줄 것이었다.

마침내 웅갈은 쑥과 마늘을 준비한 채 금계 수행에 들어갔다. 먼저 쑥을 태워 주위를 청결히 하였고, 오직 그것만으로 먹는 것을 절제하였다. 그리고는 곰의 정령께 기원하였다. 깨달음을 얻고 천부인의 주인이 되어 제국을 호령하게 해달라고! 곰의 정령은 자신의 소망을 외면하지 않고 도와줄 것 같았다. 아니, 들어주지 않을 이유가 없었다. 어차피 웅씨족의 수장인 자기가 제국의 통치자가 되면 그들의 수호신인 곰의 정령의 위신 또한 그만큼 높아지는 것이었다.

그의 가슴은 곰의 억센 기운으로 새로 태어날 열망으로 가득 찼다. 실제로 그렇게 되는 듯싶었다. 쑥과 마늘만 먹은 게 몇 번 되지도 않았는데, 벌써 그의 몸은 날아갈 것만 같았다. 무슨 해독 작업이 이루어지고 있는지 몸에서는 거무튀튀한 이물질이 다 빠져나가고, 대신 독특한 향기가 풍겨 나오면서 힘이 넘쳐흐르는 듯했다. 이건 분명 하늘이 자신을 점찍고 있거나 곰의 정령이 자기의 소원을 들어주고 있는 것이라 여겨졌다. 곰의 정령이 자기를 도와주기만 한다면 이 세상에서 이루지 못할 일이 없을 거였다.

하지만 너무 성급한 판단이었는지 그 기운은 점차 약해지고 있었다. 그러고는 이내 사라져버렸다. 아니었다. 그와 전혀 다른 기운이 다른 한편에서 솟아나오고 있었다. 그러다가 어찌된 일인지 그것은 처음에 느꼈던 기운에 밀려 들어갔다. 그런데 다시 그 기운에 반작용이 가해진 듯 처음 기운은 쫓겨나고 나중에 나왔던 기운이 조금 전보다 더 강력한 기세로 몸속에 들어찼다. 그러나 또다시 반격이 이루어지더니 그의 몸은 종잡을 수 없이 꿈틀거리기 시작했다. 그러는 중에 그의 머리는 깨질 듯이 아파왔고, 가슴은 심한 고통으로 부글부글 끓는 듯했다. 그럴수록 그는 강해지고자 하는 욕망으로 더욱 불타올랐다. 그러자 그의 열망처럼 뒤늦게 나온 기운이 거세게 꿈틀거리면서 온몸을 사로잡았고, 그만큼 그의 몸은 강인해지고 있었다. 그렇게 한참 진행되던 몸의 변화는 마침내 정점으로 향하듯 온몸이 부풀어가고 있었다. 바로 이때다 싶어 그는 그 기세를 이용하여 천하기물 보검을 휘두르며 주문을 외웠다. 그러자 지금껏 한 번도 느껴보지 못했던 거대한 기운이 그의 몸으로 흡입되면서 온몸이 곰의 몸집처럼 더욱 억세어졌고, 강인해졌다. 동시에 그의 몸은 더욱 하나의 정점을 향해 불꽃이 타오르듯 거대한 곰의 형체로 화하며 강렬하게 타올랐다. 그의 주위는 거센 불꽃이 땅을 휘감아내듯 파열음을 튀기며 대지를 진동시켰다.

잠시 후 언제 그런 일이 있었냐는 듯이 주위는 조용히 잦아들었다. 그는 호흡을 가다듬고 가만히 손으로 주먹을 쥐어보았다. 그러자 몸에 전율이 일 듯 충만한 힘이 불끈불끈 솟아났다. 뭔가 이루었다는 생각에 자신의 몸을 여기저기 살펴본 그는 깜짝 놀라지 않을 수 없었다. 그의 몸은 전혀 다른 새로운 육신으로 태어난 듯 억센 근육과 날카로운 발톱 자국들이 솟아나며 무시무시한 형상으로 변해 있었던 것이다. 이건 아무리 봐도 그 자신이 곰의 정령으로 화한 것임에 틀림없었다. 드디어 그 경지에 도달했다는 말인가?

그는 벌써 천부인의 주인이라도 된 듯한 흥분에 휩싸여 자리에서 일어났다. 바로 그때 그를 찾는 소리가 밖에서 들려왔다. 자기가 나오기 전까지 아무도 들여보내지도 말고, 찾지도 말라고 그리 엄명했거늘, 그것을 어겼다는 생각에 갑자기 기분이 언짢아졌다. 최상의 경지에 도달했다는 기쁨을 깨버린 것에 대해 화가 난 것이었다. 아니, 그게 아니었다. 그거라면 지금 상황에서 기꺼운 마음으로 받아줄 수도 있었다. 순간, 이렇게 고강한 경지에 도달한 자신을 몰라보고 함부로 대한다는 생각이 들었던 것이다. 그렇다면 초장부터 엄히 다스려 버릇을 고쳐놓아야 했다. 이건 이제 자신이 곰의 정령으로 변한 만큼 아무도 자기를 건드릴 수 없다는 자만이었다. 웅갈은 밖으로 나오자마자 큰소리로 꾸짖었다.

"네 이놈! 분명 금계를 끝내고 나올 때까지 절대 날 찾지 말라고 엄명을 내렸거늘, 그것을 벌써 까먹었단 말이냐? 내 명을 어긴다면 어떻게 되는지 맛을 보고서야 정신을 차리겠단 말이야!"

"수장님! 그게 아니오라……."

수하는 제대로 말도 못했다. 웅갈이 너무도 고압적으로 나오는 태도 때문만은 아니었다. 한눈에 봐도 전과 다르게 환골탈태하여 곰의 몸처럼 억세고 무시무시한 기운이 넘쳐흘러 보였던 것이다.

"뭐가 그게 아니란 말이냐? 똑바로 말하지 못할까?"

"수장님! 벌써 삼 일이 지났기에, 이제는 출발하셔야 될 것 같아서 그만……."

"벌써 시간이 그리되었단 말이냐?"

수하의 말에 웅갈은 깜짝 놀랐다. 그 자신은 수행에 몇 시각도 걸리지 않았다고 여기고 있었던 것이다. 그로서는 어떻게 그렇게 시간이 빨리 흘러갔는지 도무지 이해할 수 없었다. 하지만 분명한 건 그가 온전히 정신을 집중해 곰의 정령의 힘을 얻었다는 사실이었다. 그러니 그가 두려워할 것은 이제 아무것도 없었다.

"모든 것은 준비 다 되었겠지?"

"물론이옵니다. 이제 곧바로 출발하시기만 하면 되옵니다."

웅갈은 수하의 말에 고개를 끄덕이며 나섰다. 그의 발걸음은 그 어느 때보다 힘에 넘쳤다. 하긴 지금 그의 뇌리에는 자신이 만인 앞에서 멋지게 천부인을 열어젖히는 모습이 떠오르고 있었다. 그만큼 그는 확신하고 있었다. 그런 그의 모습에 수하도 힘을 얻었는지 물어보지 않았던 것까지 보고하고 있었다.

"아사달 지역 사람들도 수장님께서 천부인을 열 것이라는 소문에 바짝 긴장한 모양이옵니다. 겉으로는 안 그런 척하더니만 뭐 보검이나 동경, 그리고 방울 같은 것들을 만들기 위해 장인들을 몰래 불러모은 것을 보니 말이옵니다. 하긴 그들이라고 해서 그런 것에 관심이 없다는 건 말이 안 되겠지만, 그런데 참으로 이상한 것은 단군이 그런 것을 쓸데없는 짓이라고 나무랐다고 하니……"

그러면서 단군이 그것들을 백성들을 위한 용도로 사용하고자 새로운 국가 기구로 편제시켰다고 보고하면서 이것이 진짜 단군의 생각인지, 아니면 다른 나라에 숨기기 위한 속임수로 그런 것인지 모르겠다고 덧붙였다. 그리고는 다시 말을 이었다.

"아무튼 단군이라는 사람은 참으로 알다가도 모를 사람이옵니다. 누구나 다 천부인을 가지려고 기를 쓰며 노력하는데 그는 그런 것에 전혀 관심을 가지지 않는 것처럼 행동하니 말입니다. 하긴 자기가 능력이 안 된다고 판단되면 아예 처음부터 포기하는 것이 현명한 것인지도 모를 일이지요."

"네, 이놈! 그 주둥아리 좀 그만 닫치지 못할까? 단군 같은 피라미가 감히 내 적수가 될 수가 있다고 지금 얘기하는 것이냐?"

웅갈의 노기 띤 얼굴에 수하는 곧장 말을 돌렸다.

"아니옵니다. 어찌 그리 생각하겠사옵니까? 당연히 천부인이야 수장님 차지가 될 것이옵니다. 단지 사람들 사이에서 하도 단군이 천부인을 차지할 주인이라고 하는 말들이 많은지라, 정작 그 사람이 하는 것은 한심할 정도여서 전혀 신경 쓸 일이 아니라는 것을 말씀드리고자 해서 그런 것이옵니다."

웅갈이 지금껏 가장 경계하고 있는 인물이 단군이라는 것은 모두가 다 아는 바였다. 그래서 수하는 단군의 상황을 얘기함으로써 웅갈의 환심을 얻고자 했던 것이었다. 하지만 지금 웅갈에게는 단군의 일을 거론하는 것 자체가 신경에 거슬렸다.

"아니, 이놈이 지금도 입을 놀리고 있지 않느냐. 내 분명히 말하건대 내 앞에서는 그놈의 얘기를 꺼내지 마라. 단군은 앞으로 내 적수가 아니란 말이다. 그놈의 할아비가 온다고 해도 나에겐 상대가 되지 않아, 알겠느냐?"

이미 곰의 정령을 이어받았다고 확신하고 있는 웅갈은 다른 누구를 상대하고 싶지도 않았고, 비교 받고 싶지도 않았다. 그만큼 그는 벌써 새 세상의 주인으로 우뚝 서 있는 것 같은 환상에 빠져들고 있었다.

그는 하루라도 빨리 그 자리를 차지하기 위해서인 듯 자신만만하게 곧바로 천신족의 나라로 향했다. 이미 모든 준비를 마친 상황에서 시간을 지체할 이유도 없었다.

웅갈이 이끌고 간 행렬은 대단할 정도로 웅장하고 거대했다. 그럴 수밖에 없는 게 웅씨족이 이날을 위해 지금까지 나라의 온 전력을 모두 기울여왔던 데다가 웅갈의 모습이 지금까지와는 전혀 다르게 자랑할 만한 위용을 갖추고 있었기 때문이었다. 지난날 범씨족의 호한이 그런 정도의 위세를 뽐냈으나 그가 단군에게 꺾이고 나서는 그만한 사람은 아직껏 나오지 않았던 것이다. 단군이 그의 상대가 될 수 있었으나 그는 전혀 천부인을 얻는 것에 관심이 없는 듯했으니 실상 웅갈에 대적할 자가 없어 보였다.

웅갈의 위세가 사뭇 돋보일 수밖에 없는 가운데, 천신족으로 향하던 수많은 나라의 행렬은 그 위세 앞에 길을 비켜주어야 했다. 천신족의 풍백도 웅씨족의 웅갈이 온다는 소식을 듣고는 직접 마중까지 나왔다. 그러니 웅갈의 위세는 하늘을 찌를 듯 더욱 높아질 수밖에 없었고, 이번 천신제는 마치 웅갈을 맞이하기 위한 대회가 된 것 같은 착각을 불러일으킬 정도였다.

천신제를 지내기 위해 올 만한 사람들이 속속 참여하면서, 벌써 사람들 사이에서는 누가 천부인의 주인공이 될 것인가에 말들이 오가게 되었다. 그들 사이에서 우선적으로 거론되는 사람은 당연히 웅갈과 단군이었다.

"아무래도 이번 천부인의 주인공은 웅갈 수장이 될 게야. 벌써 사람들이 그 앞에서 다들 고개를 숙이고 있는 것을 보면 알 수가 있는 일이지."

"하긴 옛날과는 완전히 달라졌다고들 하더니……. 하지만 그게 힘만 가지고 되는 것은 아니지 않는가? 그럴 것 같았으면 옛날 호한이 벌써 그것을 차지했겠지. 그러니 그렇게 장담할 수만은 없을 것일세."

"이 사람 완전히 깜깜무소식이구먼. 웅갈 수장은 천하의 기물까지 만들었다고 하네. 거기에다가 곰의 정령으로 변신하는 경지에까지 도달했다고 하더군. 아, 그러니 사람들이 그 앞에서 꼼짝 못 하는 것이지. 이번에 웅갈 수장이 천부인을 열 게 분명하네."

"그리 생각하면 그게 맞는 것 같기도 한데, 정말 그렇게 될까 의문이네. 천부인은 하늘과 인연이 닿아야 한다고 하지 않는가? 그게 인위적으로 노력한다고 해서 열릴 것은 아닌 것 같고……. 그런 점에서 보면 내 보기엔 단군이 가장 가능성이 높아 보이네. 사람들이 말하는 소릴 들어보면 하늘이 단군을 점찍고 있다고들 하지 않는가? 이런 말이 나오는 걸 보면 단군이 뭔가 범인과 다른 것이 있으니까 그런 것 아니겠어?"

"나도 그런 소릴 들어보고 정말 그럴까 하고 생각해봤는데, 그건 아마 소문에 불과할 것이네. 아니, 누군가 일부러 퍼뜨린 게 틀림없을 걸세. 그게 사실이라면 왜 단군이 천부인에 관심이 없다고들 말하겠는가? 이번에도 천신제에 맞춰 와야 하는데, 아마 늦게 도착할 거라고 하더구먼. 아무리 봐도 자신이 없으니까 그런 것이여. 그도 그걸 알고 있으니까 그리 행동하는 것이란 말일세."

"하긴 그 말도 일리가 있는 말일세. 어쨌거나 이번엔 천부인의 주인이 나와야 할 것인데……. 우리야 그게 누가 되든 무슨 상관이 있겠는가? 그 주인이 나오면 이 소란스러운 국면을 빨리 정리할 것이니 그게 좋은 것이지. 만약 이번에도 또 천부인을 열지 못하게 되면 어떤 파국이 일지 모르질 않는가?"

"맞는 말이야! 아, 범씨족의 호한이 지금 감금되어 있다 해도 그 힘이 완전히 사라진 것도 아닌데, 또 그들이 일어서기라도 하면 어찌하겠는가? 아니지. 아마 이번에 웅갈이 열지 못하면 또 그가 호한처럼 나서지 말라는 법도 없지 않는가? 그러면 일이 더욱 복잡하게 돌아갈 걸세. 어쨌거나 정말 이번에 천부인의 주인이 나왔으면 좋겠네."

"이 사람들 한심한 소리 하고들 있네그려. 아, 그러다가 정말 돼먹지 않은 놈이 그걸 진짜로 차지하면 어떻게 되겠는가? 그거야말로 정말 암울하지 않겠는가? 그런 덕목과 재질을 갖춘 사람이 천부인을 차지하는 것이야말로 우리가 바랄 일일 것일세."

의견들이 설왕설래하면서도 진짜 일이 어떻게 될 것인가는 뚜껑을 열어봐야 아는 일이었기에 사람들은 초조히 그날만을 기다렸다.

이런 가운데 풍백은 천신제를 하루 앞둔 날, 모든 나라의 수장들을 한자리에 모이게 하고는 천신제에 이렇게 참석해준 것에 대해 고마운 마음을 전했다. 그러고는 지난번 천신제를 제국 내에서의 알력과 대립 때문에 행하지 못했던 것에 사과하면서, 이번 천신제는 앞으로 서로 협력과 친선을 더 높이기 위한 계기가 되게 하자고 요청하였다. 특히 다른 때와 달리 지난날 거불단 환웅께서 말씀하신 대로, 천부인이자 하늘의 경을 열어 새 세상의 주인을 맞이하는 자리이니만큼 모두들 뜻 깊은 축제가 되도록 협력해주기를 부탁했다. 그리고 결론적으로 다음의 말을 덧붙였다.

　"이번 천신제도 삼 일간에 걸쳐서 성대하게 치를 것입니다. 모두들 자신의 기량을 맘껏 발휘하시기를 바라며, 또 그 어떤 경우에도 오늘의 자리에 공명정대하게 임해주실 것과 함께 모두들 일단 내려진 결정 사항에 대해서는 깨끗이 승복해주시기를 거듭 부탁드리는 바입니다. 모두들 그리하실 수 있겠지요?"

　모두들 찬성의 뜻으로 고개를 끄덕이는 가운데 응씨족鷹氏族의 수장 매구벌이 입을 열었다.

　"아마 모두들 승복하실 것이라고 믿습니다. 만약 그리하지 않는다면 우리 응씨족은 단호하게 응징하는 데 나설 것입니다. 그런데 문제는 그 일을 얼마나 공명정대하게 주관하느냐, 그렇지 않느냐에 달려 있지 않겠습니까? 이 점에 대해서는 어떻게 생각하시는지 의견을 들어보고 싶습니다."

이 일의 진행을 누가 맡아서 해야 모두들 따를 수 있겠느냐고 묻는 말이었다.

"그거야 당연히 풍백께서 맡아 하셔야지요. 거불단 환웅께서 풍백께 엄명하신 바가 아닙니까? 그런데 이걸 어기겠다는 것인 지……. 그런 말을 새삼 꺼내는 저의가 뭔지 모르겠습니다."

"다른 뜻이 있어서가 아닙니다. 누구나 따르자면 그 과정에 어떤 의문이 없어야 하지 않겠습니까? 그런 점에서 말씀드리는 것입니다. 다시 말해 이 모든 총괄은 당연히 천신족의 풍백께서 하셔야지요. 하지만 천부인의 주인을 찾는 행사까지 천신족에서 모두 담당한다는 것은 문제의 소지가 있다고 보이는지라……."

"의례 사항의 주관이야 제사장이 하면 되는 것 아니겠습니까? 도대체 뭐가 문제될 수 있다는 것인지 도무지 이해할 수가 없군요."

"내 말을 무슨 다른 뜻이 있는 것처럼 오해하시지 말기 바랍니다. 거듭 밝히건대 단지 내가 바라는 것은 한 점이라도 의혹이 없이 진행하자는 점임을 이해해주셨으면 합니다. 더욱이 이번 천신제는 새로운 세상의 주인을 맞이하자는 자리가 아닙니까? 그런데 어찌 제사장이 주관하도록 할 수 있겠습니까? 마땅히 새로운 세상을 맞이하자는 취지에 걸맞게 그런 사람을 추천해서 진행하자는 것입니다."

"아, 이 문제는 더 이상 왈가왈부하지 말도록 합시다. 매구벌 수장의 말씀대로 하면 되지 않겠습니까?"

시작하기도 전에 혼란이 일어나는 것을 막고자 풍백이 매구벌의 의견을 수용했다. 더욱이 매구벌은 여러 나라의 수장들 중에서도 형벌 사항에 관한 한 사심 없이 결정한다고 정평이 난 인물이었으니 받아들이지 못할 이유도 없었다. 그의 말대로 천부인을 열었다고 해도 다른 이들이 그것을 받아들이지 않는다면 혼란이 일 수도 있었다. 그것을 사전에 방지하자면 최대한 투명하게 진행할 필요가 있었던 것이다. 풍백이 다시 말을 이었다.

"그렇다면 그 진행 과정을 누가 주관하면 좋겠습니까?"

"글쎄요. 아무래도 공명하고 위엄을 갖춘 사람이 해야 하지 않겠습니까? 그렇다면 아사달의 단군께서 맡으시는 게 적합할 것 같습니다. 범씨족의 호한까지 제압했으니 아무도 그분의 말씀을 거역하기는 힘들 것이고, 또 거불단 환웅의 아드님이 아닙니까? 제일 적당한 사람으로 보이는데요."

그러자 지금껏 아무 말도 하지 않고 있던 웅갈이 나섰다.

"공명정대하게 하자고 해놓고 이런……. 하기야 그것을 누가 맡아서 한들 그게 무슨 대수겠습니까? 허나 지금 단군은 도착하지도 않았는데 그 일을 맡긴다는 게 말이 되겠습니까?"

"설마하니 참석하지 않기야 하겠습니까? 좀 늦는 거겠지요."

"그걸 지금 말이라고 하는 겁니까? 그가 언제 올지도 모르는데, 그 때문에 천신제를 미루자는 말이오? 그거야말로 천신족을 비롯해 우리 제국 전체를 모독하는 말이지요. 천신제는 하루도 미룰 수 없는 것이고, 관례대로 진행되어야지요. 어쨌든 내 보기엔 형벌에 관한 한 공명하고 사심이 없기로 자타가 공인하는 학씨족의 수장 주인이 있으니 그에게 맡기면 아무 문제 없을 것 같소이다. 모두들 그렇지 않습니까?"

지금까지와는 전혀 달리 위엄이 서린 웅갈의 말에 모두들 놀라워하면서 수긍했고, 풍백도 이를 기꺼이 받아들였다. 이리하여 풍백이 천신제를 총괄적으로 관장하면서 그 진행은 학씨족의 주인이 맡아서 하기로 하였다. 이런 논의는 지난번 천신제 때의 경험을 거울삼아 불협화음을 만들지 않으려는 서로 간의 노력이었다.

마침내 천신제의 첫째 날이 밝아왔고, 풍백은 군사를 동원하여 그 제의가 원만히 수행되도록 경계에 만전을 기하도록 지시하였다. 그리고 주인은 각국의 수장들이 동의한 바대로 엄청난 인파의 참여 속에 제의를 주관하며 진행하였다.

먼저 각국의 수장들이 나와 천신에 제례를 올렸고, 그런 다음 그들은 갖가지 자신들의 정령들을 성스럽게 모시면서 자기들 방식의 제를 올리기 시작했다. 그러고는 천신과 자신들의 정령을 기쁘게 하기 위해 춤을 추고 노래를 불렀다. 그런데 이것은 다른 때보다 훨씬 격렬하며 치열했다. 천부인을 열어 새 세상의 주인을 맞이하는 축제였기에 더욱 정성을 쏟을 수밖에 없었던 것이다. 만약 자기 나라에서 그 주인공이 나온다면 자신들의 정령이 다른 나라보다 더 높은 자리에 오를 수 있었기 때문이었다. 그러니 더욱 경쟁적으로 될 수밖에 없었고, 그것을 기원하는 춤과 노래는 밤새도록 이어졌다.

그 다음 날은 서로의 기량을 겨루는 자리가 되었다. 여기에는 검술, 활쏘기, 기마술, 수박, 석전 등 주되게 군사적 기량을 드러내는 무예가 포함되어 있었다. 따라서 이 자리에서 다른 나라를 압도하면 그만큼 군사적 우위를 점하는 것으로 인정되었으니, 각 나라의 수장들은 여기에 심혈을 기울였다.

각 나라의 명예를 걸고 기량을 자랑하는 자리는 정말 사람들의 탄성을 자아내기에 부족함이 없었다. 각 나라들은 자신들만이 가지고 있다고 하는 특기를 각자 선보였는데, 녹씨족은 순식간에 제자리에서 높이 뛰어올라 공중제비를 수십 번 해대며 자신들의 고고한 몸매를 자랑했고, 이에 질세라 우씨족은 누구도 들 수 없다고 하는 거대한 바윗덩어리를 솜뭉치 들어올리듯 내던지며 엄청난 힘을 과시했다. 하긴 여기에 출전하는 자들이야 각 나라에서 내로라하는 자들로 구성되었으니 그럴 수박에 없는 것이었다.

그런데 그중에서도 마씨족이 선보인 기마술은 타의 추종을 불허한 듯했다. 천리마를 탄 듯 그 먼 거리를 순식간에 오가는 것은 물론이고, 말과 한몸이 되어 곡예를 부리는 기술은 정말이지 말의 정령을 모시는 나라가 아니라면 결코 흉내 낼 수 없는 것들이었다. 이에 웅씨족에서는 그런 것은 다 필요가 없으며 가장 중요한 것은 가공할 만한 파괴력이라는 듯 엄청난 크기의 바윗덩어리를 두 주먹으로 박살내버리는 것이었다. 만약 잘못해 그 옆에 갔다가는 뼈도 못 추릴 것 같았다. 역시 호한이 사라진 제국에서 가장 우세한 군사적 기량을 가지고 있는 것은 바로 웅씨족이라는 평이 나올 만했다. 그런데 그것을 못 봐주겠다는 듯 범씨족에서 나섰다. 그들은 검술을 시범 보였는데, 그 칼끝이 호랑이 발톱처럼 사납고 예리한지라 아무리 강력해 보이던 것들도 단번에 두 동강 나며 잘려 나가버렸다. 비록 호한이 없다고 해도 범씨족의 명성이 결코 허명이 아니며, 아직도 그 힘이 만만치 않게 건재하고 있음을 과시하는 것이었다.

서로 자기들이 선보인 기량에 만족해하며 자축하려고 할 즈음, 갑자기 한 무더기의 사람들이 등장했다. 그들은 바로 단군이 이끌고 온 사람들이었다. 그들은 뒤늦게 도착한 것을 사과하고는 곧바로 자신들의 기량을 드러내기 위해 활쏘기 시범을 선보였다. 그런데 그들은 몇몇 사람이 나오는 것이 아니라 무리로 나와 과녁을 겨냥하여 활을 쏘았다. 그런데 다른 예사 화살과는 달리 그것이 어찌나 힘 있게 날아가는지 씽씽거리는 소리가 들려나오는가 하면, 목표물에 다다른 화살은 거북의 등껍질로 둘러싼 과녁을 뚫어버리기까지 했다. 이것이 바로 단궁檀弓이라는 무기였다. 사람들은 그것을 보고서야 단군의 세력이 어떻게 범씨족을 격파하였는가를 이해할 수 있었다. 아무리 무예가 출중하더라도 저렇게 많은 명사수가 겨냥하여 방어하고 공격한다면 당해낼 재간이 없을 것이라며 두려움에 떨었다.

어쨌든 은근히 자기 나라의 군사적 역량을 시위하며 자랑하면서도 서로 마찰을 일으키지 않기 위해 극도로 조심했다. 이건 이

전의 천신제와는 다른 모습이었다. 다른 때 같았으면 무예 자랑이 끝나고 나서도 자신들의 힘을 자랑하기에 바빴을 것이다. 이렇게 된 데에는 이번 대회를 성공적으로 치러내기 위해 풍백의 군사들이 삼엄한 경계를 서면서 엄격한 규율을 적용하는 까닭도 있었지만, 무엇보다 중요한 것은 천부인을 누가 열 것인가에 주된 관심이 쏠렸기 때문이었다. 하기야 지금 상황에서 자신들의 군사적 역량이 우위에 있으면 뭐 하겠는가? 어차피 천부인을 여는 사람 앞에서 모두들 복종하겠다고 맹세까지 한 마당인데. 그러니 그건 그다지 중요하지 않았다. 제국의 운명과 사람들의 운명은 바로 내일 천부인을 열 주인공에게 맡겨져 있는 상황이었다. 그래서 그 전날과는 달리 모두들 일찍 자리를 떠났다. 내일을 위해 조심스레 긴장하며 준비하고자 했던 것이다.

둘째 날 밤이 조용히 지나가고 천부인의 주인을 찾는 날이 밝자, 모두들 아침 일찍부터 서둘러 그곳에 모였다. 모두의 눈동자에는 묘한 흥분과 긴장의 파고가 형성되고 있었다.

마침내 천부인에 도전할 시간이 되자, 풍백이 사람들 앞에 나서서 이번에 천부인이자 하늘의 경을 여는 사람이 바로 새 세상의 주인이 되는바, 어느 누구도 예외 없이 따라야 하며 그분을 새 주인으로 맞이하여야 한다는 사실을 다시 한번 주지시켰다. 그러자 모두들 이구동성으로 그것은 태고에서부터 내려온 전설인데, 어느 누가 그것을 거부하겠는가 하면서 승복할 것을 다짐했다. 이에 풍백은 학씨족의 수장 주인에게 진행하라는 손짓을 보냈고,

그에 따라 주인은 도전하고자 하는 자들을 받아들이겠다고 정식으로 선포하였다.

시작을 알리는 소리가 들림과 동시에 수많은 지원자들이 쇄도했다. 모두들 힘깨나 쓰며 무예들을 한가락 한다고 하는 자들이었는데, 이들은 차례대로 천부인을 열기 위해 도전했다. 어떤 자는 덩치가 우락부락한 게 힘으로는 장사 같았는데, 다짜고짜 자신의 수박기술로 열려고 하다가 자신의 손이 튕겨나가기만 하였다. 이에 주인은 실격을 선언했다. 또 무예가 고강해 보이는 어떤 자는 검으로 열려고 시도하였다. 하지만 그의 칼은 몇 번 휘둘러 보기도 전에 그만 부러져버리고 말았다. 당연히 그 역시 실격 처리되었다. 이렇게 순서대로 수많은 도전자가 응했지만 천부인이자 하늘의 경은 그때까지도 전혀 미동도 하지 않았다. 하긴 이들 중에는 혹시나 하는 마음에서 참여한 사람도 있었으니 그럴 만도 했다. 하지만 계속되는 도전자들의 모습을 지켜보면서 그런 요행수로 되지 않는다는 것을 알아본 사람들은 점차 그 도전을 포기했다.

이에 주인이 다음에 도전할 자가 없냐고 묻기에 이르렀다. 그러자 한 사람이 무슨 도구 같은 것을 들고 나섰는데, 그의 손에는 끝이 날카로운 정처럼 생긴 것과 그것을 박을 수 있는 마치 같은 것이 들려 있었다. 아무래도 힘이나 무예로 되지 않을 것 같으니까 도구를 사용해 열어보려는 심산이었다. 하긴 열린다고 한다면 분명 그 틈이 있을 것이니, 그 공간을 더욱 벌릴 수만 있다면 열 수 있을 것 같기도 했다.

그 사람은 천부인이 들어 있다고 하는 거대한 운석이자 신표를 이리저리 살피며 그 틈을 파악하더니, 이내 찾았다는 듯 정을 그 사이에 넣고 박기 시작했다. 처음에 그것은 쉽사리 들어가는 듯했다. 하지만 몇 번을 치자 마치 광석이 화를 내듯이 정이 튕겨 나오며 도리어 그자의 가슴에 꽂혀버렸다. 그자는 숨도 제대로 쉬지 못하고 이내 쓰러지고 말았다. 이것을 본 사람들은 함부로 천부인을 열려고 했다가는 재앙을 당하고 말 것이라며 수군거렸다. 그러니 더욱 나서는 자가 없었다.

하지만 야망을 가지고 있는 자가 어디 그런 것에 지레 겁을 먹고 포기하겠는가? 이런 정도의 두려움에 떨 것 같았으면 애초에 도전하려는 생각조차 품지 않았을 것이다. 이를 증명이라도 하듯 벌써 또 한 사람이 도전에 나서며 제법 자신만만하게 소리쳤다.

"명색이 천부인의 주인이 되려고 하는 자가 고작 저런 도구를 가지고 열려고 하다니, 정말 한심한 작자가 아닌가? 최소한 나 정도는 되어야지."

그러면서 그가 가지고 있던 지팡이를 휘두르면서 무슨 주문을 외웠다. 그러자 그의 주위에는 구름이 일면서 무슨 조화가 이는 것 같았다. 사람들은 숨을 죽이며 눈을 휘둥그레 떴다. 천부인은 천지의 조화를 부릴 수 있는 것이니 이렇게 도술을 부리는 사람이라면 어쩌면 그것을 열 수 있는 게 아닌가 하는 판단이었던 것이다. 허나 그것도 잠시, 순간적으로 일었던 안개구름은 언제 그런 일이 있었냐는 듯 가뭇없이 사라져버렸다. 그러자 그는 믿을 수 없다는 듯 연신 지팡이를 휘두르며 악착같이 덤벼들었다. 그와 때를 같이해 천부인을 감싸고 있는 거대한 운석에서 불꽃이 번쩍이더니 이내 그 지팡이를 덮쳤고, 그 순간 그는 저 멀리로 나가떨어지고 말았다. 혼비백산한 그는 더 도전해보려는 생각도 하지 않고 그대로 뒤꽁무니를 빼고 말았다.

함부로 사술을 이용해 농간을 부렸다가는 봐주지 않을 것이라는 사실을 파악한 사람들은 더욱 두려움에 떨었다. 아무리 봐도 이제는 나설 자가 없을 것 같았다. 하지만 역시 새 세상의 주인이 될 것이라는 유혹의 열매는 달콤한 모양이었다. 역시 또 다른 사람이 도전장을 내밀고 있었다. 그자는 지금까지의 사람들과는 전혀 다른 방식을 사용했다. 몸을 날리듯 천부인을 감싸고 있던 운석으로 오르더니 두 팔을 벌리고 하늘의 기운을 받아들이는 듯 자세를 취했다. 그러고는 위에서 그것을 내리치며 천부인을 열려고 시도하였다. 아무래도 천부인은 하늘의 뜻이자 의지이니 하늘의 기운과 통하는 곳인 위쪽에 그 열쇠가 있을 것으로 타산한 모양이었다. 그런 그의 의도가 적중했는지 그가 가하는 일격에 천부인을 감싸고 있는 운석이 조금 움직이는 듯했다. 그러자 그는 더욱 신바람을 내며 계속 그 동작을 가열차게 반복했다. 그때마다 거대한 운석은 피이익 소리를 내며 뒤틀리는 듯했고, 급기야 거센 폭풍을 일으키기 시작했다. 사람들은 이제 뭔가 이루어지는구나 하며 숨을 죽이며 기대하다가 아예 눈을 감아버렸다. 그것은 정말 너무나도 끔찍한 광경이었던 것이다. 강력한 폭풍이 그 위에 있던 사람을 순식간에 감싸더니 공중 높이에 떠올려 보냈다가 그대로 땅에 꽂아버렸고, 이에 그 사람은 숨 한번 쉬지 못하고 피를 토하며 죽고 말았던 것이다. 이는 분명 능력도 되지 않으면서 함부로 나섰다가는 어찌 될 것인지를 보여주는 암시 같았다. 그러니 더는 나오는 자가 없었다. 하긴 지금껏 신기한 비법을 가졌다고 하는 사람들이 온갖 지혜를 다 짜내 도전했으나 실패한데다가, 잘못하면 목숨까지 잃게 되는 것을 직접 눈으로 목격했으니 어느 누가 배짱 좋게 선뜻 나설 수가 있겠는가? 아무도 나서는 사람이 없자 사람들은 역시 하늘의 점지를 받은 사람에 의해서만 열리는 것이구나 하며 아직 그 주인이 나타나지 않았다고 생각하였다.

어쨌든 주인도 그렇게 생각하며 마지막으로 더 도전할 자가 없냐고 확인하기에 이르렀다. 이때 숨을 죽이고 있는 사람들 앞에 보무도 당당하게 나선 자가 있었으니, 그는 바로 웅갈이었다. 사람들이 두려움에 떨고 있는데도 그는 아무렇지도 않은 표정이었다. 오히려 천부인의 주인은 바로 자신이라는 것을 주장하듯 당당하기까지 했다. 그런 모습에 사람들은 역시 웅갈이 뭔가 다르긴 다르다고 수군거렸다.

웅갈의 손에는 빛이 번쩍거리는 보검이 들려져 있었다. 햇빛에 반사되는 것만 봐도 그것이 얼마나 날카로운지 그 빛을 잘라버릴 것만 같았다.

웅갈은 먼저 천부인을 감싸고 있는 신표이자 광석을 힐끔 살펴보더니 뭔가 알 수 없는 주문을 외우기 시작했다. 얼마간의 시간이 지나면서 그의 몸은 점차 부풀어 오르며 변하기 시작했고, 급기야 거대한 운석을 감싸버릴 정도의 엄청난 괴물의 형체로 변해 있었다. 자세히 보니 그것은 바로 엄청난 기운을 자랑하는 곰의 형상으로써 뒷발로 일어서서 앞발로 그 거대한 운석을 뽑아버리듯 에워싸고 있었다. 바로 그때 사람들의 입에서는 저건 바로 곰 정령의 화신이라는 말이 터져 나왔다. 사람들은 이제야 천부인이 열렸다고 확신했다. 그것을 확인이라고 해주듯 괴물 같은 곰의 형체에서는 불꽃이 타올랐고, 이내 폭발하듯 불꽃을 튀기기 시작했다. 그와 동시에 그토록 꿈쩍도 않던 거대한 운석이 휘청휘청 나풀대기 시작했다. 모든 것은 한순간을 향해 치달아가고 있는 듯했다. 마침내 불꽃이 정점에 도달한 듯 억센 앞발에 쥐어진 보검이 엄청난 기합소리와 함께 거대한 운석을 향해 내리꽂혔다. 그 순간 뇌성벽력이 대기를 가르며 천지에 진동했다. 모두들 천부인이 열렸을 것이라고 생각하며 그 다음의 모습을 기다렸다. 그런데 어찌된 영문인지 거대한 운석은 그 같은 폭발음에도 아무 일 없다는 듯 그대로 있었다. 도리어 웅갈의 몸은 그 거대한 운석에 부딪친 반작용 때문인지 저만치 공중으로 나가떨어져 뒹굴고 있었다.

분명 웅갈은 할 수 있을 것으로 보였는데, 그것도 아닌 모양이었다. 이에 판정관인 주인이 실격을 선언했다. 그러자 웅갈은 도저히 이런 일은 있을 수 없다는 듯 망연자실해 있다가 다시금 정신을 차리고는 다시 한번 도전을 청한다고 허락을 요구했다. 하지만 주인은 한 번 실격을 당한 사람은 안 된다며 결론을 내렸다. 그런데도 웅갈은 도저히 승복할 수 없다고 여긴 모양인지, 사람이 실수도 할 수 있는 법인데 어찌 그러느냐고 하면서 재차 도전을 청했다. 그로서는 도저히 납득할 수가 없었던 것이다. 자신이 직접 시험한 보검은 가장 강한 돌로 알려진 금강석조차도 잘라버린 검이었는데, 어찌하여 저 운석에 상처하나 낼 수 없는지 이해가 되지 않았던 것이다. 그것도 단순히 내리친 것도 아니고 곰 정령의 화신으로 둔갑하여 한 것인데도 먹혀들지 않았다는 게 그로서는 상상할 수조차 없는 일이었다. 어쨌든 사람들도 그의 요청을 듣고서 지금까지 그 어떤 사람보다도 가장 근접했다고 생각했기에 다시 한번 허용하라고 거들었다. 이에 주인도 사람들의 뜻을 받아들여 이번에 한해서 허용한다고 하였고, 이에 웅갈은 다시 도전하게 되었다.

웅갈은 아까와 같은 방식이었지만, 그보다 훨씬 더 센 기합과 힘을 내쏟으며 억세게 도전했다. 그러자 그의 몸은 조금 전보다 더 강렬한 곰의 형상으로 용트림하기 시작했다. 그러고는 이내 거대한 운석의 주위를 그 가공할 만한 곰의 기운으로 완전히 감싸버렸다. 사람들은 이제는 되는가 보다며 숨을 죽였다. 마침내 뇌성벽력과 같은 웅갈의 외침이 이어짐과 동시에 엄청난 폭발음이 일어났다. 하지만 역시 거대한 운석은 여전히 그대로였고, 단지 웅갈만이 조금 전보다 더 멀리 튕겨져 엄청난 충격을 받았음인지 일어나지도 못하고 널브러져 있었다. 이에 주인이 실격을 선언했다. 그런 중에도 웅갈은 제정신을 차리지 못하고 계속 "이럴 수는 없어." 하며 중얼거리기만 했다.

빛을 잘라버린 보검에다가 곰 정령의 화신으로 도달한 경지에까지 이르고도 열지 못했으니, 천부인의 주인이 나온다는 것은 도무지 불가능해 보였다. 모두들 아쉬움 속에 넋 놓고 자리에서 일어나지 못했다. 판정관인 주인도 이 대회가 끝났음을 선언해야 하건만 차마 입에 올리지 못했다. 아쉬움이었다. 아니, 또 얼마나 혼란의 소용돌이에 휘말릴까 하는 두려움에 젖어들었다.

천부인을 여는 자가 없으니 천신제를 마쳐야만 했다. 결국 주인은 종결을 선언해야 했는데, 그에 앞서 마지막으로 도전할 자가 없느냐고 다시 물었다. 아무도 나타나지 않는 가운데, 어느 누군가가 먼저 단군을 연호했고, 나머지 사람들도 자연스레 따라했다. 이것은 단군보고 나서라는 소리였다. 이에 단군이 겸손하게 사양했다.

"아니, 이게 무슨 소리입니까? 지금까지 보지 않았습니까? 천부인은 하늘이 점지한 자만이 열 수 있다는 것을요. 저는 아마 그런 사람이 아닐 것이니 그만하십시오."

단군이 도전할 의사가 없다고 밝혔는데도 사람들의 함성은 계속되었다. 누구나 그걸 차지하려고 혈안이 되어 있는 마당에 서슴없이 물리치는 그의 모습에 더욱 마음이 끌렸던 것이다. 더욱이 사람들 사이에서 그가 천부인의 주인이라고 소문이 나돌고 있는 와중에, 혹시 정말로 그럴 줄 누가 알겠느냐며 나서 보라고 소리쳤다. 이때 신지가 단군에게 다가왔다.

"이게 사람들의 소망이온데, 왜 받아들이려 하시지 않는 것이옵니까? 나서십시오. 되는가 안 되는가는 하늘의 뜻에 달려 있지 않사옵니까?"

단군도 더 이상 사양하고 물러설 수만은 없어 앞으로 나섰다. 자기가 하기 싫어도 백성을 위해서라면 나서야 한다는 것이 그의 마음가짐이기도 했다. 단군이 앞으로 나서며 주인에게 물었다.

"내 그만한 자격이 있는지 모르겠지만 최선을 다해 볼 것입니다. 그런데 한 가지 청을 해도 되겠습니까?"

"무슨 말씀인지 어서 하십시오. 도리에 어긋나지 않는다면 들어주도록 하겠습니다."

"다름이 아니라 내 동작에 맞추어 북을 쳐줄 사람이 필요한데, 그리해도 되겠습니까?"

"북을 치게 해 달라? 그거라면 그다지 문제 될 것이 없으니 그리해도 좋소."

허락을 받은 단군은 북을 메고 있는 한 사람을 불러내었다. 걸음을 곧바로 못 걷는 것으로 봐 그는 맹인인 듯 보였다. 사람들은 저런 맹인을 뭐하려고 불러내는지 이상하게 여기며 단군을 지켜보았다.

이내 단군은 아무 행동도 하지 않고 묵상에 들어갔다. 정신 집중을 하려는 듯 지루할 정도로 한참을 그렇게 있었다. 그러다가 자신의 최면에 취한 듯 서서히 몸을 움직이기 시작했고, 그에 맞춰 북소리가 천천히 장단을 울렸다. 그러고는 그가 장단에 맞추는지, 북이 그의 장단에 맞추는지 알 수 없을 정도로 서로에 변화를 주면서 점차 흥을 돋우는 과정으로 이어지더니 이내 춤사위로 변해가고 있었다. 그런데 정말 알 수 없는 것은 그렇게 그의 동작이 이어지자 사람들은 자신도 모르게 단군을 따라 북소리에 맞춰 몸을 움직이기 시작했다는 것이다. 그리고 보면 그 북소리가 어디 꼭 천상에서 흘러나오는 소리 같기도 하면서 사람들의 심금을 자아내고 있었다. 오히려 그것보다는 자신도 모르게 흥겨움과 신명을 불러일으키는 것 같았다. 그래서인지 북소리의 장단이 더욱 고조되어 갈수록 춤은 흥겨워지고 그것에 맞춰 모두들 덩실덩실 춤을 추었다. 신명나게 추는 춤이 바로 이런 것이라고 할 정도로 한참동안 이어졌다. 마침내 절정의 파고로 치닫듯 장단의 호흡이 거침없이 빨라졌고 그에 맞추어 춤의 동작도 격렬해졌다. 마치 북소리와 그에 맞춘 춤으로 세상이 가득 찬 것 같았다.

바로 그때 단군이 하늘을 향해 두 손을 치켜들었다. 그에 맞춰 북소리도 멈췄고, 모든 춤의 동작도 그대로 정지되었다. 모든 것이 그대로 멈추며 고요한 정적에 휩싸인 것 같았다. 그 순간 하늘에서 빛줄기가 뿜어져 단군의 몸으로 쭉 뻗어 나와 그의 몸을 광채로 휘감았다. 잠시 후 단군의 몸을 둘러싸고 있던 광채가 빛줄기로 변해 천부인을 감싸고 있는 거대한 운석으로 향하며 그것을 빙빙 돌았다. 그리고 마침내 그토록 꿈쩍도 하지 않던 거대한 운석이 스스로 열림과 동시에 동경이 강렬한 빛을 품어내기 시작했다. 동경은 바로 환웅이 행차할 때 의식을 장중하게 하기 위해 풍백風伯이 들고 앞서 나가는 천부인 중 하나로 귀중한 보물이었다.

사람들은 너무도 깜짝 놀라 말도 못하고 그대로 멀건이 눈만 껌뻑거렸다. 온갖 무예와 비법으로도 꼼짝하지 않던 저 천부인이 어찌 이토록 쉽게 열려버렸는지 도무지 이해할 수 없는 일이었다. 하늘을 기쁘게 하는 것이 그 열쇠였는가 하고 궁금하게 여기면서도, 역시 천부인은 하늘이 점지한 자만이 열 수 있다는 말이 맞구나 하고 생각할 수밖에 없었다.

사람들이 마른 침을 삼키며 지켜보는 가운데, 단군은 우선 동경銅鏡을 손에 받들었다. 그러자 단군의 입에서 나는 것인지 동경에서 울려 나오는 것인지 도무지 알 수는 없는 거대한 울림이 퍼져 나왔고, 그 소리에 사람들은 절로 고개를 숙이며 엎드리게 되었다.

"하늘의 법칙은 하나일 뿐이니, 그 하나는 바로 사람의 뜻이니라. 사람의 마음에 하늘의 뜻과 의지가 있느니라. 너희들이 오로지 순수하게 백성의 참마음에 정성을 다한다면, 이로써 너희 마음이 하늘의 뜻을 알게 되는 것이니라. 하늘의 뜻은 언제 어디서나 하나이고, 백성의 마음도 마찬가지로 하나인 까닭에, 스스로를 살펴보아 자기의 마음을 알면 이로써 다른 사람의 마음도 살필 수 있느니라. 그리하여 하늘의 뜻을 잘 받들 수 있다면 이로써 세상 어느 곳에서도 제대로 쓰일 수가 있는 것이니라."

그 울림이 끝남과 동시에 단군이 그 동경을 들고는, 깨끗한 마음으로 광명 세계를 비추듯이 다시 거대한 운석을 비추었다. 그러자 동경에서 빛을 품은 빛줄기가 다시 거대한 운석으로 쭉 뻗어가더니 다시 한번 스르르 열리면서 이번에는 청동방울에서 빛이 발산되고 있었다. 청동방울 또한 천부인의 귀중한 보물 중 하나였다.

어느덧 청동방울 또한 단군의 품에 받아들게 되자 그것은 청명한 소리를 내기 시작했는데, 그 소리에 감히 어떤 사악한 기운도 범접할 수 없을 것만 같았다. 사람들이 엎드리며 그 가르침을 받고자 하는 가운데 다시 거기에서인지, 단군의 입에서인지 알 수 없게 거대한 울림이 퍼져 나왔다.

"천지창조의 시기에도 신성한 소리가 있었느니라. 이것은 사악한 기운을 경계하고 탐욕을 멀리하고자 함이니라. 너희가 아무리 두껍게 싸서 감춘다 해도 간특한 냄새는 반드시 새어나오게 되어 있느니라. 항상 바른 성품을 공경스럽게 지녀서 사악한 마음을 품지 말 것이며, 나쁜 짓을 감추지 말 것이니라. 신성한 소리에 귀를 기울여 하늘을 공경하고 백성을 가까이 하라. 이로써 너희는 끝없는 행복을 누릴 것이니라."

단군이 울려나오는 소리에 따르겠다는 듯 청동방울을 울렸다. 그러자 이번에는 거대한 운석에서 청동검이 광채를 빛내며 단군의 손으로 날아드는 것이었다. 이 또한 천부인의 세 보물 중 하나였다. 그리고 역시 그 보검에서 나는 소리인지, 단군의 말인지 분간할 수 없는 거대한 울림소리가 새어나왔다.

"너희가 태어남은 오로지 부모에 연유하였고, 부모는 하늘로부터 내려오셨느니라. 너희의 뿌리는 바로 하늘인바, 하늘을 받들어 모시는 것이 부모를 옳게 공경하는 것이며, 그것은 나라에까지도 그 힘이 미치는 것이니라. 바로 이 보검은 하늘을 섬기는 그 권위이니라."

소리가 끝남과 동시에 단군이 위엄의 상징으로 보검을 높이 치켜들자, 세상은 하늘을 상징하는 그 보검 앞에 납작 엎드렸다. 이런 가운데 지금까지 그의 손으로 들어온 동경과 청동방울이 어느새 빛과 소리를 내리를 내면서 하늘과 땅과 인간 세상을 향해 쭉 빛을 뿜어내는가 싶더니, 이내 광채를 내며 하늘로 그 모습을 드러낸 것이었다.

사람들은 너무나 놀라 입을 다물지 못했다. 바로 그 사람은 거불단 환웅의 화신이었던 것이다. 천부인은 그 어떤 기물이었던 것이 아니라 지금껏 태고의 전설로 쭉 이어 내려왔던 황궁씨, 유인씨, 환인, 환웅의 화신 바로 그 자체이자 하늘의 경이었던 것이다.

"그대는 이제 새로운 세상의 주인이 되었노라. 이제 그대는 새 역사의 시대를 열어 태곳적부터 그토록 갈구해왔던 홍익인간의 지상세계를 열어나가라. 하늘의 뜻이 땅에서도 실현되도록 하라."

천부인의 주인이 등장했음을 알리는 엄청난 선포였다. 이에 사람들은 경이감에 사로잡혀 자신도 모르게 저절로 머리를 조아렸다.

"새 세상의 주인을 받들어 모시겠사옵니다."

그와 동시에 거불단 환웅의 모습은 저 멀리 하늘로 사라져버렸다. 하지만 여전히 청명하면서도 맑고 고운 소리가 계속 울려 나왔다. 그것은 천일일지일이인일삼天——地—二人—三 등 하늘의 경이자 천부경天符經의 소리였다.

마침내 천부경의 81자의 소리가 끝나자 장내는 갑자기 쥐죽은 듯 조용해졌다. 이내 새 세상의 주인이 되는 것이 자신의 책임임을 깨달은 듯 단군은 스스로가 천부인의 주인임을 공식적으로 선언하였다. 이에 사람들은 열렬한 환호로 화답하였다. 그토록 소망했던 태고의 전설의 수수께끼가 풀리는 순간이었고, 그것을 해결한 새 세상의 주인이 바로 자신들 앞에 있음에 대한 찬사였다. 더욱이 그 어떤 인위적인 방법을 사용한 것이 아니라 그저 하늘의 뜻에 따라 움직였을 뿐인데 그것이 열렸다는 사실은, 정말로 그가 새 세상의 주인임을 의심치 않게 만들었다. 사람들은 환호성을 지르는 동시에 단군을 주시했다. 그가 새 세상의 주인으로서 맨 처음 무엇을 하고자 할지에 대해 관심이 집중되었던 것이다.

단군이 앞으로 나서며 입을 열었다.

"저는 본의 아니게 천부인을 열게 되었습니다만, 이건 바로 여러분이 저를 내세워준 덕분이었습니다. 여러분의 소망에 하늘은 감동하며 이를 받아들인 것입니다. 이제 저는 여러분의 한결같은 소망과 하늘의 뜻을 감히 받들고자 합니다. 바로 새로운 세상을 열어나갈 것입니다. 새로운 세상은 사람의 참마음이 하늘의 뜻이듯 바로 여러분의 세상입니다. 여러분이 바로 새 세상의 주인입니다. 저는 여러분과 함께 새 시대, 즉 새 역사의 시대를 개척해 나갈 것입니다."

이에 사람들은 단군의 이름을 힘찬 함성으로 외쳐댔다. 그 누구도 아닌 새 세상의 주인으로 점지 받은 분이 바로 자신들을 그 세상의 주인이라고 추켜세우는 것에 감동을 받은 것이었다. 그뿐만이 아니라 자신들이 단군을 내세웠다는 것에 은근히 자부심이 일기도 했다.

다시 단군의 말이 이어졌다.

"저는 선언합니다. 이제 새 세상이 열렸고, 새 역사의 시대, 새 인간의 시대가 열렸다고 말입니다. 이제 인간이 세상의 주인이 되었습니다. 이것이 바로 지금껏 태고의 전설로 내려온 것의 핵심입니다. 천상에서 즐겼던 그 기쁨을 이 지상에서도 실현하자고 하는 것입니다. 이에 저는 앞으로 인간을 이롭게 하는 홍익인간의 이념에 맞게 새로운 제도와 질서를 세워나갈 것입니다. 어쨌든 오늘은 축복의 날입니다. 지금까지의 시대와 단절하고 인간이 세상의 주인이 되는, 새로운 역사의 시대가 열어졌으니 그 기쁨을 우선 만백성과 함께 노래합시다."

단군은 각 나라의 양곡을 풀어 모두 맘껏 즐기고 노래할 수 있게 하라고 지시하였다. 그 지시에 따라 천신족에서도 곳간이 열리며 천신제에 참석한 사람들은 물론이고 온 백성들은 춤을 추고 노래하는 기쁨을 밤새도록 누렸다.

한편 모두들 그 기쁨에 젖어 있는 가운데에서도 각 나라의 수장들은 안절부절못했다. 단군이 지금까지와는 다른 새로운 질서를 만들겠다고 얘기한 것에 대해 그것이 무엇일까 궁금했던 것이다. 이것은 앞으로 제국의 권력 판도에 영향을 미칠 것이었으므로, 촉각을 곤두세울 수밖에 없는 문제였던 것이다.

이런 움직임을 벌써 눈치챈 신지가 단군을 찾아왔다.

"단군 폐하! 다시 한번 감축 드리옵니다. 그런데 각국 수장들의 움직임이 아무래도 심상치 않사옵니다. 이들을 어찌하실 작정이옵니까?"

새로운 세상에 맞게 질서를 세우자면 불가피하게 개편이 일어날 수밖에 없는데, 거기에 가장 걸림돌이 되는 게 각국의 수장들이었다. 그러니 이들 처리를 묻는 말이었다.

"글쎄요. 새로운 제도와 질서는 금방 세울 수 있지만 사람의 생각이야 어디 금방 바뀌지겠습니까? 생각을 바꾸기 위해서는 아무래도 그 뿌리부터 바로 세워야 할 것이니 그것을 준비해나가야 하지 않겠습니까?"

"맞는 말씀이옵니다. 하오나 그것은 하루아침에 되는 일이 아니고, 더욱이 그들에게 시간을 주게 되면 오히려 단군 폐하게 반발할 수 있지 않겠사옵니까? 사실 그들이 지금 단군 폐하께 모두 복종하겠다고 맹세하긴 했사오나, 그것이 언제까지 갈지 아무도 장담할 수 없는 일이옵니다. 그러니 이번 기회에 최소한의 담보로 각국의 군대를 장악해 단군 폐하의 명을 받게 만들어야 하옵니다. 군대가 단군 폐하의 명을 받는다면 어찌 제국 내에서 나라들 간의 싸움이 일어날 수 있겠사옵니까?"

사실 백성들은 모두 다를 바가 없는데도 그것을 이끌고 있는 통치자가 서로 달라 나라들 간에 갈등과 분열이 일고 있었고, 더불어 백성들의 삶에 커다란 어려움을 가져다주고 있었다. 그래서 신지는 새로운 인간 세상을 실현하자면 각 나라들을 하나로 통합해야 한다고 생각했던 것이다. 그런데 문제는 그렇게 하면 각 수장들의 반발이 심할 거라는 사실이었다. 그렇다고 이를 피할 수도 없으니 최소한의 조건으로 지금의 기회를 이용해 각국의 군대가 단군의 명을 받을 수 있도록 확실하게 만들어놓자는 안이었다.

"그것 또한 반발이 만만치 않을 것입니다. 물론 반발이 심하다고 해서 피하려고 하는 것은 아닙니다. 허나 사람의 마음을 바꾸려고 하면서 그렇게 기분을 상하게 한다면 뭐가 좋을 게 있겠습니까? 차라리 그들을 믿고 정면으로 밀고 나가는 게 나을 겁니다. 어쨌든 중요한 것은 새로운 세상의 선포식을 내년 천신제에서, 그것도 이곳이 아닌 아사달 지역에서 하는 것일 겁니다."

신지는 좋은 조건을 만들어 진행한다면 효과적이라는 생각을 가졌지만 어차피 문제의 본질은 사람을 어떻게 변화시킬 것인가인 데다가, 또 단군이 자신의 뜻을 따라 달라고 요청한지라 어쩔수 없이 그렇게 하기로 하였다. 그는 우선 풍백을 찾아 단군의 뜻을 전하고 도움을 요청했다.

이에 풍백은 천신제를 아사달로 옮기는 것에 대해 서운함을 감추지 않고 되물었다. 그것은 그 누구도 아닌 거불단 환웅의 아들인 단군이 그리하는 것이라 더욱 섭섭한 생각이 들었기 때문이었다.

"그럼, 지금까지 이곳에서 진행되어온 천신제를 부정하겠다는 뜻인 겁니까?"

"어찌 그럴 리가 있겠사옵니까? 단군 폐하는 그 누구도 아닌 거불단 환웅의 아드님이시고, 또 천부인을 여신 분이옵니다. 그런데 어찌……. 그건 오해이시옵니다. 단지 지금까지 해왔던 전통을 계승하면서도 혁신시키고자 하시는 것이옵니다. 사실 지금까지 태고의 전설이 내려왔으면서도 이제야 천부인이 열리게 된게 무엇 때문이겠사옵니까? 그것은 아마 단군 폐하께서 등장하시어 지금껏 진행해왔던 천신제를 새 시대에 맞게 아사달 지역에서 거국적으로 실시하라는 뜻일 것이옵니다. 그러니 새로운 세상이라고 일컫는 것이 아니겠사옵니까?"

말이야 바른 말이었다. 그렇다고 천신족의 대신인 풍백이 지금껏 모셔왔던 천신제를 다른 장소로 옮기는 것에 서운해하지 않을수는 없는 노릇이었다. 하지만 천부인의 주인이 결정 내린 사항에 대해 가타부타 거부할 수 없었으니, 그는 이에 따르겠다고 밝혔다.

새로운 세상을 맞이한 기쁨을 밤새도록 노래한 사람들은 다음 날 아침 천제단 앞에 웅성웅성 모여들었다. 새로운 세상을 개척하겠다고 선포한 단군이 어떤 지시를 내릴 것인지 듣고자 함이었다. 단군의 말 한마디에 의해 제국과 백성들의 운명이 결정되는 순간이었다. 그만큼 천부인의 위력은 대단한 것이었다.

모두들 숨소리를 죽이는 가운데, 단군은 이들 앞에 나서며 입을 열었다.

"새로운 인간 세상을 열어나가야 하는 엄중한 사명을 맡고 있는 나는, 여러분 앞에 명백히 밝히고자 합니다. 새로운 역사 시대를 열기 위해, 나는 지금까지의 전통을 계승하는 동시에 혁신시켜 나가고자 합니다. 이에 우선 내년에 천신제를 아사달에서 열 것이며, 그때에 새로운 세상을 위한 준비를 갖추고 그 면모를 밝히고자 합니다. 바로 여기에 새로운 세상을 열고 태고의 전설을 실현하는 길이 있습니다. 모두들 그 준비를 잘하여 내년 아사달에 열릴 천신제, 새로운 세상의 나라를 선포하는 행사에 참여하시기 바랍니다."

단군의 말이 떨어지지가 무섭게 몇몇 수장들 사이에서 웅성거리는 소리가 들려왔다.

"지금까지 계속 천신족의 지역에서 천신제를 실시하여 왔는데, 갑자기 아사달 지역에서 실시하겠다고 하는 건 아무리 봐도 그

320

전통을 부정하려는 것이 아닌지 모르겠소이다.”

“글쎄요. 만약 그게 맞다면 이건 우리가 지금까지 차지하고 있는 수장 자리도 보장하지 않겠다는 말이 아닙니까?”

새로운 변화를 추구하는 단군 앞에 수장들은 의구심을 나타내고 있었다. 그런데 바로 그때 웅씨 족의 수장 매구벌이 따끔하게 꾸짖고 나왔다.

“지금 뭣들 하시는 겁니까? 우리 모두는 천부인을 여는 사람을 주인으로 섬기겠다고 맹세하지 않았습니까? 벌써 그것을 잊었단 말입니까?”

천부인의 주인이라는 말에 사람들은 더 이상 아무 말도 하지 못했다. 하지만 그들은 뭔가 계속 불만스러운 표정이었다.

이와 달리 일반 사람들은 단군에 대한 환영을 표시하며 열렬하게 환호를 보냈다. 물론 처음엔 이들도 왜 지금 당장 새 세상을 만드는 일을 진행하지 않는 것인지에 대해 고개를 갸웃거렸다. 하지만 이내 그것이 새로운 세상을 맞이하기 위해 근본적인 변화를 추구하겠다는 단군의 의지임을 알고는 절대적인 찬성을 표시하기에 이른 것이다. 이것은 지금까지 자리를 차지하고 있던 수장들과 달리 새로운 세상을 염원하는 백성들의 뜻에 부합되었기에, 그들은 적극 환영할 수밖에 없었던 것이다.

이런 분위기가 형성되자 각국의 수장들도 더 이상 반발하지 못하고 모두들 그렇게 하겠다고 다짐하기에 이르렀다. 결국 새로운 세상을 향한 변화는 내년 천신제에 달려 있었기에 사람들은 내년을 기약하며 하나둘씩 떠나가기 시작했다. 하지만 천부인의 주인이 등장하고 그에 의해 새로운 세상을 열겠다는 약속은, 사람들의 부푼 가슴속에 영원히 지워지지 않고 멀리까지 퍼져 나가기에 이르렀다.